嬌女芳菲 2

風文創 310

喬顏 著

風 文創 310

目錄

第三十一章

沈芳菲在閨房裡繡花，她繡了一隻小獅子狗，看著獅子狗活靈活現的模樣，不由得笑出聲來。

在這安靜祥和的日子裡，一個外房的小丫鬟走進來，在沈芳菲面前輕輕地說了幾句話，沈芳菲聽了，面色凝結起來，她將帕子放到一邊，怒聲道：「真是反了！」

她原想看方知新再耍出什麼新花招，可是當方知新見勾心不成，鬼迷心竅之下，居然想要丫鬟在沈于鋒的茶裡下藥，讓沈于鋒與她衣冠不整下敗了名聲，以此進入沈家。

要不是小丫鬟機警，趕緊通報她，還不知會惹出什麼禍事來。

沈芳菲怒極反笑，對身邊的丫鬟說：「那我倒要看看她能玩出什麼花樣來。將那虎狼之藥換給我的好表姊吧，讓她感受下這股滋味！」

方知新見沈于鋒練完武，便邁著蓮花小步走向他，輕輕地說：「表哥累了吧？我泡了蓮花甘露給你喝。」

沈于鋒皺眉看著方知新，他並不愛什麼勞什子甘露，水就可以了。但這是祖母家的小姐，也為祖母解了很多悶，直接拂了她的面子不大好，於是接過甘露一口喝下去，才走向院子。

方知新見沈于鋒喝下甘露並沒有任何反常，而是大步邁向院子，不禁有些急。這甘露裡摻了藥，按照計劃，沈于鋒喝了藥應該輕薄她的，她哭一哭，老太太心疼了，讓她提前入門也不是不可以的。

怎麼會……

見他走入院子，方知新對身邊的丫鬟說：「妳盯著表哥，看他有什麼不適。」

丫鬟腹誹這小姐太天真，以為用這種方式就能得到大少爺，卻不知自己早已被沈芳菲收買了。

一下午，方知新都沒見沈于鋒有異狀，不由得感到喪氣，吃了點粥就想入睡，可是粥剛入口，便感覺到身體一陣冷一陣熱，難受得很。

她將桌上的東西掃了一地，欲叫丫鬟進來，卻不料進來的是沈芳菲。

沈芳菲卸下平日裡和善的面具，冷冰冰地說：「表姊這是怎麼了？」

方知新見狀，便知害她的是沈芳菲，說話的聲音都有些顫抖。「表妹，我何時得罪了妳？」

「妳沒有得罪我，我只是將妳為我哥哥下的藥給妳嚐一嚐。」沈芳菲笑了笑，她前世在柳宅當了那麼久的主母，氣勢自然不比一般少女。

方知新身體滾熱，但是被沈芳菲的目光瞪得害怕地瑟縮起來。

沈芳菲將鏡子拿到她面前。「看看表姊這副模樣，如果現在將妳丟到勾欄院裡，想必很多男人會喜歡吧？」

方知新聲音微微提高。「妳敢？」

沈芳菲揚起柳眉。「我為何不敢？」

方知新咿咿呀呀地說不出話來，緊咬著唇，怕一不小心出口的便是呻吟。

沈芳菲看著方知新面色緋紅，坐在地上快要哭了，輕描淡寫地對身邊的小丫鬟說：「還不快快將妳們小姐帶去降降火。」

小丫鬟聽了此話，心領神會，攙著方知新到了小花園的湖邊，將她狠狠推進湖裡。方知新什麼都不記得了，唯一記得的就是沈芳菲那一雙冷冷的眼睛。

當夜，沈府就傳出了表小姐落水的消息，老太太聽到此事，口喊著心肝，要為方知新請大夫，她深怕大夫診出自己身上的催情藥，只得乾脆裝暈，被丫鬟、婆子狠狠掐了多次人中，都一聲不吭，苦不堪言。

過了一日，方知新終於緩緩「醒」過來，沈府小姐們統統來探病，又嘲諷她半夜不好好待在屋裡非要去小花園，而罪魁禍首沈芳菲卻沒有來。

到了下午，沈芳菲才姍姍來遲。

方知新坐在床上，臉色蒼白，看著站在床邊面色紅潤的沈芳菲，不由得暗暗握緊拳頭。

沈芳菲對方知新一向沒有好感，她靜靜地看了一會兒方知新，淡淡地說：「以後如果我再見著妳有這樣的行為，掉到湖裡算什麼？與府裡的雜役有了私情才是最丟人的。」

方知新又氣又怒，對沈芳菲暗恨在心，但是她知道沈芳菲說到做到，只能咬了咬嘴唇，羞辱道：「沈大哥乃國之棟梁，我這蒲柳之姿如何配得上呢？」

沈芳菲搖頭。

「我希望我大哥的名字再也不要出現在不相干的人的嘴巴裡。」

方知新聽了，撇了撇嘴，連哭都不敢哭。

府裡的下人不知道方知新落水的來龍去脈，只知道這表小姐半夜突然落水了，必有秘辛。再加上方知新一向對下人和藹可親，一說起落水，便是欲言又止的模樣，還是讓不少下人同情她的，寄人籬下，被這府裡的小姐整了又如何？只能忍氣吞聲了。

沈芳菲聽見荷歡說了此事，冷笑道：「我還不知道我這位表姊人緣這麼好。」

方知新落水一事，除了主謀沈芳菲，第一高興的便是沈芳霞，她雖然也是嫡女，但是在府中地位平平，所以她一心想討好祖母這棵大樹，日後才能嫁個好人家。

但是自從方知新來了以後，沈老太太放了不少注意力在她身上，憑什麼一個不知道從哪兒冒出來的孤女奪了她的寵愛？沈芳霞對方知新恨得牙癢癢的，每次兩人說話都是夾槍帶棒，可是方新知卻是個忍得住的，每次都是一副可憐兮兮的模樣說：「三姊姊，我哪兒做錯了？」

惹得下人們都覺得是這位三房嫡女太霸道，才讓那委屈的表小姐手腳都不知道往哪兒放。

沈芳霞身邊的丫鬟曉蕉也是個靈活的，知道自家小姐最在意什麼，她悄悄附在沈芳霞的耳邊說：「聽說這事不是意外，是大房那位做的。」

「喲？連大房那位都惹上了？」

她驚訝地以帕子捂著嘴，沈芳菲在府中並不橫行霸道，對這些姊妹都客客氣氣的。可是如今這一出手，真是讓她開了眼界，到底是大房的貴女！

沈芳霞幾次來探沈芳菲，言語之間都有想問問方知新到底犯了什麼事的意思，如果是小事，沈芳菲能坦然告知，但如果是關係到哥哥的，也只能左顧右盼，支支吾吾了。

沈芳霞不刻薄的時候還是十分好說話的，她性子伶俐，老是說得沈芳菲屋裡歡聲笑語一片。

沈芳菲原本是不大喜歡這個三房姊姊的，卻在最近的相處中博出幾分情。

這樣爽利的女子，怎麼就被一個什麼窮困書生奪去了心神呢？沈芳菲無奈地暗中搖搖頭。

「妹妹這是怎麼了？」沈芳霞捏著帕子，見沈芳菲緊蹙著眉不知在想什麼。

沈芳菲回過神來，笑著說：「我在想三姊姊會嫁怎樣的夫婿？」

沈芳霞正是少女懷春的年紀，母親已經在幫她相看夫婿，聽到此話，不由得羞紅了臉，嬌聲說：「妹妹可是越來越不正經了。」

所謂敵人的敵人就是朋友，沈芳霞以前覺得沈芳菲有距離感，很少刻意接近，但是有了方知新這個共同的敵人，反而親近了很多。

沈芳菲淡淡地抿了一口茶水，嘆口氣心想——好歹是自己的姊姊，拉她一把吧。

這廂沈芳霞與沈芳菲正聊得開心，那廂沈老太太卻不大痛快，她聽說了府中的流言，自己的嫡親孫女兒居然將方知新半夜丟到湖裡去，姊妹之間相處哪有這樣的，就不怕被下人戳脊梁骨？老大的女兒是矜貴，但是這麼霸道的性子也太容易闖禍了。

沈老太太去探了方知新，見她臉色蒼白地躺在床上，房裡散發著一股藥味，她見了沈老太太踉蹌地要下跪，沈老太太連忙扶住，嘴裡說著「我的心肝喲，造孽喲！」要是沈芳霞見了一定會怒說這是哪門子心肝？

方知新是個心細的，對沈老太太照顧得無微不至，讓沈老太太已經將她放在心裡了。

方知新身邊的王嬤嬤連忙扶著沈老太太。「老太太趕緊歇一歇，小姐雖然病了，還是念著您的，萬一讓您過了病氣，就不好了。」

沈老太太坐在方知新的床邊，方知新只叫了一句「姨奶奶。」就說不出話來了。

沈老太太定了定神，摸了摸她蒼白的小臉，自己的妹妹只有這麼一點子骨血，她必定要給她一個交代。

她叫身邊的丫鬟扶她去了大堂，並吩咐跑腿的婆子叫沈芳菲過來。

跑腿的婆子在這府中慣是會察言觀色的，她跑去沈芳菲的芳園，笑著對她說：「沈老太太請小姐過去了。」

沈芳菲點點頭，婆子緩了緩後說：「老太太剛從表小姐那兒出來，看似心情不大好。」賣沈芳菲面子就是賣沈夫人的面子，這個沈府到最後還不是由沈夫人來主持的？

沈芳菲吩咐丫鬟給婆子一個小荷包，婆子拿了荷包一捏，知道打賞數量不少，小聲說：「多謝小姐。」

沈芳霞在一旁聽見婆子如此說了，她皺著眉說：「就知道那個裝可憐的不是什麼好東西。」

沈芳菲搖搖頭。

「這事我就算是認了又怎麼樣？」

她身為長房嫡女，又與各世家貴女關係極好，她的父母不會也不允許有人壞了她的名聲。

沈芳菲邁著小步子走到沈老太太面前。

沈老太太坐著打量著這個孫女，她穿著家常的黃襦裙，頭上簡簡單單地插著玉釵，手上戴著大兒子外放時尋得的好手串。儘管就這麼簡單，可仍是讓人覺得貴氣逼人。

她心中一陣不舒坦，她一向喜歡高高在上，幾個孫女小子見了她都是急著討她歡心的模樣，偏偏這個孫女太優秀了，也太讓人難以掌控了，讓她第一次覺得這個給沈府爭光彩的孫女太刺眼了。

「跪下。」沈老太太淡淡地說。

長者之話不可違，沈芳菲聽見祖母如此說，只直直地跪在大堂上。

沈老太太看著沈芳菲跪著並沒二話，一老一小就這麼一坐一跪的沈默著。

一炷香的時間過去了，沈老太太才沈了沈聲音說：「妳可知錯？」

沈芳菲一向嬌生慣養，膝蓋已隱隱不適，但是挺直了身子問：「祖母到底為何事生我的氣？」

這樣沒頭沒腦叫她跪下，真不是沈府的規矩。

沈老太太想起並沒有證據證明是沈芳菲指使人讓方新知落水，只得咳了一咳。「妳起來吧。」

沈芳菲在荷歡的攙扶下站了起來，正當兩人沈默時，大堂外傳來一陣爽利笑聲，進來了一個捏著帕子的少女，她穿著粉色褂子牽著一個臉色蒼白的少女，來的不是沈芳霞和方知新又是誰？

沈老太太見來人，一張僵凝的臉色又和緩了一點。沈芳霞一向都受沈老太太喜歡，她見沈芳菲跪在地上，心中有些自滿，貴女又如何？還不是一樣搞不定老太太？

她有心給沈芳菲解圍，給方知新添堵，大步走上前說：「祖母這是怎麼了？一副氣不順的樣子。」

沈老太太對沈芳霞的關心十分受用，她指了指沈芳菲。「妳問她，將自己的表姊推到湖裡都不認錯呢。」

荷歡聽到此話，不由得心中一凜，老太太連問都不問小姐，便給小姐定了罪，如果傳出去了，小姐的名聲往哪兒放？這沈老太太，真是糊塗了。

沈芳霞聽了這話，連忙幫沈老太太搥了搥肩，撒嬌道：「祖母又是聽了誰的話？給妹妹戴了這麼個大帽子，孫女兒可是不依的。」

沈老太太聽見此話，才明白自己剛在盛怒之下說的話很不妥，她又咳了咳，沒出聲。

沈芳霞環顧四周，看了看站在一邊低頭不出聲的沈芳菲，又看了看在一邊明顯心虛又裝可憐的方知新，聲音清脆地說：「祖母，您不知道這底下的人嘴巴可壞了，聽風就是影兒，我和表姊就是怕您誤會了芳菲，特地急急趕來的。」

沈老太太「哦」了一聲，一雙眼睛盯著方知新。「不是芳菲？」

方知新見眾人全部齊齊盯著自己，不由得咬了唇說：「是我自己不小心掉到湖裡的，不關表妹的事。」

雖然話是這麼說，但是那一副委屈樣卻讓人感覺她是為了大局才這麼說的。

沈芳霞氣得牙癢癢。

沈芳菲抬起頭，一雙眼睛冷冷的。

「那下次表姊小心點，莫又掉了湖，賴在我身上。」

這話說得尖銳，方知新再次白了臉。

沈老太太見方知新否認，又想到自家女孩的前途，叫人棒責了幾個多嘴的家僕，但是內心還是覺得方知新委屈了，私下補了她不少值錢玩意兒。

第三十二章

沈夫人得知此事，差使丫鬟將小女兒叫過來，她見沈芳菲緩緩地進了門，並沒有懺悔的樣子，反而顯得格外淡定。一個只靠沈老太太生存的孤女，和自己的女兒相比較，她當然覺得女兒是好的。

「老太太年紀大了，寂寞了點，那個丫頭又是個一心奉承的，留著她就好了，何必惹得妳祖母不開心呢？」沈夫人對方知新沒什麼看法。

沈芳菲聽了沈夫人的話，皺了皺眉，嬌嗔道：「母親，您把我當什麼人了？我是不分青紅皂白欺負別人的人嗎？」

沈夫人笑著搭上女兒的手。「當然不是。」

她見女兒似乎有話要說，又見她眼神游移地看了看四周，便對丫鬟說：「妳們且出去。」

丫鬟們應了，從屋內退了出去。

「還有什麼話是咱們娘兒倆得偷偷摸摸說的？莫不是妳打碎了娘最喜歡的花瓶吧？」沈夫人玩笑道。

沈芳菲走到沈夫人旁邊的椅子坐下，一副小女兒的模樣說：「我覺得那個方知新不是個好的。」

她將自己整治方知新的來龍去脈說了，沈夫人聽了此話，嘴巴微張，略微有些驚訝。

「她這麼做？」

沈芳菲點了點頭。

「放肆！」沈母狠狠地拍了一下茶几。

沈于鋒乃是沈家大房嫡子，又入了當今聖上的眼，是沈家大房將來榮寵所在，怎麼是這樣一個小丫頭能謀略的？

「我不敢大肆宣揚，一是此事於哥哥的名聲有礙；二是怕祖母一時糊塗真把方知新配給哥哥做妾。」沈芳菲拍了拍母親的胸口，如此說道。

「真是辛苦我兒了，白白背了一個薄待表姊的惡名。」沈夫人覺得女兒受了苦，又覺得自己居然沒有注意到這孤女的小心思，一時有些難過。

「母親別擔心，我怕什麼？方知新不敢坐實我叫人推她下水，再加上奴才都是我們家的，恩威並施讓這些閒言閒語散了便是了。」

沈芳菲喝了一口剛泡好的茶水，她前世做了這麼久的主母，誰家後院沒有一點糟心事？再怎麼樣，這風向還是往強者這邊吹的。

方知新膽顫心驚地過了幾天，見沒有人來找她的不是，剛安了心，卻發現以前從方府帶來的丫頭、婆子統統被換了，取而代之的是沈夫人指派的小丫鬟。

沈夫人這事發作得又急又快，理由也很充分——方知新的嬤嬤年紀大了，該榮養了。身邊的小丫鬟和婆子麼，不懂規矩，畢竟比不上沈家的家生子，方知新以後是要出閣的，這些規矩還是要立起來的。

如此冠冕堂皇，方知新一時之間也找不到化解的法子，只能每日在房子裡繡帕子。

沈夫人聽到方知新這作派，心想著還是個沈得住氣的，若是被她得逞了，這沈于鋒的後宅就真不能安寧了。

她向心腹婢女白荷抱怨道：「兒女都是債，剛送完芳怡這個大的，後面還有兩個小的，還真不知道啥時候是個頭。」

白荷給沈夫人搧著扇子。「夫人這不是甘之如飴嗎？」

沈夫人點點頭，選了一個沈于鋒休息的日子，將他招了進來。

沈于鋒從陽光下走到大堂前，對沈夫人微微一笑。「母親，孩兒給您請安了。」

沈于鋒年紀大了，沈夫人從不將他拘在內院，見到兒子的機會反而比較少，她仔細看了看沈于鋒，笑說：「結實了，也長高了。」

沈夫人從不怪丈夫對兒子管教嚴格，沈家人是要上戰場的，如果沒有一身本事，上戰場那是找死的。

沈于鋒聽見母親一邊打量自己，一邊說自己近日的變化，心中對母親很是親暱。「兒子不孝，不能常日在母親身邊。」

沈夫人點點頭。

「只要你能好好的，就是最大的孝順了。」

沈于鋒點頭稱是。

沈夫人叫身邊的小丫鬟給沈于鋒奉了茶，輕描淡寫地說：「前些日子你方表妹掉湖裡了你可知道？」

沈于鋒一愣。「兒子最近在外行走，完全不知。」

沈夫人觀察著兒子的神色，見他一臉坦然自若，又試探道：「你要不要去探探你表妹？」

沈于鋒聽到此話，皺了皺眉頭。「母親這是糊塗了？我與表妹年紀已大，她病了叫妹妹去看便是了。」

最近父親隱晦地教了他一些和女子的事情，他見過文秋事件後，覺得除了正妻，對其他女子是寵不起來了。

沈夫人見兒子這樣說，才鬆了一口氣，笑道：「是母親傻了，我兒子已經這麼大了，看來是該娶媳婦了。」

「母親。」沈于鋒急急地打斷了沈夫人的話，耳朵紅了起來。

「你放心，我不是那種強買強賣的母親，你有什麼中意的姑娘，跟我說了就是。只要門戶上對了，我就幫你去跑一趟。」沈夫人笑著說，她還是希望自己的兒女能找到中意的另一半，不然這漫長的一輩子還真不知道該怎麼過，難道還真娶個正妻當擺設，納個小妾當真愛？

沈于鋒聽到母親的話，腦中突然出現了一名女子的身影，她與妹妹一向交好，曾經借過人助他去找文秋的陪嫁丫鬟，也曾經告誡過自己與方知新的事，這樣的女子聰明、大度、且關心自己，定是個好的。

沈于鋒腦中繞了半天，見沈夫人打趣地看著自己，支支吾吾地說：「她定是個好的，您一定會喜歡。」

沈夫人問了沈于鋒半天，也問不出口中的那人是誰，直到累了，才放他離去。

她知道了沈于鋒對方知新沒有心思，心下大定，如果他對方知新有心思，她必定要除掉這個禍根的；但是沈于鋒沒有，她便要丫鬟們監視著方知新不讓她妄動，老太太好不容易得了個解語花，心裡高興也不會找自己的麻煩了。

沈芳怡回了娘家，她自出嫁以來，朝暮之對她體貼入微，最近又懷了孕，日子過得順心極了，那一身的氣質變得溫和起來，她讓丫鬟們拿走了她備的禮，進了房門，見沈芳菲正在沈母旁邊捂著嘴笑。

「這是怎麼了？母親和妹妹笑得這麼開心？」

沈芳菲回頭看見姊姊一臉幸福地站在門口，而不是前世清冷孤寂的模樣，心中雀躍，三步併作兩步走到沈芳怡面前，挽住她的手歡喜地說：「我們在說大哥有看上的姑娘了呢。」

沈芳怡聽到此話，愣了一會兒，噗哧笑出聲。「咱們家那塊木頭也開竅了？不得了啊。」

沈夫人無奈地搖搖頭。「只是那孩子怎麼也不說。」

兒子開竅了是好事，但是萬一看上的姑娘不適合沈家，也是讓人頭疼的事。

沈芳怡感受到和丈夫過和美日子的好處，不由得說：「只要弟弟喜歡的，又喜歡弟弟的，品性又不錯，就算身分低了也是可以娶的。」如今沈家是不需要聯姻來達成什麼事了，她夫婿說得好，風頭太過了反而會被聖上忌諱。

沈夫人點點頭，算是同意了女兒的意見。

說罷，三個女子便將話題轉到最近最流行的首飾上了。

次日，榮蘭約著沈芳菲一起去踏青，沈芳菲十分興奮，正使喚著丫鬟整理這裡、整理那裡的，卻見沈于鋒使喚著小廝在她院子前探頭探腦，頓時覺得無比好笑，叫荷歡將那小子叫過來問：「你在這兒幹麼呢？」

小廝腆著一張笑臉。「少爺關心姑娘呢，想問問明兒個姑娘去哪兒這麼高興？」

荷歡敲了敲小廝的頭。「小姐明日與南海郡主去郊外踏青你都要管了？」

小廝連連說：「小的不敢，小的不敢。」

第二日，當沈芳菲看見沈于鋒出現在她與榮蘭面前，還裝作若無其事巧遇的樣子，讓她睜大了眼。

「今日颳的什麼風？哥哥你居然出來踏青了？」沈芳菲驚道，她性子聰明，立即想到了莫非是因為身旁這位？

榮蘭見到沈于鋒倒是很淡定，笑著說：「沈大哥。」

沈于鋒在榮蘭面前顯得有些手足無措，良久才抬頭望天說了一句：「喔。」

沈芳菲心中感到不可思議，上一世是榮蘭深愛沈于鋒，為沈于鋒含恨而亡；這一世重來，沈于鋒倒瞧著像對榮蘭有意思了。

這世間的事，真是玄妙。

殊不知，前世榮蘭見沈于鋒少年英雄、英姿颯爽，於是一顆少女春心便掛到他身上；今世榮蘭與她交好，與沈府來往頻繁，經常見到沈于鋒，反而不會少女懷春了。

沈于鋒站在兩個少女面前，一雙眼睛亮晶晶的，榮蘭穿著水藍色衣裙，在園子裡顯得格外清新。沈芳菲穿得翠綠，嬌俏可人，在晴朗天氣下，映襯得兩個水靈靈的姑娘格外好看。

沈芳菲將扇子半遮臉，看著沈于鋒與榮蘭，一雙眼睛轉了轉，帶著欣喜的口氣說：「哥哥今天不忙的話，就隨我們逛逛吧。」

沈于鋒帶笑的眼睛瞥了沈芳菲一下，沈芳菲立即明白他的意思——我房裡的好東西隨妳挑了。

榮蘭聽到沈芳菲的話，心中不由得一跳。

沈于鋒的優秀是有目共睹的，榮蘭的母親也曾對她說：「如果妳嫁入了沈家，也算不錯了。」

貴女雖然身分高貴，但也是難嫁的，往上走吧，比自己強的能有幾家？往下走吧，又覺得失了面子，如此情況下，沈于鋒倒成了一塊香餑餑。

但是難道因為他香，我就必須啃？榮蘭不知道為什麼，心裡賭氣了。

說來說去，還是前世留下的一絲恨未消吧。

沈芳菲見沈于鋒想要表現，一路上將他使喚得東南西北都分不清了。

在校場上一臉驕傲、冷酷的沈于鋒，在妹妹、心上人面前被驅使得甘之如飴。

榮蘭見沈于鋒如此傻笨，在沈芳菲耳邊說：「妳哥哥對妳真好。」

沈芳菲笑了笑。「不僅對我好，對我未來的大嫂也是好的。」

榮蘭見沈芳菲笑得意有所指，不由得低了頭。

與沈芳菲踏青多次，這次是榮蘭最不盡興的一次。

旁邊跟著雜役似的貴公子，還要接受沈芳菲對自家哥哥的自賣自誇。

以至於每次榮蘭都是捨不得走的，這次反而時間差不多就立刻說：「今日不早了，我該回去了。」

沈芳菲見榮蘭一臉酡紅、不知所措，也不留她，笑著說：「榮蘭姊姊，下次再來。」

兩兄妹見榮蘭走了，沈芳菲叫下人拿了壺新茶上來，倒了一杯，坐在椅子上，慢悠悠地說：「哥哥，有啥想說的就說吧。」

沈于鋒如被踩了尾巴的貓，跳起來。「有什麼好說的？」

沈芳菲以促狹的口氣說：「哥哥，我們是一個娘胎裡出來的，你心裡有什麼鬼我難道還不知道？莫非你不喜歡榮蘭姊姊？」

沈于鋒聽到沈芳菲將心中所想點了出來，有些害羞地摸摸頭。「是又如何，不是又如何？」

「是的話，哥哥就不應該在妹妹身邊胡攪蠻纏，應該去與母親說，你以為你和榮蘭姊姊兩情相悅了就好？」沈芳菲話鋒一轉，認真說。

沈于鋒見妹妹認真，立刻正色說：「妹妹說得是，只是我想著若是榮蘭不喜歡我……」

「不喜歡你又怎麼樣？」沈芳菲反問。

沈于鋒想像了一下榮蘭說出不喜歡他的表情，有些心痛難抑。「就算她不喜歡我，我也讓她喜歡！」

沈芳菲聽到這話，笑著說：「據我看麼，榮蘭姊姊未必不喜歡你，你還是早點跟母親說了吧，一家好女百家求，你晚了一步，便後悔終身了。」

沈于鋒聽見此話，心中像炸開了煙花，顯得格外活躍起來。「妹妹，她是心儀我的吧？」

沈于鋒拖著沈芳菲的手，一次又一次地問道。

沈芳菲捂著嘴，甩了甩帕子，笑說：「誰理你？」

心中卻為遠嫁的三公主嘆了一口氣。

第三十三章

當日，沈于鋒便跑進沈夫人的院子，沈夫人正在看著丫鬟新發明的繡樣，一抬頭看見沈于鋒跑進來，額頭上的汗都沒有擦。

「這是怎麼了？」她驚道，沈家家規一向嚴厲，這樣急急忙忙地跑進院子裡是要被沈父叱喝的。

沈于鋒三步併作兩步來到沈母面前跪下。「求母親幫我說一門親事。」

「親事？」沈夫人的心吊到了嗓子眼。喜的是兒子終於開竅了，憂的是怕兒子看上不著調的姑娘。懷著複雜的心思，沈夫人用帕子擦了擦少年的臉。

「這位姑娘母親也熟。」沈于鋒的臉上飄過一絲暗紅。

沈夫人聽到兒子如此說，皺了皺眉頭，難道是那方知新？她心中閃過了千般的厭惡，卻壓在心底，面色和煦地問：「你母親見過的姑娘多了，誰知道哪個是你的心上人？」

沈于鋒摸摸頭，小聲地說：「南海郡主，榮蘭。」

雖然他的聲音和蚊子差不多，但是母親卻聽清楚了是榮蘭，心中大大地鬆了一口氣。

「榮蘭的確是個好的，別說你，就連我這些年看她與菲兒相交，也想把她娶回家當媳婦。」

沈于鋒微笑地點點頭，見母親並不反對，顯得從容起來。

沈母覺得榮蘭不錯，心中下了主意要幫兒子去爭取這一門好親事，嘴裡還不忘問：「你怎麼看上她了？」

沈于鋒羞澀地笑了。

「其他姑娘都一味地奉承我，只有她是真正為我好。」

沈夫人聽了這話，心想可能是榮蘭曾經規勸過沈于鋒什麼，榮蘭與沈芳菲交好的這些日子，與沈于鋒也算熟悉了，沈于鋒自己提，比大人強將小孩湊在一起好。

她心中定好了主意，趁著南海郡王妃邀請各位交好的夫人賞花的當頭，隱隱對郡王妃表達了提親的意思。

郡王妃正因為榮蘭的親事頭疼得很，雖然覺得沈于鋒不錯，但總不能由女方提親。沈夫人這麼一說，郡王妃簡直是打瞌睡遇到了枕頭，與沈夫人一拍即合，兩人討論之下，沈夫人決定選個合適的日子將兩人的生辰八字對一對，這個好了其他的都容易了。

「這真是打著燈籠也找不到的親事，沈夫人不是為難人的性子，小姑子與妳關係好，更重要的是，我聽沈夫人的口風，是沈于鋒自己求娶妳的。我女兒真是命好。」待沈夫人離去後，郡王妃叫來榮蘭與她細細地說。「只是妳以後就別去沈府了，免得有心人看了傳什麼。」

沈于鋒在年輕一輩中極為突出，又長得英俊爽朗，榮蘭與沈府來往頻繁，不是沒有對沈于鋒動心過，之前也隱隱約約猜測過，如今聽母親這麼說了，一張小臉燒得紅通通的，惹得一邊的丫鬟、婆子們偷偷笑。沈家少爺她們有的也見過的，真是再穩妥不過了。

榮蘭與沈于鋒要訂親的消息傳到了沈府內。

沈夫人人逢喜事精神爽，給婆子、丫鬟們多一倍的工錢，喜得丫鬟、婆子們奉承不斷。

沈芳菲見母親面色紅潤，又見來往的丫鬟、婆子面帶喜色，心中淡淡地想，這一世終於不同了。

二房夫人則是搖搖頭對女兒沈芳華說：「這大房真是要一飛沖天了。」

女兒嫁得好，兒子又娶得好，珠聯璧合的姻親可保沈家平穩地走過不少年了。說完，她又憐愛地摸摸女兒的頭髮。

「趁著大房的勢，我也準備把妳嫁回妳外祖家了，妳父親平庸，但是妳外祖母一向疼寵妳，妳表哥又對妳一片真心，我女兒也能幸幸福福地過一輩子。」

沈芳華聽到此話，將羞紅的臉靠在母親肩上。

「但憑母親安排。」

另一頭，沈夫人怕方知新又出么蛾子，叫小丫鬟把這事早點跟她說，讓她趕緊死了心。

方知新聽到此消息，驚道：「什麼？表哥訂親了？」訂親了又怎樣？難道少爺會放下那高貴的南海郡主不管，來娶妳這個孤女？一旁的小丫鬟心中如此想。

「聽說這門親事，還是大少爺親自求來的呢，大少爺與那南海郡主也算是天生一對了。」小丫鬟繼續說。

方知新心膽俱裂，什麼天生一對？自己和表哥才是天生一對！

自從沈母打發了她的心腹，她就再也得不到表哥的消息了，除了老太太，這些家裡當權的，她一個都見不到了，她只得咬著牙伺候老太太，求老太太憐憫了。

她如往常一般伺候老太太，老太太今日顯然心情不錯，她用了一碗粥後，對方知新說：「鋒哥兒訂親了，定的人不錯，華兒也準備嫁回她外祖家了。」

方知新心一緊，連老太太都滿意南海郡主……

老太太見方知新面上有些黯然，她也明白這些小姑娘的心思，身邊的人一個一個都訂親了，她身為一個孤女，沒有人作主，誰知道會流向何方呢？不由得開口安慰說：「妳放心，妳的事，姨奶奶記著呢。」

記得有什麼用？老太太想將她說給家裡庶子做媳婦，庶子能有什麼前途？溫飽而已！

方知新心中蕭瑟，只抱著老太太的腿說：「我不嫁，我要伺候老太太一輩子。」逗得老太太哈哈大笑，直言：「妳這個傻孩子。」

方知新其實對老太太也有幾分情，竟覺得若是當了表哥的妾，那麼還能天天來伺候老太太，那該有多好。

最近老太太染上風寒，吃不下東西，加上胸悶得很，居然臥床不起了。沈夫人連忙使人請了大夫來看，大夫診治一番，摸摸鬍子說：「無礙，開幾劑藥，休息著便是。」

沈芳華、沈芳菲、沈芳霞姊妹三人想著老太太年紀大了，想往她面前盡盡孝，不料老太太那邊全是方知新的天下——老太太一哼，方知新便知道老太太想要什麼，搞得三個親生孫女反而成了外人。

老太太年紀大了，天氣又熱，見三個親生孫女站在那兒，大眼瞪小眼的，完全沒有方知新的善解人意，屋裡的丫鬟、婆子本來就多，老太太心中一炸，喝了一口藥，無力地揮揮手。

「妳們的心意我知道了，下去吧。」

呵，這真是鳩占鵲巢了。

三姊妹妳看看我，我看看妳，只好無聲地退了出去。

出了門，沈芳霞依舊不改尖酸刻薄地說：「知道的這是表小姐，不知道的還以為是老太太的親孫女呢。」

沈芳華見了方知新這殷勤的模樣心裡也不平，抱怨說：「是親孫女還是丫鬟，還真分不清。」

沈芳菲用帕子搧了搧。

「這天氣真熱起來了，咱們也別站在這兒了，去喝綠豆湯吧。」

三位小姐一起去了園子用綠豆湯，本來不大親近的她們，倒因為方知新，親近了不少。

沈于鋒對老太太孝心十足，在老太太病倒的日子裡，隔三差五便去探望。

老太太雖然覺得孫女有點煩人，但是孫子還是樂意見的。

方知新見了沈于鋒，一雙眼睛簡直黏在他身上，和沈于鋒一搭一唱逗老太太開心，顯得如那金童玉女一般。

沈于鋒心中無鬼，十分坦蕩，但是那方知新心裡卻甜滋滋的，覺得自己與表哥真是天上一對、地上一雙了。

直到沈于鋒見方知新看自己的眼神越來越詭異，不由得心中寒顫，但為了老太太，也只能硬著頭皮與這表妹打趣說笑。

而方知新少女情懷，將沈于鋒的躲避當成害羞，總覺得他看上了自己，她一雙大眼睛暗示了多時，卻得不到沈于鋒的表白，不由得有些急。

有一日，她用銀錢使了小丫鬟告知她沈于鋒的行蹤，終於在園子偏僻處守到了他。

沈于鋒見了方知新，尷尬地對其一笑想轉身就走，可是還沒轉身，就聽見方知新道：「表哥。」

這一聲叫得千迴百轉，若是一般男子，早就酥了骨頭。

但是沈于鋒心中早就有了人，他又喜愛有擔當的女子，這等柔弱的，還進不了他的眼。他皺著眉回頭，草草道：「表妹。」

方知新一雙美目盈盈看著沈于鋒，眼中充滿鼓勵之意，等著這個傻愣愣的俊逸少年說些什麼。

沈于鋒盯了她一會兒，在兩人無話可說之下，露齒一笑。「表妹既然沒事，我就先走了。」

見沈于鋒轉身，方知新著急了，她急急抱住沈于鋒的手臂。

「表哥別走。」

沈家家教嚴格，沈于鋒並不像其他家的小子們一樣早早開了葷，方知新這一撲讓他心下大亂，恨不得把這個不要臉的表妹狠狠甩在地上，可是方知新抱得死緊，一臉淒然，低聲啜泣道：「表哥，我喜歡你，我喜歡你，便是為你做妾我都是願意的。」

方知新垂著晶瑩的淚珠，她對自己的美貌一向自信，就不相信沈于鋒不會看上自己。

沈于鋒費盡全力將方知新推到一邊。「表妹錯愛，只是我弱水三千，只取一瓢。像表妹這麼好的女子，能找到更好的。」

方知新原以為沈于鋒會將她擁入懷中，卻不料竟將她推了出去。「表哥……」

她傻傻站著，讓沈于鋒更加頭疼，他本是不喜多言的性子，見了這個表妹，更不想說什麼，只能拂袖而去。

方知新見沈于鋒轉身離去，心下大亂，她不知道自己是愛沈于鋒，還是愛沈府的富貴，她只知道，這兩樣她都不想放手！

正當方新知臉上青一陣白一陣的時候，假山後傳來幾聲拍掌聲。

「是誰？」方知新一臉警覺，心中冒出一絲殺意，她千算萬算，卻不料有人聽了她的壁腳。

「我看表姊也太癡心妄想了吧？我們沈家的頂梁柱妳也想挖？做妾？通房丫頭妳都不夠格！」這話句句刮人心，刮得方知新心上鮮血淋漓。

能說出此等話來的，除了沈芳霞不做他人了。

方知新臉色蒼白，扯著帕子，瞪著走出來的沈芳霞，一雙牙齒抖得咯吱咯吱響。

被她看見了，被她看見了……

「喲？不裝可憐了？」

沈芳霞美豔的臉上布滿了不屑的笑。

「表姊，麻煩照照鏡子，看看自己長什麼模樣，再看看那南海郡主通身的氣派，妳拿什麼去跟別人比？妳知道什麼是妾嗎？妾就是被主母打死都不能吭一聲的！」

三房老爺一向放縱，小妾良多，沈芳霞最討厭的便是此等面上柔弱、卻暗藏心機的女子。

方知新一顆心怦怦跳，恨不得將眼前口出惡言的女子撕碎，一身抖得厲害。

「原來是紙老虎。妳如果能乾脆地說貪圖沈府富貴，我還能高看妳一、兩分。」沈芳霞甩了甩帕子，帶著身邊的小丫鬟離開。

小丫鬟離開時，嘲笑地看了方知新一眼，讓方知新一身冰涼，如今連小丫鬟都看不起她了！

第三十四章

第二日，方知新如往常一般去老太太的房裡伺候，還沒進房門，便聽見沈芳霞的笑聲傳來了

老太太並不如以前一般對方知新和善，而是用一雙眼細細打量著她。方知新拿著藥的手有些沈，並輕輕發起抖來。

「放那兒吧。」老太太淡淡地說。

沈芳霞似笑非笑地看了方知新一眼，將方知新放在一邊的藥端起來，對老太太撒嬌說：「祖母，再不喝藥就涼了，孫女兒可是熬了好一陣子的。」

老太太聽到這藥是沈芳霞熬的，摸了摸她的嫩臉蛋。「我就知道妳孝順。」說完便一口將藥喝完了。

正當方知新站在一邊，臉上白一陣青一陣時，沈于鋒走進來了，他目不斜視，當這個表妹不在屋子裡似的，走上前接過老太太手中的藥碗，溫聲問：「祖母今日身子可好？」

老太太見了孫子，開心地笑起來。

「我已經大好了，你就不用天天來探我了。被你祖父知道你天天浪費時間在我身上，非得怪罪我這個老婆子不可。」

沈于鋒聽見她這麼說，連忙勸慰道：「在祖父心中，祖母可是頭一份兒的。」

沈老太太看了看不知所措的方知新，心中了然，於是狠了狠心，定氣說：「我這房裡，年紀到了的丫鬟多，誰要是惦記鋒哥兒，我第一個饒不過她。」

方知新聞言，嚇得腿一顫。

而房裡的丫鬟們聽到這話，不管是對沈于鋒有心思的還是沒有心思的，都急急地跪了下來。

老太太房中受寵的大丫鬟見大家都跪下了，便鼓起勇氣，用調笑的口氣說：「少爺身分貴重，奴婢們豈敢高攀呢？」

老太太意味不明地嗯了一聲，對尷尬的沈于鋒說：「你且下去吧。」

接著又看了看方知新，皺著眉說：「妳這一張小臉雪白雪白的，莫不是被我過了病氣？妳就好好歇著吧，不用在我面前伺候了。」

方知新微微一顫，只能說好。

從此老太太面前，最受寵的那一位便是沈芳霞。

沈芳霞贏了這一局當然心中得意，她活靈活現地將此事學給沈芳菲、沈芳華聽，沈芳菲笑說：「這方表姊真有意思，正房太太不當，偏要當我家的妾。」

沈芳霞撇撇嘴。

「窮慣了的女子便是這樣，還得謝謝芳菲妹妹讓我關注著方知新與大哥的事，我才能抓了她的把柄，說給老太太聽。」

上一世是方知新與沈于鋒跪在老太太面前求她成全，才讓老太太點頭的。今世，方知新只是一廂情願，榮蘭又暫且沒有過門，老太太不會為了一個孤女打了南海郡王的臉。

方知新這一局，輸得慘澹。

失了疼寵的方知新在沈府的地位一落千丈，本來就是沒有根的表小姐，隨便找一個人嫁了便是了，老太太抬舉她，那麼人人都要捧著她，如果老太太都不在意她，那就沒有人搭理她了。

被分到方知新院子裡的小丫鬟們心中紛紛喊冤，這表小姐本來就不是個正經主子，如果受老太太的寵，自己還有個露臉的機會。這不受寵了，便是連個機會都沒了，於是紛紛偷起懶來。

方知新身邊只留下了一個從方家帶來的丫鬟小欣，倒是忠心耿耿，她氣憤地對外面的小丫鬟們揮揮帕子。

「妳們這群看人眼色的小賤人，還不快將姑娘的洗臉水倒過來！」

小丫鬟們正在嗑瓜子聊天，見小欣張牙舞爪的模樣，趕緊散了，但是那盆洗臉水是怎麼也沒人倒過來。

「小姐，您看看她們！」

小欣被那群懶散的丫鬟氣得半死。

「不過是寄人籬下罷了。」

方知新的嘴微微顫抖著，如果她自己都認為輸了，那就真立不起來了。

「我讓妳聯絡王嬤嬤，聯絡到了嗎？」

「聯絡上了。」小欣在方知新耳邊悄悄說。「沈夫人為人良善，並不曾為難王嬤嬤，而是在外面置了小宅子，將方家人安置在裡面，應是想等姑娘嫁了，還是嬤嬤他們做陪房呢。」

方知新聽到此話，心下大定，她從櫃子裡拿出十幾個銀錠子，遞給小欣。「我出門不大方便，妳將這些給他們，也算是全了我們的主僕情了。」

小欣的家人也在被放出去的方家奴僕中，看到方知新如此大方，心中自然感動，但是這錢，她遲疑著，並沒有接。

方知新知道小欣心中所想，將銀錠子塞進她懷裡，語帶哽咽。「是我不中用，害得大家如此。」

小欣搖搖頭。

「小姐千萬不要這麼說，我們都是心甘情願的。」

方家的人接了銀錠子，一陣喧譁驚喜。

小欣的爹娘還拿了銀子啃了啃。

「這銀子可真實在，小姐大方。」

王嬤嬤一心為方知新著想，連忙扯著小欣問她的情況。小欣將情況細細說了一遍，王嬤嬤嘆了一口氣。

「小姐什麼都好，就是好強，那大宅門的妾可是說當就當的？不說沈家，就連方家，那被發賣的妾也是一打一打的。」

「可是小姐和那些賤秧子不同，是老太太憐憫著的，要抬進來，也是貴的。」小欣辯駁道，她年紀小，覺得沈于鋒年少英俊且有前途，一定是良配。

「罷了罷了，我拚了這條老命也會護著小姐的。」王嬤嬤嘆了一口氣。

小欣在回去的馬車上，看見一人，面如冠玉，俊逸非常，一舉一動都有著無比氣度，她定睛一看，咦，這不是那老家的梅舉人？

說起這梅舉人，還真是有一段故事。

他出生在一般人家，上頭有四個姊姊，父親早早地死了，母親與四個姊姊將他拉拔長大，因他自小天資聰穎，長得也好看，便被母親、姊姊們好生照顧著，含在口裡怕燙著，捧在手裡怕摔著。

日子久了，梅舉人便長成了一個極討女子喜歡、滿口兒女情長的軟腳蝦。以梅舉人的相貌、討好女人的本事，訂親不難，但是這梅舉人每每訂了親事，總有別的女子來鬧，日子久了，這梅舉人在家鄉的名聲可就臭了。

梅舉人的三姊是個極有本事的，迷住了從京城來查案的青天大老爺，當了受寵的妾，還把弟弟帶到了京城。

梅蘭拍手說道。

「京城這麼多貴小姐，我弟弟這麼俊逸，本事這麼好，定能找個好的。」梅舉人的三姊梅蘭拍手說道。

於是梅舉人揹著小包跟著姊夫、姊姊上了京。

相比京城裡的大官，梅舉人的姊夫只算得上是個芝麻官了，再加上家裡有個母老虎，梅蘭還沒來得及向大老爺撒嬌將弟弟安頓進府，便被大房整得哭哭啼啼。

梅舉人只能打著科舉的名義在小旅店租了個房子，整天遊手好閒，幸好，京城的姑娘比老家的好看多了。

小欣回了家，對方知新笑著說了方家奴僕的事，方知新笑說：「聽妳說大家安好，我就放心了。」

小欣點了點頭，又有些神秘兮兮地說：「小姐，妳猜我今日在街上遇見了誰？」

方知新點了點她的額頭。

「遇見了誰？」

「我遇見了梅舉人，那廝居然進京了。」小欣說到梅舉人時口氣有些不屑，她可不喜歡這繡花枕頭。

方知新聞言，皺了好久的眉，才從記憶裡搜尋出這樣一個人物。這梅舉人別的本事沒有，勾得小姑娘喊爹喊娘要嫁給他的倒是厲害。

方知新思索了片刻，想到沈芳霞那張豔麗的臉。

呵，妳不是自負自己的美貌能高嫁嗎？那我就幫妳找一個好夫婿。

方知新笑了笑，將小欣叫到一邊，輕聲說了幾句。只需片刻，小欣的表情由詫異到猶豫到毅然。

小姐吩咐的，自然是對的。

沈芳菲在一旁冷眼看著，方知新在失了老太太寵愛、眾人怠慢的情況下，還能悠然自得、不急不慢，倒也算是個人物。但是這樣的人物心術不正起來，格外的難纏。

荷歡見沈芳菲雖然對方知新忌憚，但是並沒有真正傷害方知新，心中暗嘆小姐還是太善良了，要是誰窺伺她家的親哥哥，她非把人趕出去不可。

殊不知，沈芳菲留著她自有用處。沈老太太對方知新的情，還沒斷呢。

沈老太太雖然刻意在眾人面前拂了方知新的面子，但是方知新端著親手熬的粥，日日都到老太太的房門口去候著，人心都是肉長的，老太太都快要心軟了，她對身邊的心腹嬤嬤嘆了一口氣。

「我是不是老了？要是以前，早就將這樣居心不良的丫頭打出去了。」

老太太的心腹嬤嬤不由得勸慰道：「老太太是看在您妹妹的情分上呢。」

老太太自覺找到了臺階。「那是，不是她為我擋了一刀，我只怕不在人世了。」她想到那天還是後怕，不由得摸了摸胸口。

方知新有恃無恐的另一個原因，便是沈老太太與她的外祖母曾遭遇歹徒劫持，外祖母還為沈老太太擋了一刀，而自己卻因為調養得不好，早早去了，沈老太太對他們這一脈，一向都有愧疚。

「罷了罷了。」沈老太太揮揮手。「新兒整天被我困在院落裡，見到的外男也只有鋒哥兒，對他動心也是情理之中。待我身子好了，帶她去其他的地方瞅瞅，必有她中意的男子。實在不行，我見那二房庶子也是好的，配一對也算天作之合了。」

心腹嬤嬤在一邊沒說話，在她看來，這表小姐的心，可大著，總有一天，她會將老太太這點情分全部用完的。

方知新端著自己熬的粥，靜靜地站在門口，其他丫鬟進進出出都對她視而不見，突然有個小丫頭急急忙忙地走了出來，對方知新露出諂媚的笑容，輕聲說：「表小姐，老太太喚您去呢。」

老太太還是放不下她！

方知新雙眼一亮，一手端著粥，一手整了整頭髮，連忙走向大廳，老太太一眼就能看見她面上的憔悴與眼中的孺慕之情。

「姨奶奶，您終於肯見我了。」

方知新輕輕地將粥放到老太太身邊的小几上，擦了擦淚，又欣喜又不敢置信的模樣，讓老太太的心暖了三分。

「如果連您都不疼我了，我都不知道怎麼活下去了。」方知新哽咽著說。

「傻孩子。」沈老太太將她拉到自己身邊。「我不疼妳還有誰疼妳呢？我還要看妳出嫁呢。」

方知新聽到這話，臉上不由得飛過一絲暗紅。

「姨奶奶……」

她跺了跺腳，嗔怪起來。

「我知道，妳想當鋒哥兒的姨娘，可是也得看看，這鋒兒的姨娘可不是這麼好當的，南海郡王府勢大，怎麼能容忍鋒哥兒娶了新婦沒多久就納妾？再說了，這南海郡主還是鋒哥兒自己求的，妳怎麼可能插得進去？」

老太太也算是真心疼方知新了，站在她的立場上，語重心長，一一分析。「等姨奶奶為妳挑個好的，家世低一點的，才好拿捏，沈府才能為妳撐腰。再說了，我們府裡的衛兒也是個不錯的，妳可以細細瞧著。」

言下之意竟然給了方知新選擇的餘地。

方知新聽了這一番話，眼中閃過一絲光亮。

她就算嫁與沈府二房庶子做正妻，也算高攀了。

不過這樁親事有老太太壓下來，無人有異議，再加上老太太一向偏愛她，不愁沒有好日子過。

「老太太，我不嫁，我要一輩子伺候老太太。」但方知新仍撒嬌地說，逗得老太太哈哈大笑。

方知新又重新得到了老太太的寵愛，隔天一早便熬了老太太最喜歡的粥進了房。

門口的沈芳霞一雙丹鳳眼微張，打量著方知新，冷冷地哼了一聲。

方知新臉皮厚得很，向沈芳霞微微福了福身子，叫了一句。「霞妹妹。」

沈芳霞皮笑肉不笑道：「妳來了真好，老太太正惦記著妳呢。」

方知新笑道：「我哪裡比得上霞妹妹，是老太太的心肝。」

沈芳霞看著這個面容柔弱、內心陰險的女子，揉了揉太陽穴，沒有回答，只是逕自走入大堂。

沈老太太在太醫開的藥精心調養下已經大好，她看見兩個姑娘走了進來，不由得笑著說：「難為妳們這麼惦記我。」

沈芳霞走了上去。

「老太太說什麼哪，只有您好好的呢，孫女才能整天開開心心的。」

方知新並不與沈芳霞爭寵，只是靜靜地將粥端到沈老太太手邊。

沈老太太寬慰地拍了拍方知新的手。「妳這幾天閒了，繡個荷包給二太太，也算是成全了她對妳的照應之情。」

方知新的手微微一頓，笑著應了。

第三十五章

沈芳霞聽沈老太太和方知新這啞謎一般的對話，不由得皺了皺眉頭。

方知新與二太太一向沒交集，怎麼就被照應了？

她百思不得其解，下午找到了沈芳菲。

天氣漸暖，沈芳菲穿著紗衣正倚在涼椅上搧扇子，她的話不多，反倒顯得沈芳霞有些嘰嘰喳喳。

「妳說，祖母讓方知新繡一個荷包給二太太是什麼意思？」沈芳霞拿著團扇抵在額頭上細細思量。

「那還用想？二太太不是有一個前景還不錯的庶子，老太太想將方知新許給他唄。」沈芳菲輕描淡寫地說。

「什麼？」沈芳霞驚呼出聲，心中不由得酸酸的。

老太太連一個孤女都願意為她打算，可身為親孫女的自己，老太太卻從未為她打算過，這是什麼道理？

「三姊姊慌什麼？還得看二太太答應不答應呢。」

沈芳菲喝了一口涼湯，二太太的嫡親兒子像父親，有些平庸，但是這個庶子卻聰穎得很，考個進士是不成問題的。為了庶子幫襯嫡子，二夫人對這庶子還真算不錯，讓庶子娶這樣無根基的孤女，未必願意。

沈芳霞想到方知新又想到自己，一時之間有些憂傷，捧著雙腮，看著外面的小橋流水。

沈芳菲從旁邊看了，都覺得是一幅美麗的仕女畫。

沈芳霞是姊妹中最豔麗的，雖然爭強好勝了點，但內心不壞，希望她不要再走前生的路了。

沈府與南海郡王府互相過了禮，但是南海郡王府這時卻說老夫人捨不得孫女，希望再留榮蘭些日子，急得沈于鋒上躥下跳，不斷催促著沈母去幫他走一趟。

沈夫人跟沈芳菲說：「妳瞧瞧妳哥那急得猴子一樣的模樣，誰家嫁閨女不拿喬？榮蘭這麼好的女子，別說是半年，就算是一年我們也是等得的。」

沈夫人同意延遲三月再成婚，不過這吉時麼，是可以先選好的。

兩家先定了吉時，南海郡王妃進了榮蘭的閨房，見桌子上堆了一攤子沈芳菲差人送過來的小東西，有活靈活現的木雕、傻頭傻腦的小玩偶，笑著說：「這沈家少爺對妳還是用了心的。」

榮蘭聽到此話，羞澀地笑了笑，她與沈于鋒也算是認識，他這麼將她放在心上，她很開心。

相關事宜辦妥了，沈家與南海郡王府訂親的消息傳開了。

淑貴妃在小佛堂裡唸著佛經，聽到宮女在她耳邊報了這個消息，手上的佛珠一頓，又繼續唸起佛來。

曾經沈于鋒是她認為的東床快婿又如何？三公主遠嫁了，總不能讓人家當光棍吧。

沈家、朝堂上的風雲都與梅舉人無關，他現在該想的是，如何勾搭到一位官家姑娘，從此平步青雲？

可惜大戶人家的姑娘哪會隨便拋頭露面？

這一切，梅舉人只能想想而已。

雖然他來京城的目的是趕考，但是不影響他將對街的豆腐西施勾到了手，豆腐西施一顆心都掛在梅舉人身上，就等梅舉人高中了再迎娶她。

手上有梅蘭定期叫人送來的銀子，還有豆腐西施的百般討好，梅舉人的日子過得格外順心。

除了那個酸腐的鄰居王侑，這個王侑也是從鄉下上來趕考的，衣服補丁多得很，每天之乎者也，而且對梅舉人勾搭豆腐西施一事很是看不上。

王侑身材高眺，卻長了一張略微平凡的國字臉、大耳朵、厚嘴唇，除了筆挺的鼻子沒有別的優點。他也是集全家之力進京趕考的，如果此次不成，他也就沒臉回家鄉了。

要是沈芳菲看見王侑一定會驚訝，日後深受皇帝倚重的大臣居然是在這個小院子裡發跡的。

可惜王侑並不知他以後的前程，反而整日憂心忡忡。

梅舉人整天對王侑冷嘲熱諷，王侑忍了，在考試之前，他不想惹出事來，不然他怎麼對得起賣掉一切的家人？

梅舉人倒覺得最近運氣好得很，簡直是要打瞌睡就接到了枕頭。他在京城居然遇見了老鄉——小前。

小前是方知新貼身丫鬟小欣的哥哥，人機靈得很，跟梅舉人說他在大官家裡當差，十足威風凜凜。

京城的大官？梅舉人雙眼一眨。「大官家裡可有貴小姐？」

嘿，這認識貴小姐的路子，有了！

「當然有！貴小姐不僅美若天仙，連做一件衣服就能花掉幾十兩銀子呢。」小前炫耀道。

幾十兩銀子？

梅舉人瞪大了眼，對小前笑得真心起來。「你混得真不錯。」

「那當然。」小前聽了方知新的叮囑，對梅舉人可是極盡炫耀。

「小前，為了慶祝他鄉遇故知，上館子去！」

王侑站在門口，看著喜形於色的梅舉人，心想，該是怎樣不帶腦子的女子，才會看上這樣徒有外表的草包？

沈夫人將沈于鋒的親事定了，又將目光轉移到了沈芳菲身上，這小女兒雖然還要一、兩年才能訂親，但是未來女婿的人選，可以相起來了。她想到當時為大女兒訂親的時候，沒有提早相定，才讓大女兒差點落入虎口，大女兒如今生活幸福美滿，真是阿彌陀佛了。

沈夫人叫嬤嬤將京中的適齡兒郎篩選了一圈，將滿意的目光投到了柳家身上，柳家主事的柳老大人，位極人臣，是文官之首，柳大人為戶部尚書。柳家家世清貴得很，而柳湛清是柳家的嫡次子，沈芳菲嫁過去，自然是不用受委屈的。

京城這些人家，拐著彎兒都有親戚關係，說來說去，沈夫人還真能稱得上是柳湛清的表姨，她思索了一會兒，對身邊的嬤嬤說：「定個帖子，我要與柳家的夫人來往一下。」

嬤嬤點點頭，迅速去辦了。

這柳湛清她也見過，人是最守規矩不過的，若是成了，與小小姐也算是一段良緣了。

沈夫人見嬤嬤急速去辦了，坐在椅子上嘆氣。「這女兒啊，真是留來留去留成仇。」

帖子裡邀請的夫人當然不會只有柳夫人一位，沈夫人還拉了其他夫人作陪。柳夫人也是清貴人家出身，雖然育有三個孩子，還是顯得又清新又美麗。

沈夫人看了柳夫人的豔色，再想想自己照鏡子眼角邊的皺紋，不由得在心裡嘆了口氣。

文臣手裡沒有兵權，不會遭皇帝的猜忌，不用事事思前想後，也不用上戰場搏命，自然比武官不知道舒坦多少。她自己知道武官的不好，自然不會將女兒再嫁一個武官。

沈芳菲被沈夫人叫出來見客，她被囑咐打扮了好一陣子，一邊走一邊對沈夫人身邊的心腹丫鬟白荷笑說：「今兒個來的人是誰啊？值得母親這麼鄭重其事的？」

她今日穿著天水藍裙衫，頭上梳了一個髻，插著幾朵白色小花顯得格外別致。她見到沈夫人，嬌嬌一笑，露出小女兒的天真，柳夫人看見沈芳菲的姝色，在心中讚嘆了一番。

「菲兒，這是妳的表姨，柳夫人。」沈夫人溫言對沈芳菲說道。

沈芳菲抬頭一看，居然是柳夫人！

她盯著柳夫人的臉，恍如隔世。

良久，沈芳菲對柳夫人嬌俏地笑了笑，叫了一聲「柳姨」。

叫完之後，沈芳菲面上一紅，悄悄地站在沈夫人身邊，挽起了她的手，不知道在沈夫人耳邊說了什麼，一副被寵壞的小丫頭模樣。

沈芳菲上一世與柳夫人也算是打了不少交道，自然知道注重清流門面的柳夫人是不喜歡被寵壞的女子的。她喜歡與她一樣至少表面溫柔可人的女子。

上一世沈芳菲出身將門，性格大剌剌，柳夫人是極為不喜的。

沈夫人聽沈芳菲說完話之後，皺了皺眉頭。「胡鬧，鋒兒去馬場挑馬，妳去湊什麼熱鬧。」

沈芳菲又擺了擺手。「身為將門之女，我也要一匹無雙的坐騎。」

沈夫人偷偷打量柳夫人的神色，見她面上並無異色，反而很和藹地看著沈芳菲，心中鬆了一口氣，笑說：「那就依了妳了。」

說完，又對柳夫人說：「這女人哪，嫁出去以後，快樂的日子就沒多少了，所以這女兒，我是嬌養長大的。」

柳夫人點點頭。「是呀，不過我的兒媳婦啊，可是要當女兒養的。」

沈夫人聽到這話，心中暗暗開心，這柳夫人，果然是個和善的。

其實，柳夫人見沈芳菲的驕縱作派，心中微微皺眉，自己的小兒子風姿卓越，怎麼能娶這麼一個粗野的姑娘做妻子？若不是柳老太爺說沈家大有可為，這親結定了，她才不會踏上沈家的大門。

沈芳菲看了柳夫人正在扮演和善的婆婆，心中不由得嘲諷一笑。

柳夫人出自清貴家庭，喜歡將面上擺得和和氣氣，那內裡的苦楚，只能關上門暗暗去受了。

她明明極其不願意最寵愛的小兒子娶這麼一個粗魯無禮的將門女兒，卻因為沈家的權勢而將人家迎進了門，迎進了門又面甜內苦地對待她，到最後，也要逼她自行了斷。只可惜上一世的自己太傻，見到這個姿態、禮儀如流水一般完美的女人竟自慚形穢，一心模仿，最終東施效顰，反而換來柳府的丫鬟在背地裡的嘲笑。

柳夫人與沈夫人閒聊著，再次打量沈芳菲時，發現這個少女看自己的眼神有些陰沈，她不由得一愣，眨了一下眼睛，又發現少女看向自己的是明媚笑臉，怕是眼花了吧，那麼小的少女怎麼可能有那麼複雜的眼神？

總體說來，沈夫人與柳夫人的見面十分成功，她們隱晦地表達了結親的意思，也認為雙方小兒女應該多點時間培養感情。

沈夫人覺得沈芳菲性子活潑單純，柳湛清一定會為之動心，好好珍惜；柳夫人卻覺得兒子喜歡什麼樣的，她了解得很，除非太陽從西邊出來，柳湛清都不會真心看上這位沈小姐。

沈夫人將柳夫人送出大門後，將沈芳菲拉到大堂，面色一沈。「菲兒，妳從來不愛和鋒兒去馬場，今日怎麼就當著柳夫人的面提出來了？」

沈芳菲看著沈夫人。「母親邀柳夫人來的目的，女兒知道。」

「妳知道還這樣？」沈夫人有些動氣地拍了拍桌子，她是越來越不懂這個小女兒了。

「母親，女兒不想嫁人。」沈芳菲說此話的時候是定了心意的，上一世的她是嫁了人，但是結局太慘澹了。

沈夫人聽到此話，不由得頭疼。「妳不嫁人還能去哪兒？難道去那尼姑庵待著？」

「女兒寧願去尼姑庵！」沈芳菲有些負氣道。

上一世她嫁給柳湛清，就是因為沈家打算與柳家在官場上結盟，不過柳家卻看著沈家傾覆，袖手旁觀，如此負心忘義，不值得聯手。

沈夫人聽了這話，心口有些堵，她指了指沈芳菲半天沒說出話來，這個小女兒怎麼就這麼叛逆了？

「小姐，夫人再怎麼樣都是為您好的。」白荷見氣氛不對，連忙出來緩和。

沈芳菲今日見到柳夫人，又想起前世的噩夢，讓她又恐懼又痛苦，不由得顫抖起來。

「母親！」她撲到母親膝蓋上，想著想著，居然大哭起來。

沈夫人本來還被沈芳菲氣著，卻不料小女兒突然將臉埋到自己的腿上，大哭起來。

「這是怎麼了？」沈夫人慌忙摸了摸沈芳菲的後腦勺，沈芳菲卻不肯起來，只顧著抽泣。

沈夫人溫言安慰了好一陣，沈芳菲才抬起臉來。

沈夫人見沈芳菲巴掌大的小臉通紅通紅，一雙眼睛跟兔子似的，一顆心軟了一半。

白荷連忙遞過絞好的帕子，沈夫人接了為沈芳菲擦了臉。「傻孩子，離妳訂親的日子還久呢，妳先看看那柳家小子，若不得眼緣，母親再為妳作主。」

沈芳菲聽見此話，咬了咬牙。

是的，日子還長呢，誰知道最後如何呢？

「妹妹這是怎麼了？」

沈于鋒今日得空來給沈夫人請安，進門卻看見妹妹腫著雙眼，一副活活被人欺負的模樣，頓時氣不打一處來。「是誰欺負妳了？」

「瞧你說的，你妹妹古靈精怪的，只有她欺負人的分兒，沒有別人欺負她的分兒。」沈夫人看著身邊一雙優秀的兒女，又想到成為北定王世子妃的大女兒日漸沈穩，覺得此生無憾。

「那妹妹哭啥？」沈于鋒有些摸不清頭緒。

沈芳菲對沈于鋒神秘一笑，跑開了。

沈于鋒只得無奈地說：「怪丫頭。」

第三十六章

沈芳菲進了自己的院子，荷歡見沈芳菲模樣狼狽，驚呼著去煮白雞蛋熱敷她的眼睛。

沈芳菲哭了一場之後，心情大好，有了與天鬥、與人鬥的勁頭。她剛拿出一本山間小記翻了兩頁時，沈芳霞走了進來，手中還拿著兩本書。

「妹妹，妳這是怎麼了？」沈芳霞見到沈芳菲這個樣子不由得驚呼。

沈芳霞後面的小丫鬟支支吾吾地向沈芳菲說：「小姐，三小姐她一定要進來，我攔不住……」

沈芳菲點了點頭，沈芳霞這人性子潑辣，沒有攔得住她的人，她當然不會怪罪小丫鬟。

「今天想到遠嫁的三公主，我不由得有點傷懷。」沈芳菲淡淡解釋。

自三公主出嫁後，她進宮的次數銳減，三公主過得好或者不好，她還真沒得到消息。

沈芳霞聽到沈芳菲提起三公主，不由得語塞，沈芳霞自負美貌，內心高傲，要她奉承三公主是不可能的，所以雖然沈芳菲與三公主交好，但是她與三公主卻一點都不熟。

「每個人都各有自己的緣法，像三公主那樣的，定會過得比我們都好。」沈芳霞乾巴巴地安慰了沈芳菲一番，又拿出幾本書來。「這是我從書鋪裡找來的話本，值得一看。」

沈芳菲也愛書如命，不過聽見只愛美不愛書的沈芳霞也去找了話本，不由得有些好奇，她將書接了過來，翻了幾頁，不由得臉色大變。

「這是誰給妳找的？」

沈芳霞見沈芳菲臉色不變，不由得奇道：「我自己選的呀，這書有什麼不妥嗎？」

有什麼不妥？

這書裡說的全是貴族小姐與落難書生相愛私奔，其心可誅！

難怪沈芳霞上一世會與那名不見經傳的書生私奔，源頭來自於此吧。

沈芳霞見沈芳菲面色不豫，不由得賭氣說：「妹妹是大智慧的，看不上我這邪門歪道就說，何必咬牙切齒呢。」

三房老爺荒唐、三夫人小門小戶出身，兩人都對這唯一的女兒百依百順，沈芳霞愛看什麼、愛玩什麼他們是決計管不到的，沈夫人又不可能管姪女的事……思及此，沈芳菲嘆了一口氣，對沈芳霞說：「三姊姊知道我為何生氣嗎？」

沈芳霞甩了甩帕子，一臉不高興。「我怎麼知道？」

「三姊姊，妳可知道這與書生私奔的小姐以後的生活如何？小姐的家人認為女兒與外男私奔太丟人，將小姐對外報了病故。那小姐從未吃過苦，與書生在一起很快用盡了盤纏，連首飾也當了去。小姐剩下的只有美貌，書生嫌棄小姐對他的仕途沒有幫助，小姐只能沒名分地跟在書生旁邊，最後在書生和他家人的折磨下，沒幾年就死了！」

沈芳菲這話說得十分痛心，因為這個結局不是故事，而是上一世沈芳霞的結局！

沈芳霞聽沈芳菲說了這麼一大串，面色有些凝重，長嘆一口氣。「這小姐，真是傻。」

沈芳菲見她若有所思，急忙抓住她的手。「妳沒有遇見這些事吧？」

沈芳霞將手掙脫，一雙鳳眼四處瞄了瞄。「怎麼可能。」

沈芳菲正欲鬆一口氣，沈芳霞身邊的曉蕉卻跪了下來。「小姐，妳就全說了吧。」

沈芳菲瞪著一雙眼睛看著沈芳霞，沈芳霞發狠捏了捏曉蕉。「妳這個死丫頭。」

「三姊姊，她這是忠心耿耿，她如果不說，妳便毀了！」沈芳菲死死地抓著沈芳霞。

沈芳霞見她一臉著急，心莫名軟了軟，好歹是帶著血緣的姊妹，心是向著自己的。

「我自有分寸。」她將眼睛看向了別處。

沈芳霞回到自己的屋子，坐在椅子上，一時之間臉色有些變幻莫測。

日前她在寺廟上香的時候，偶然撞上了一個清俊的書生，那書生生得唇紅齒白，像是戲文裡的小生，她彎腰下去撿被書生撞在地上的帕子，書生也急急下去撿，兩人的手指碰到了一塊兒，不由得雙雙紅了臉。

書生站起來，整了整白衣，取出畫著梅花的扇子，搧了兩下，徐徐地說：「小姐請先走。」

沈芳霞接觸過的外男不多，這個書生與她家裡那些壯漢不同，又斯文又儒雅，彷彿是話本中走出來的小生，惹得她一顆芳心怦怦亂跳。

之後她回到家的幾天，都有些神魂顛倒，在床上翻來覆去睡不著，將一本話本翻得起了皺，只想著找個什麼藉口再次去寺廟見一見那個書生。

可是她懷揣著書生小姐的夢，卻被沈芳菲踢破，不由得有些悻悻然，對去寺廟的事也沒了興趣。

「什麼？她不去見梅舉人了？」方知新聽小欣說了，有些失望。「不過沒關係，我還有後招。」

沈芳菲知道沈芳霞的事後，回到房間對荷歡淡淡地說：「叫人盯著那表小姐，免得又出什麼么蛾子。」

荷歡低低應了，便使了外面的小丫頭盯著方知新。

這一盯，還真盯出事來了——

某日，沈芳菲正在屋裡繡帕子，荷歡來到屋裡，湊在她耳邊說了幾句。

「方知新使喚三房的書僮偷了三姊姊的帕子？」

沈芳菲的面色有些變幻莫測，這個身世可憐的表小姐，還真有兩把刷子。三房本來就亂糟糟的，三太太又小氣，下人們總是想著自己找出路，如果有人出重金要他們偷一條帕子，也不是不能做的。

荷歡見沈芳菲一雙眼睛幽暗地盯著手中的帕子，不知道在想什麼，也不打擾，只是在一邊靜靜地站著。

小姐長大了，主意多得很，她要做的只是忠心而已。半晌，沈芳菲對荷歡說：「繼續盯著我的好表姊，若是她準備將三姊姊的帕子給了別人，那我們也不用客氣了。」

她站起來，將帕子收緊了放在懷裡，搖了搖頭。

這三姊姊一向潑辣、任意妄為，是該受受委屈了。

這廂，沈芳霞忍痛割了對書生的情，但是隱隱約約想起來，心中還是有著期盼。她一邊想著，對沈芳菲有了一點點微詞，彷彿她是那拆散小鴛鴦的狠心人。

那廂，小前拿著偷來的手帕給梅舉人，梅舉人歡欣鼓舞地問：「這帕子真的是沈家小姐的？」

小前雖然心中看不起這攀龍附鳳的人，但不由得承認這梅舉人就是運氣好，若不是……他也不會如願以償。

沈府三老爺是個糊塗漢子，天不怕地不怕，從小被沈老夫人寵大，兩個哥哥也不與他爭，便成了個不學無術的浪蕩子，但是他也有個死穴，誰都不怕，就怕自己的女兒。

沈芳霞在他心中，便是做皇后也是綽綽有餘的。

當他聽三夫人在某宴席上遇見了某小京官的小妾，小妾宣稱沈芳霞與她弟弟有私並欲求娶時，不由得心頭一跳——什麼玩意兒？小妾的弟弟也敢求娶我的女兒？

三老爺氣得砸了桌子上最喜愛的鎮石。「我怕他是摔壞了腦袋，當我沈家是什麼？說娶就娶？」

說完，三老爺捲著袖子想去那小官家鬧一場，非要逼得小官把這小妾整治一番才是。

三老爺氣得往前走，卻被三夫人攔了下來。「妳這是做甚？難道妳想把女兒嫁給那連進士都不中的窮舉人？」

三夫人急忙擺擺手。「她是我的親生女兒，我難道聽了這話不氣？但是……」

三夫人的臉色有些難看。

「妳支支吾吾什麼？」三老爺最見不得的就是妻子這副小家子的模樣，也不知道母親怎麼選的，就給自己選了這樣一個媳婦呢？

「那女人說女兒與那梅舉人在寺廟裡一見鍾情，暗中見了幾次，還把帕子送給梅舉人，為的是讓他拿著帕子來娶她。」

「放肆！」三老爺氣得踉蹌了一下。「我女兒是沈家的女兒，沈家怎麼可能看上他這樣一個窮書生？」

三夫人在三老爺身後唯唯諾諾，不敢說出她遠遠地看了那書生幾眼，確實是有幾分皮相的，她對女兒一向了解，萬一真的是女兒心動了呢？

現在對方宣稱拿著沈芳霞的帕子，如果事情流傳出去了，不僅是沈芳霞吃不了好果子，連帶沈家姊妹們都會背上不好的名聲。

在不確定這帕子到底是不是沈芳霞的之下，三老爺若是貿然去鬧了，非得被沈老太爺打斷雙腿不可。

三太太向門口的小丫鬟使了一個眼色，小丫鬟急忙跑向大房。

三夫人暗自嘆了一口氣，雖然她不滿沈夫人管得太多，但是有些事，還真只能靠她了。

「妳說什麼？外面小京官家的小妾拿著霞兒的帕子說，霞兒與她弟弟私定終身？」聽到三房丫鬟來報，沈夫人還以為自己的耳朵出了問題。

這不可能呀，沈芳霞心高氣傲的，怎麼可能做這種事？

但是如果這事沒處理好，沈家女兒的名聲可算都毀了。

沈夫人握了握拳頭，正在思索的當下，三夫人急急忙忙地走了進來。

她連水都沒來得及喝一口，便站到沈夫人面前。「大嫂，這可如何是好？」

妳這時候可叫我大嫂了？

沈夫人心中有些煩躁，但是此事必須小心處理，不然連累的不只是沈家一個女兒。她定了定神。「將霞兒叫過來再說。」

沈夫人對門口的小丫鬟說，小丫鬟連忙跑去了沈芳霞那兒。

「大伯母和母親找我？」沈芳霞少女懷春，對什麼事都有些懨懨的，正有一搭沒一搭地搧著扇子。

小丫鬟心中焦急，但是不能在人前將話說得太盡，只得隱晦著說：「小姐快點，兩位夫人都等得很急呢。」

沈芳霞嬌聲說：「有什麼可急的？」

她整了整髮鬢，往大堂走去。

走到大堂，沈芳霞見自己的母親與沈夫人面色凝重，不由得打趣道：「兩位貴夫人這是怎麼了？」

三夫人見女兒還能一臉輕鬆地打趣，不由得著急地拉住女兒，本來想重重地打兩下，但是仍捨不得地輕輕放下了。

沈夫人本是溫柔的性子，見沈芳霞總會送一些東西，沈芳霞並不怕她當家主母的身分，可是今天她卻嚴肅得驚人。

「今日某小京官的小妾來了，說她弟弟有妳的帕子，想要求娶。」沈夫人淡淡地說。

「這到底是怎麼回事？」

沈芳霞聽到這話，腿軟了一下，名節是女子最重要的東西，是誰這麼狠心，居然陷害她？若是沈家將她下嫁，她又以何面目見人？若是沈家不想失了面子，死了一個女兒也不算什麼的。

「求母親和伯母為我作主！我怎可能將帕子遞給不認識的人？」

沈芳霞砰的一聲跪下來，將帕子拿出來擦了擦眼角，又將它扔到地上，都是帕子惹的禍！

那小妾說她弟弟與沈芳霞是兩廂情願，但是沈夫人與三夫人見沈芳霞口口聲聲被冤枉，心中大定。

只要不是沈芳霞自己看上了那書生便好辦了，這年頭，不是誰拿條帕子上門提親，都能夠娶個大家小姐的。

前世，沈芳霞與梅舉人情深意重，他們雙雙跪在沈夫人與三夫人面前，求沈家成全，沈夫人思慮了半天，說：「妳若是不改變主意，天亮了，便不是沈家女。」

第二日，沈芳霞仍是沒有改變主意，居然跟著梅舉人私奔了。之後愛女客死異鄉，讓三老爺、三夫人對大房恨之入骨，一心想著要大房摔下來。

而如今，沈芳霞自己都沒這個意思，沈夫人自然不會讓她選擇，她輕輕地將沈芳霞扶起來。

「妳放心，只要不是妳願意的，伯母必幫妳出頭！」

此事說小了是後宅的事；說大了，還不知道哪家挖了陷阱給沈家跳呢。

沈家小姐戀上沒有名頭的書生，這是多大的醜聞？不僅是沈芳霞，連沈芳菲也會毀了！

沈夫人細細思量一番，只想著將那小妾叫上門來，好好對峙一番。

第三十七章

梅舉人的三姊梅蘭接到了沈府的請帖，她從小生於鄉野，並沒有讀過書，受小京官寵愛也不過會撒嬌和空有一身皮相而已。

她拿著請帖在小京官的正房夫人面前顯擺著，正房夫人看都不看那請帖一眼，笑著說：「嘖嘖嘖。姊姊妳看，這沈府的請帖呀，還帶著香味呢，到底是世家。」

「妹妹以後可是發達了。」

梅蘭聽了，得意地笑了。

「可不是，我與沈府的淵源還深著呢。」

覺得震懾了主母，梅蘭心裡十分滿足，想著等弟弟娶了沈家小姐，幫自家老爺求個大官當當，難道還怕這老女人？她心花怒放，翹著蘭花指拿著請帖一扭一扭地走出門外。

「呸，什麼東西！」京官夫人身邊的小丫鬟怒道。「野雞插了幾根羽毛就當自己是鳳凰了？」

京官夫人面不改色。「由她，我倒是要看看她能得意到什麼時候？」有的福氣，不是想享受就能享受的。

梅蘭坐著馬車來到沈府，她看著沈府門前那兩座栩栩如生的獅子，神氣得彷彿要撲到她身上，不由得抖了一抖，這沈府真是勢大，連門口的獅子都像是要咬人似的。
沈府並沒有讓梅蘭走大門，而是將她帶到了偏門。
「你們這是狗眼看人低！」梅蘭憤憤不平地說。
迎接梅蘭的婆子彷彿見多了這樣的女子，面上波瀾不興，一個小官家的妾也敢從沈府正門進？她不怕折了自己的壽？
梅蘭跟著婆子一路向前走，見沈府雖然不是處處金銀財寶閃人眼，但仍顯現出一種世家古樸的華貴。
莫名其妙的，一種惴惴不安的情緒湧上梅蘭的心頭。
這樣的沈家，真的會因為女兒與弟弟有私而將她嫁給弟弟？
但是梅蘭又想到弟弟在自己面前指天發誓說那沈家小姐對他是真心的，她揣著帕子，定了定心。家世頂尖又如何？也抑不住自家的女兒哭著喊著要嫁不是？
梅蘭一路偷偷打量著沈家的庭園，到了沈家主母所在的大堂，沈夫人與三夫人本來就想在勢頭上壓那梅蘭一頭，穿得格外華麗。
沈夫人穿著天水藍色煙羅紗，以五色銀絲線繡著如水的波紋，顯得波光粼粼，下束白色團蝶百花煙霧鳳尾裙，青絲成鬟斜插一字排開龍鳳簪，後別一朵露水牡丹，顯得風姿綽約。
三夫人雖然及不上沈夫人的大氣卓越，也穿著金黃色繡著菊花的雲煙衫，兩位站著，竟讓人移不開眼。

梅蘭今日來到沈府自然是特地打扮了一番，她穿著水紅色長裙，但是在兩位夫人面前完全不夠看；雖然有一張楚楚可憐的臉蛋，但是顯得十分小家子氣，明眼人一看，就知道誰是正房太太，誰是那不入流的妾。

沈芳霞知道了此事，咬牙切齒求著母親讓自己看看，是哪個賤人這樣冤枉自己？她正與沈芳菲站在大屏風後面看著，她本以為梅蘭會是一個聰慧的女子，但是這樣一看，梅蘭真是蠢得可以，穿著水紅色衣裳不正說明自己小妾的身分？

一個小妾是誰給她這麼大的膽子？莫非她手上真的有自己的帕子，所以才有恃無恐？沈芳霞想著，不由得臉色蒼白起來。

「別急，天塌下來，還有母親她們擋著呢。」沈芳菲握了握沈芳霞的手，得來她感激的一瞥。

沈夫人並沒有給梅蘭賜座，而是與三夫人款款坐下，在上首笑著對梅蘭說：「今日叫梅姨娘來，只是想問問妳弟弟的親事如何了？」

梅蘭見沈夫人與三夫人坐了，卻沒有給自己叫座，心中十分不滿。「難道沈府就是這麼待客的？椅子都不給一張？」

沈夫人聽見梅蘭這麼尖銳的問話，只是敷衍一笑，並沒有出聲。

「梅姨娘，妳有所不知，我們府裡的規矩呀，妾是不能在夫人面前坐著的，妳看看，我這不也是站著嗎？」

沈夫人不遠處站著一名女子，面容精美，穿得倒很樸素，不仔細看，還以為是沈夫人的丫鬟。

「這位是？」梅蘭聽到這話，臉色不是很好地問道。

「這是我夫君身邊的張姨娘，性子一直都很好，對我也很恭敬，一向很得我的心。」沈夫人淡淡介紹道。

「這人啊，就是得懂分寸，亂攀附的啊，怎麼死的都不知道。」沈芳霞被如此誣衊，三夫人自然沒有好脾氣，重重地丟下這些話。

梅蘭聽到此，正欲發火，但是又想到弟弟一臉可憐地求著自己為他作主這段良緣，不由得將氣忍了下來。

「梅姨娘弟弟的親事如何了？妳還沒有回答我呢？」沈夫人道。

梅蘭聽到此話，心中不由得得意，世家又如何？也擋不住她弟弟相貌俊美、才華驚人啊，她高揚著頭說：「我弟弟還沒成親呢，他一心唸書，誰知道有這麼一段良緣等著他呢。」

說完，發出了格格的笑聲，那囂張又輕浮的氣勢，讓沈夫人和三夫人反而鬆了一口氣。

沈芳霞斷不可能看上這樣女人的弟弟吧。

「狗屁良緣！」沈芳霞在屏風後面聽著，忍無可忍之下走了出來，指著梅蘭的鼻頭大罵。

「妳是哪兒來的阿貓阿狗？也配站在我家大堂上？母親、伯母，快快將她那弟弟捉起來拷問一番，看是誰心腸這麼黑，要壞我一生？」

在沈芳霞衝出去的一瞬間，沈芳菲心中暗叫壞了，連忙也跟著衝了出去。

梅蘭看到那屏風後面出來這麼兩個玉一般的人兒，心中正一愣，見那個豔麗的指著自己鼻子噼哩啪啦說了一段，才明白這個姑娘應該是弟弟口中的那個了。

「姑娘可曾記得定平寺？我弟弟說與妳私下碰見過許多次呢。」梅蘭笑意盈盈，看著那豔麗少女臉色突然一下變得蒼白，心中不由得有些快意。

難道是他？沈芳霞想到了那個白衣書生，她與他相遇於定平寺，但是除了眼神，並無其他交流，連話都不曾說過。

可是如果真的是他，那說明他心中是有她的？所以請姊姊來求親？可是那帕子是怎麼回事？沈芳霞一時之間茫然了。

定平寺？三夫人的臉色也蒼白起來，自己女兒之前不是為了老太太去定平寺祈福嗎？難道……以為了祖母祈福的由頭，去與外家男子私會可不是什麼好名聲！三夫人見女兒遲疑了一下，心中絕望道——這事難道是真的？

沈夫人見三夫人母女聽到定平寺都愣了神，又想到這姪女之前為了老太太祈福，往定平寺跑得勤快，不由得皺了皺眉。

「據我所知，我姊姊是去過定平寺，但都是為祖母祈福，並沒有與外男接觸，這位姨娘可不要亂說！」沈芳菲的怒喝打斷了眾人的思緒。

對！無論事實如何，都不能認，如果真的認了，女兒這輩子就毀了。三夫人連連附和。「哪兒來的瘋婦，還不快快打出去！」

沈夫人見三夫人急得失了分寸，不由得搖搖頭，這弟媳婦還真需要磨練，如果沈府真的將梅蘭打了出去，這傳言不是真的也成真的了。

「三弟妹！」沈夫人捏了捏三夫人的手，三夫人見沈夫人一臉沈著，彷彿找到了定海神針。「大嫂，大嫂，這……」

「梅姨娘，有的事口說無憑，難道妳說什麼就是什麼？」

沈夫人將茶盞扔到地上，發出了清脆的聲音，驚回了沈芳霞的神志，也嚇到其他人，一時之間，大堂上靜悄悄的。

沈夫人雖然和善，但好歹是一家主母，發起火來也不是蓋的。

梅蘭見沈夫人發火，腿軟了一下，但是她弟弟英俊瀟灑、才華橫溢，怎麼可能有姑娘不喜歡？於是又接著對沈芳霞說：「姑娘莫非不記得自己將帕子給了我弟弟？」

沈芳霞皺眉對沈夫人說：「我沒有！」

「這事好辦，梅姨娘，將妳弟弟叫過來，咱們當堂對峙如何？」沈夫人淡淡地說，叫了小廝去找梅舉人。

梅舉人知道姊姊要去沈家幫他提親，想到那沈家小姐和潑天財富都是自己的了，心裡不由得美滋滋的，在王侑面前便帶了幾分炫耀。

王侑見梅舉人一臉趾高氣揚，心中十分不滿，不屑地哼了一聲。

梅舉人早已將沈芳霞當作囊中物，以為自己的前程繁華似錦，被這樣一個名不見經傳的王侑瞧不起了，自然十分惱火。

「你不要這麼看著我，等我入了沈家，一定要壓得你不見天日。」梅舉人揮著拳頭對王侑說。

「沈家？」

王侑見梅舉人一臉篤定，不由得有些驚訝，是那個沈家？

梅舉人見王侑一臉驚訝，得意地笑著說：「你且等著，我就要做沈家的女婿了。」

「沈家怎麼可能要你做女婿！」

沈家忠心耿耿，為朝廷戰死的男兒不在少數，王侑十分敬佩，聽這麼一個混蛋妄想做沈家的女婿，不由得嗤之以鼻。

此時，外院來人了，來的是沈府小廝，他笑著對梅舉人說：「這位梅公子，我家主母有請呢。」

「瞧瞧，人家主母請我去呢！」

梅舉人神氣十足的模樣讓王侑不由得握了握拳。

沈夫人叫來的小廝是個機靈的，他見王侑對梅舉人不待見的模樣，心中繞了一個彎——這位公子反而比這梅舉人靠譜，搞不好能為沈家仗義執言兩句。

「這位公子貴姓？」小廝恭敬地對王侑說。

「在下姓王。」

王侑見小廝對自己十分尊重，心想著沈府養出來的奴才都是有見識的，不會輕易看低人，怎麼可能看上梅舉人這樣的蠢貨？

「請王公子與我們走一趟，有些事，搞不好王公子比我們清楚呢。」

王侑聽了小廝的話有些遲疑，這種陰私事他本不該參與的，但是想起梅舉人的氣勢洶洶，不由得點點頭。

「那我就隨你走一趟了。」

他也去？他算個什麼玩意兒？梅舉人心中不滿道。

梅舉人雖有怨言，但是他還沒做成正宗的沈家女婿，只能忍氣吞聲。

兩人到了沈府門前，梅舉人看著壯觀的建築，感到腿軟，自己真的要娶這麼大家的小姐？他又想起沈芳霞美麗的臉，不由得露出恍惚的笑容來，彷彿以後他就是美女在懷，權勢在手了。

王侑的母親曾經也是大戶人家的丫鬟，見識自然比一般女子要多一些，也曾經給他講過世家的規矩，他見沈家如此氣派，反而顯得鎮定，並不像梅舉人這鄉下來的土包子，張大了、嘴巴。

這位王公子還是有點見識的。

沈家小廝暗暗地點了點頭。

第三十八章

在等梅舉人來的時候，大堂裡安安靜靜的，沈夫人與三夫人在喝茶，沈芳菲與沈芳霞在不遠處的小桌子上咬著耳朵。

沈芳霞聽梅蘭說起定平寺，心中還是有些忐忑的，萬一真的是他？

萬一他真心仰慕她，只是他姊姊傳錯了話，那要讓她如何是好？

沈芳霞一顆心如在火裡烤、水裡泡，難受到不行。

「放心吧，三姊姊，妳就當看一場好戲吧。」

沈芳菲輕輕地在沈芳霞的耳朵邊說，沈芳霞聽了，感激地說：「真是謝謝妳。」

經此一事，她真心將沈芳菲當成了自己的好姊妹。

梅蘭站了一小會兒，腿都痠了，但是沒人請她坐，也沒人給她搬來椅子，她只得硬生生地站著，心中期盼著弟弟快來，拿出自己與沈家小姐定情的證據，好給這一群自以為高貴的人一個大大的耳光。沈家小姐又怎麼樣？做了自己的弟媳婦，一樣要被她拿捏的。

「夫人，他來了。」小丫鬟從門外走進來，在沈夫人的耳邊說了些什麼，沈夫人點點頭。

「將王公子請到偏廳先喝杯茶，將梅公子請進來——」

說到一半，沈夫人回頭看看正在小聲說話的沈芳菲與沈芳霞，又對丫鬟指了指屏風，這個丫鬟是個機靈的，她叫了幾個婆子，將屏風擺在沈芳霞與沈芳菲之前，這等外男怎麼能看到沈家小姐的臉？開玩笑！

「哈哈——拜見沈夫人、三夫人！」

小丫鬟走出去後，從門外傳來一陣高昂的聲音，沈夫人與三夫人順著聲音看去，見一個白衣翩翩的青年走了進來，他皮膚白皙，五官精緻，一臉瀟灑。可是明明是如此好的長相，那氣質反而有一點猥瑣。

真的是他！

沈芳霞差點驚得跳起來，她握著團扇，手微微發抖。

「你說你與我沈家小姐有私？」

沈夫人對梅舉人絲毫沒有尊敬之心，這樣的男人，只想靠著女人上位，能有什麼傲氣與出息？憑著這一張好臉蛋就想騙到一個世家小姐？那也要看看自己有沒有這個本事。

「沈夫人，我與沈家三小姐在定平寺一見傾心，多次在寺內私語，小姐早非我不嫁了呢。」梅舉人想到懷中有著獲勝的至尊法寶，一時之間有些飄飄然，說的話也越發誇張。

「什麼？」

還沒等三夫人發火，沈芳霞一雙如玉的手狠狠地抓著團扇。

她與他明明一句話都沒有說過，他居然如此抹黑她！

「有的人呀，想攀高枝想瘋了呢。」沈芳菲輕輕地說，口氣裡的鄙視，沈芳霞無論怎麼樣都能聽出來。

「是嗎？」沈夫人不動聲色。「我也不能聽一面之詞，來人呀，將三小姐的丫鬟曉蕉帶上來。」

曉蕉走進大堂的時候，便決定無論如何都不能讓夫人認為梅舉人與沈芳霞有私。她弟弟讀書極好，如果有機會全家放出去了，他還有機會做個小官呢。

曉蕉到了大堂，規矩地對沈夫人、三夫人行了禮後，靜靜地站在一邊。

「妳可曾認識這書生？」沈夫人指著梅舉人問曉蕉。

這麼好看的人，無論在哪兒見過都有印象的，曉蕉皺著眉看著梅舉人，思慮了半天，遲疑地說：「見過的。」

「什麼？」

三夫人與沈芳霞急得都要跳起來，沈芳霞更要急急就走出屏風，卻被沈芳菲握住了手。

「別急，曉蕉是個聰明的。」

只聽曉蕉又說：「這位公子，我和小姐在定平寺見過。」

「是呀是呀，妳還記得我呀。」梅舉人見這小丫鬟俏麗地站在那兒，嘴上說出的話這麼上道，不由得有些自得，莫非這小丫鬟也看上了自己？不如當他娶了沈家小姐後，讓她陪嫁過來當個妾？

「但是我與小姐從未和這位公子有過接觸呢，只是打過照面而已。」曉蕉見梅舉人一臉春色對著自己笑，心中噁心，冷漠地說。

「誰都知道我女兒是為了祖母才去定平寺祈福的，我不知道隨便在寺裡打個照面也算是心心相印、有私情了？」三夫人不由得鬆了一口氣，這梅公子確實與女兒打過照面，可是這有私情倒是怎麼也不可能的。

「你們小姐連帕子都給我了，難道有錯？」梅公子作勢摸了摸前襟。

沈芳霞在屏風後面見梅公子如此行事，心涼了一半，又慶幸她被沈芳菲怒斥了一頓，不然與這樣虛有其表的男人有了私情，不如死了算了。

幾人正說著，外面的小丫鬟又走了進來，在沈夫人耳邊低語著。

「哦？看來梅公子的學友有話要說呢。」沈夫人笑著。「請王公子進來吧。」

王侑進了大堂，見上首兩位富貴雍容的貴婦人，他匆匆一瞥，連忙收回眼神，屏息行禮道：「晚輩王侑拜見兩位夫人。」

沈芳菲聽到王侑的名字時，不由得驚訝地抬了頭。

王侑在前世是中了狀元的，他後來進了翰林院，為人耿直，卻從未得罪過人，深得帝寵，卻不料他在未中狀元之前，竟因為此事與沈家有了交集。

這倒是個知禮的，沈夫人點點頭，溫和地說：「王公子不必多禮，梅公子一口咬定與我沈家小姐有私，還麻煩你說兩句了。」

其實不關王侑的事，不過他一向看不慣梅舉人輕浮的舉止，於是斜眼看了看屏風後面的倩影，定定地說：「梅舉人與沈家小姐，是必定無私情的。」

梅舉人氣歪了鼻子。「你本來就與我不對盤，你是不想看我娶妻發達吧？」

「沈夫人，梅舉人一直與對街的豆腐西施有染，怎麼有空去與沈小姐如何呢？」

王侑嘆了一口氣，現在的院子是住不下去了，只能另找他處。

「豆腐西施？」梅蘭聽到此話，呆了。

梅舉人暴怒道：「你故意編排我，我對沈小姐是一心一意的！」

「既然如此，沈夫人可以差人去問問豆腐西施，便知道了。」王侑在一旁淡淡地說。

沈芳霞本來仰慕梅舉人風姿如仙人，幻想他是一個學識淵博的淡漠男子，可是現實被如此殘酷揭開，他不僅貪慕富貴，還和其他女子行為不端！

「哦？」沈夫人聽王侑這麼一說，陰鬱的心情好了不少。「那我還得請那豆腐西施來一趟。」

梅舉人的臉紅一陣白一陣。

小廝腳力快，不過一陣子，豆腐西施便被請了過來。

她看見梅舉人便嚎道：「天殺的喔！昨天還和我你儂我儂，今天就來沈府攀上大家小姐了！」

豆腐西施自幼在市井長大，十分慓悍，一來就在梅舉人臉上抓出三道印子。

「胡鬧！我什麼時候說過喜歡妳了？我可是舉人，要做大事的人！妳一個賣豆腐的民女也好高攀我？」梅舉人有些氣急敗壞。

梅蘭看著弟弟，十分心疼，若不是當著沈夫人、三夫人的面，早就要上去撕爛那個小賤人的嘴巴。

沈夫人見本來是一場危機，卻變成了鬧劇，不由得揉揉太陽穴。「事已至此，你們走吧，此事我們沈府不追究了。」

「什麼？你們家小姐給我帕子的事還沒完呢，這是證物，證物！」梅舉人要是那麼容易死心，就不叫梅舉人了。

沈芳菲撇了撇嘴角，心中暗道——來了。

沈芳霞在屏風後，看著外面的梅舉人，心情十分複雜。她曾無數次想像與他百年好合、患難與共，但是從未想過會以這樣的情形重逢。他確實是要求娶她，當他撕下那層華麗的外表之後，沈芳霞看到的是一個無比骯髒、猥瑣的靈魂。

沈夫人剛剛鬆了一口氣，又聽見梅舉人提起帕子，心中不由得一緊。萬一是哪個作死的將帕子偷來給了梅舉人，那麼沈芳霞跳進黃河也洗不清了！

沈夫人面色有些為難，如果真的讓梅舉人拿出帕子證明是沈芳霞的，怎麼辦？難道將梅氏姊弟殺人滅口？

「母親，讓他將帕子拿出來又如何？」沈芳菲從屏風後走了出來。

梅舉人聽到年輕女子的聲音，抬頭一看，呵，沈家的姑娘真是個個都是風華絕代，娶哪一個都不虧。

「對，讓他拿出來！」沈芳霞定了定神，也從屏風後走了出來。

「我倒要看看這帕子是不是我的，如果是我的，大不了我撞死在大堂前，也要還自己一個清白！」

「傻孩子，說什麼呢！」三夫人聽見女兒這麼說，連忙抓住她的手。

王侑本在一邊低著頭，但是聽見沈芳霞說得剛烈，不由得抬了頭，看了這梅舉人口中的沈家小姐一眼。

她豔麗得如一團火，五官精緻，一臉不忿，一下擊中了王侑的心。

王侑忍住了心中的悸動，默默低下頭，這樣的女子，怎麼可能瞎了眼看上梅舉人？

「哈，妳當我傻？萬一我拿出帕子，妳們說這帕子不是沈家小姐的，便不是沈家小姐的，我又有什麼辦法呢？」梅舉人可不是傻子，精明得很。

「我與姊姊都拿出自己繡的帕子，和梅公子手上的比對一下如何？」沈芳菲笑著說。

梅舉人覺得這位小姐比沈芳霞和藹溫柔得多，心中頗為失望，為什麼當時遇見的不是沈芳菲？

「妹妹。」沈芳霞著急地扯了扯沈芳菲的衣角。

「三姊姊以為我們的帕子真那麼容易拿到？母親心裡都有數呢。」沈芳菲悄悄地對沈芳霞說，她鎮定地將帕子扔進了丫鬟端來的瓷盤裡。

沈芳霞聞言，信心大增，從懷裡拿出帕子扔在瓷盤上，提起鳳眼怒道：「你還不把帕子拿出來！」

頃刻之間，夢中情人變成豬狗不如的男子，這還真難適應，沈芳霞能夠站在大堂上，已經很不容易了。

梅舉人將懷中的帕子放到了瓷盤裡。

「快看看，是不是你們小姐的帕子？」

舉盤子的小丫鬟也很想知道是不是，可是她只能將瓷盤交給沈夫人與三夫人，兩位夫人面色凝重地比對了一下帕子，最終鬆了一口氣。

「請問梅公子，這帕子是哪兒來的？」沈夫人問道。

「當然是你們家小姐給的。」梅舉人理直氣壯地說。

「這帕子確實是出自我們沈家。」沈夫人點了點頭，沈家喜歡用江南某皇商的錦緞，倒是一眼便能認出來。

「來人呀，將表小姐請來。」沈夫人將帕子放回了瓷盤。

梅蘭有些不信，想走上前去看，沈夫人倒不使人攔著，讓她盡情看個夠。

內院的女人無聊時，總愛弄些針線活，梅蘭一看便知，這三塊帕子出自不同人手中，是怎麼騙也騙不了的。

方知新聽見沈夫人叫她，以為是召她詢問沈老太太的病情，並不緊張，她緩緩走進大廳，看見梅舉人，才變了臉色。

莫非是沈芳霞的事露了餡兒？

「新兒，妳過來看看，這塊帕子可是妳的？」沈夫人對方知新一向沒有好感，如果能趁著這件事將她打發出去倒是不錯。

方知新聽到帕子一事，臉色唰地一下白了，讓周圍的人不由得揣測，難道這帕子真是方知新的？莫非有私情的是方知新與梅舉人，而梅舉人又將方知新錯認成了沈府小姐，才前來求娶？

雖然大廳的婆子和丫鬟的口風都很緊，但是腦中不斷猜測著應有的情節。

方知新快速走上前，看著瓷盤裡的一條帕子，這條帕子，毫無疑問真是她的。

「求夫人好心告訴我來龍去脈，免得我被人冤枉了。」

方知新一見這帕子，心中就知道，自己只怕是被算計了。

螳螂捕蟬，黃雀在後，她還以為自己是那個最聰明的人呢！

沈夫人才懶得解釋，她的帕子在這兒，指不定這事她有插一腳。

再說了，剛剛小丫鬟打探了，方知新與這梅舉人，還算是同鄉呢，無論是他們有私情也好，或是他們合謀沈家小姐也好，這方知新都不可能再留在沈府了。

第三十九章

沈夫人面無表情地招了方知新面前的婆子過來，問說：「妳們小姐最近在忙什麼？」

婆子早就得知了大廳的消息，眼睛轉了轉，這可是討好夫人的大好機會，夫人開心了，她才會有好日子過。「小姐最近天天與小欣竊竊私語呢，不知道在說些什麼，莫非是這位公子的事？」

「妳血口噴人！」方知新氣得發抖。「這樣欺負我就不怕姨奶奶來審問妳？」

婆子撇了撇嘴，只要討好了當家主母，沈老太太算什麼？高高地捧著就是了。

王侑有意幫一幫那位烈性的美麗女子，在一旁沈著聲音說：「我經常見一跑腿的來找梅舉人，每次他走了，梅舉人總是樂翻了天，說自己要娶大家貴女了。」

「這……？」沈夫人眼睛一亮，如果能知道這個人是誰，那麼這件事就明瞭了。

「我依稀記得那個跑腿的叫小前。」

王侑已經完全相信那位小姐不可能與梅舉人有私情，只絞盡腦汁想著對那位小姐有利的事。

「小前？王公子可真幫了我個大忙。」沈夫人轉過頭對方知新說：「我依稀記得這小前之前是妳老家的人吧。」接著連忙吩咐婆子將人帶來。

方知新全身的血都凝固了，連反駁之語都沒有。

外面的婆子倒是很善解人意，不多久便押著小前到了大堂，王侑瞧了小前一眼，低聲說：「就是他。」

連豆腐西施也尖聲道：「我就知道你不是一個好東西，鬼頭鬼腦的，原來是為你們家小姐勾引男人來了！」

在梅舉人的院子裡遇見小前的人不少，這反而成了鐵一般的證據。

「好大一場戲啊。」三夫人見事已落定，一顆心鎮定下來，笑著說：「原來是新兒與梅舉人有了私情，是梅舉人弄錯了人？」

不管內情如何，方知新與梅舉人的事是板上釘釘了，不過如果是方知新刻意害沈芳霞的話，就其心可誅了。

梅蘭能在小京官那兒混成寵妾，自有看人臉色的本事，她見此事已落定，心想弟弟娶不成沈家小姐，娶個沈家表小姐也行啊，便哈哈大笑說：「原來是我弄錯了，與弟弟心心相印的是方小姐。」

「不！誰與他心心相印？」方知新心中泣血，她這輩子最討厭的就是像梅舉人那樣的錦玉草包！

喲？身為表小姐，還嫌棄他了？梅舉人一聽方知新的話，心中不喜，再加上看來沈芳霞是娶不成了，這方知新也算是一個美人兒，撿了回去也不錯。

他轉了轉眼睛。「起先是我弄錯了，方小姐每次見我都是薄紗遮面的，我還以為是沈小姐呢。」

他又對沈夫人躬了躬身。

「小生慚愧，連人都認錯了。」

沈芳霞看著事態變化，有些目瞪口呆，此人的不要臉程度，真是無人可及！

沈夫人見梅舉人這麼上道，便和顏悅色起來。

「梅公子一表人才，又與新兒是老鄉，真是再好不過的，我們再商量商量，看什麼時候辦好事吧。」

「不！」方知新聽沈夫人三言兩語便解決了自己的婚事，心膽俱裂，一口氣喘不過來，暈倒在地上。

「怎麼驚喜得暈倒了？還不快將新兒攙下去？」三夫人思前想後，發現是這孤女想害她女兒，對方知新的口氣不由得嘲諷起來。呵，還想嫁給二房的庶子？作夢，嫁回妳老家去吧。

梅舉人聽了沈夫人的話，一臉喜色。

「謝謝夫人作主。」

一旁的豆腐西施十分不滿說：「夫人，是我與梅公子認識在先的！」

沈夫人無所謂地笑了笑。「那妳就當梅公子的貴妾吧，看在我們相識一場的分上，我送妳一些嫁妝。」

豆腐西施本就是市井女子，能嫁給舉人做貴妾已很不錯，居然還有嫁妝？這讓她開心得很，跪下來對沈夫人磕了一個頭。

「謝夫人恩典。」

梅舉人回了家，坐在椅子上，想起沈家小姐那張宜嗔宜喜的俏臉，一時之間還真放不下。

這事蹊蹺得很，但以梅舉人的腦子，左思右想都想不出這事情的癥結點在哪兒，又想起小前曾經是方知新跟前的人兒，卻對他如此的殷勤……莫非是那表小姐早在家鄉的時候就看上了自己？然後在京裡遇見了他，打著沈家小姐的幌子讓自己與她再續前緣？

梅舉人想到這兒，心中有了一絲不悅，他莫非是被方知新算計了？

明明可以娶更高人家的女兒，最後卻只娶了一個無父無母的孤女，如何能讓他滿意？好在這方小姐與沈家，還是有著千絲萬縷的關係，罷了罷了，等成婚後他再找幾個美人兒陪自己好了。

梅舉人好不容易想通了，但是梅蘭卻越想越不開心，自己本來可以巴上沈府小姐的，卻盼來一個孤女，這女子一定是見弟弟有前途，便使了計謀，真真可惡。不過這婚雖然定了，等弟弟再攀上一個有權有勢的，取消婚約也不是不可以。沈夫人對方知新的厭惡她可是看得清清楚楚，到時候他們不願娶那孤女，沈家還不一定會為她出頭呢！

方知新幽幽從昏厥中醒來，天已經微黑。

她坐起來，眨了眨眼睛，不知身在何處。

「小姐，您可終於醒來了。」丫鬟小欣帶著哭腔的聲音在她耳邊響起。

方知新面無表情地看了看小欣。

完了，一切都完了，她握了握拳，有些不堪重負。

「表小姐可醒來了？夫人交代我給您補好身子，免得姑爺擔心呢。」

門外走進來一個嬤嬤。

好事不出門，壞事傳千里，表小姐給自己找了一個夫婿的事已經傳遍了沈府，大家都抹去了沈芳霞的影子，說的全是方知新與那梅舉人的天作之合。

其他院子裡的下人們聽了，表面上也要讚一句佳話，但是在私下裡卻討論著：「到底是無父無母沒人教養的孤女，哪能去廟裡與人對上幾次眼就私定終身的？那梅舉人雖然生得好，但是還沒有功名就在外面勾三搭四了，絕不是個好東西，這繡花枕頭啊，只有那沒有閱歷的小姑娘才看得上。梅舉人能看上方知新什麼呢？還不是她身後的沈府？這表小姐啊，還是太傻了。」

嬤嬤一聲呼喚，叫小丫鬟拿著補藥的湯碗走上前來。

方知新定了定神，一口氣將它喝下。沈夫人雖然不待見她，但是也不會短了她的衣服與吃喝，補湯裡放了點人參，讓方知新混沌的思緒清晰起來。如今能幫得上她的只有沈老太太了。

方知新的手抖了抖，看了看天色有些猶豫，但是為了終身大事，已經顧不上沈老太太的休息了。

「我要去見老夫人！」方知新唰地站起來。

「小姐要不要打扮一下？」

方知新的未來也能決定小欣的未來，小欣現在倒是一心為方知新著想。

方知新照了照鏡子，看著鏡子裡的自己，髮絲微亂，雙眼微紅，嘴唇上一絲血色也沒有。

「不，就這麼去。」

老夫人這麼疼她，一定會心疼的。

她走到沈老太太的屋外，有些惴惴不安。

梅舉人的事情彷彿沒有傳到沈老太太這兒，沈老太太的貼身丫鬟看到方知新，仍是很熱情的模樣。「表小姐來了?老夫人正念著您呢。」

方知新聽到這話，心裡的忐忑定了一半。沈老太太一向看重她，沈夫人也不會那麼快去說她的事，這事，還是有轉圜的。

「姨奶奶。」

方知新急急走進屋內，老太太正坐在軟椅裡聽著旁邊的小丫鬟說笑話，見方知新就這樣進來了，有些吃驚，她細細打量了方知新一番。

「是誰欺負妳了？」

沈老太太見方知新臉色蒼白，髮絲紊亂，不由得有些生氣。

方知新知道自己愛潔，在她面前，總是收拾得乾淨爽利的，而不是今日一副可憐樣兒。

「姨奶奶救我，有人冤枉我與外院男子私相授受呢。」方知新這憋了一夜的委屈淚水，終於在老夫人面前流了下來，顯得格外楚楚可憐。

「私相授受？這是什麼意思？」

老太太大怒，莫非是二房不願意讓庶子娶了方知新，便讓人毀了她的名聲？

她可不知，她連一個庶子的婚事都左右不了了！

方知新跪在老夫人膝頭，將來龍去脈說了一遍。「本是說那帕子是芳霞表妹的，可是沈夫人叫我一看，這帕子便換成是我的呢，我與那梅舉人雖然是同鄉，可是我之前真沒見過他呀。」

沈老太太原以為只是二房不想讓方知新嫁進去而使的小手段，卻不料此事連沈夫人、三夫人、沈芳霞也牽扯了進去，不由得大驚。「這麼大的事，也不來與我說說，原來在她們的眼裡，早已沒有我了！」

方知新跪在沈老太太的膝頭，聽到此話，眼淚又撲簌簌地掉下來。「請姨奶奶為我作主。」

沈老太太坐在軟椅上，方知新微微將臉放在她膝頭上，哭得雙眼發腫，讓沈老太太有些心疼，但是她想來想去，還是覺得大房作的決定毫無令人指摘之處。

不犧牲遠房孤女難道犧牲自己的嫡親姪女？

如果她站在大房的位置上，也會這麼做的。

沈老太太身邊的心腹嬤嬤見方知新楚楚可憐，一副受了委屈的模樣，不由得嘆了一口氣。

這位平時看起來冰雪聰明，可是在關鍵時刻怎麼就不明白呢？

沈老太太再怎麼疼她，但是沈芳霞才是她血脈相承的那一位。

心腹嬤嬤一邊想著，一邊對外面的小丫頭使了一個眼色。

方知新一個孤女，她還是得罪得起的。但是沈夫人的面子，卻不能不給。

解決了沈芳霞的事，三夫人對沈夫人服得很。

兩位化解了一場大危機，鬆了一口氣，此事來得又急又凶，還沒來得及思考來龍去脈，只想著將此事化解了便好。

這下閒了，細細想來，其中微妙之處多得很。

為什麼那梅舉人一口咬定與自己私相授受的是沈芳霞？為什麼帕子會換成了方知新的？

為什麼方知新以前的小廝老往梅舉人院子裡跑？

三夫人雖然是個小家子氣的，但不是個傻的，如果女兒被這件事毀了名聲，那只有死路一條了，可是方知新真的有這麼狠心？

她們小女兒之間能有什麼仇怨？

沈夫人也如是想，她對方知新了解得並不深，之前聽說方知新覬覦自己的兒子，她出手了一次，可是在平時，方知新還是一個知禮的孩子。

「母親，一定是方知新那個賤人害我！」沈芳霞憤憤不平道。

「平時我們在一起，三姊姊總提醒著表姊不要想著得不到的東西，好好過日子呢。」在一旁保持沈默的沈芳菲突然說道。

呵，原來是為了沈于鋒。

方知新一直想嫁給沈于鋒，卻屢遭沈芳霞嘲諷，因此懷恨在心。

沈夫人聽了面色凝重，自己的小女兒可是將方知新直接扔進湖裡的，如果還留她在府裡，誰知道她會對菲兒做出什麼？

可是那帕子為什麼成了方知新的而不是沈芳霞的？兩位夫人想破了頭都想不出為什麼，只能歸結為惡人自有惡報，或者說有貴人相助了。

「三弟妹，有一句話我不知道當說不當說。」

沈夫人知道三夫人一向對她厭煩得很，所以說此話時有些猶豫。

「大嫂請儘管說。」

沈夫人將此事料理得漂漂亮亮，她對大嫂第一次有了敬服之感。

「你們三房的人該清清了，不然霞兒的手帕是從哪兒傳出去的？」

三夫人聽完，沈著臉說：「多謝大嫂提醒，我三房是不容背主的東西的。」

三夫人回去清查，雖然沒查出偷女兒帕子的人，但是奴僕們背著主子做的壞事還真不少！三夫人倒吸了一口涼氣，將三房大清洗了一遍，這倒是後話了。

幾人正說著，一個小丫鬟走進來，在沈夫人身邊悄悄地說了幾句，沈夫人點點頭，叫白荷給了小丫鬟幾個銀錠子。

她站起來，對三夫人說：「看來這事還沒完，咱家的表小姐還有後招呢。」接著將小丫鬟稟告的事說了一遍。

三夫人皺著眉，心想這表小姐是傻了？自己沒有去找她算帳，她倒是在沈老太太面前哭起來了。

沈芳霞聽到方知新又在沈老太太面前惺惺作態，不由得嗤的一聲——

就她會哭？她也會！

沈芳菲見沈芳霞鬥志高昂的樣子，不由得笑了笑。

她吩咐荷歡拿了一條沾了生薑水的帕子，偷偷遞給了沈芳霞，沈芳霞看了看帕子並沒有接，而是捂著臉去了沈老太太那兒。

今兒個夠她哭的了，曾經以為的翩翩公子居然是個攀附富貴、狼心狗肺的傢伙，如果她不聽沈芳菲的勸，執意與他來往，那將是什麼下場？不管那帕子是不是真是方知新的，她都逃過一劫了。

第四十章

沈芳霞掩著臉到了沈老太太房門口，她為人爽利，也愛和老太太跟前的丫鬟們開開玩笑，可是今日丫鬟們還沒來得及打招呼，沈芳霞就闖了進去，跑向了沈老太太跟前。

沈老太太正煩惱著如何安慰方知新，卻見親孫女也跑了過來。

「妳這是怎麼了？」

沈老太太見沈芳霞一臉陰鬱，不由得推開了方知新。方知新沒反應過來，踉蹌了一下。

「祖母，祖母！孫女兒差點被那匪人壞了名節！」沈芳霞跪到沈老太太面前。「求祖母給我作主！」

還沒等沈老太太說什麼，沈芳霞哭了。她為人堅強，倒不像方知新能說哭就哭，她的眼淚一滴一滴地流下，倔強的雙眼裡充滿了委屈。

有的人天天哭，旁人看久了，也習以為常了；但是有的人不常哭，一哭便讓人慌了神。沈芳霞便是後者。

沈老太太聽沈芳霞一說，便知是何事，她一手拉著一個女孩兒，心中沈重如千斤頂，緩緩開口說道：「是妳表姊與那梅舉人心心相印，梅舉人錯認妳為她而已，他長得一表人才，腹中又有學識，與妳表姊是天生一對。」

「什麼？」方知新聽了此話，差點再次暈倒，連老夫人都不幫她了？

沈芳霞聽到此話，正想辯駁，但是她見老夫人一臉疲態，將話硬生生忍了下來。

她對方知新沒有好感，但是老夫人對方知新還是有一、兩分親情的。

她一臉委屈地說：「希望表姊與梅舉人和和美美，才能抵消此次我受的無妄之災了。」

老夫人拍了拍方知新的手，沈聲說：「新兒與梅舉人如此相配，一定會和和美美的。」

方知新張了張嘴，但是她了解沈老太太甚深，沈老太太決定的事，沒有人能更改。

幾人正說著，沈夫人來了，她不動聲色地打量了方知新一番，恭敬地對老夫人說：「兒媳今日有事與母親稟告。」

老夫人被方知新一事弄得有些頭疼，見老大家媳婦來了，便知這個兒媳婦要來幹什麼。

「我知妳們倆今日都受了委屈，趕緊回去休息吧。」

沈老太太無力地擺擺手道。

沈芳霞與方知新一前一後走出去，兩人都顯得心思莫測。

沈芳霞恨恨地瞪了方知新一眼，方知新卻脫下偽裝，恨恨地瞪了回去。

沈芳霞見狀，挑眉嘲諷地笑了一笑。

「恭喜表姊與梅舉人有情人終成眷屬。」

方知新反道：「也祝表妹能找到如意郎君。」

兩位都是小姐，有天大的嫌隙也不會大打出手，只能走著瞧了。

沈夫人待兩個小的走遠了，才笑著對老夫人說：「今日讓母親受累了。」

沈老太太也曾是將門之女，最煩與人說話高來高去的，她淡淡道：「將來龍去脈與我說一次。」

沈夫人將事情說了一遍，最末，她看了看老夫人的臉色。

「也不知道怎麼著，明明是新兒面前的小廝跑去梅舉人那兒，梅舉人卻說與他有私情的是霞兒。」

沈老太太聽到此話，臉色蒼白。

沈夫人見沈老太太此等模樣，心想這個婆婆一輩子跋扈慣了，到了晚年居然對一個小姑娘看走了眼，如今真相揭穿，怕是傷心得很呢。

她欲給沈老太太留些面子，此事不再查下去。但是方知新如此為人，還想靠著沈府這棵大樹是不可能了。

沈老太太也是當過家的，自然知道其中關節，但是她見沈夫人只當此事是個誤會，並沒有查下去的意思，不由得鬆了一口氣。

「新兒父母去得早，少了教養，誰知道她與梅舉人早已有了情愫呢？不過他們倒是相配的，我就全了這個情面，讓他們在一起吧。」

沈夫人含笑點點頭。

「新兒的嫁妝我一定準備得好好的，讓她風光大嫁。」

「不用了。」老夫人淡淡說。「她祖母也給她留下不少東西，足夠了。」

她對方知新好，也疼方知新，但並不代表方知新能與她的親生孫女爭風。

關於沈于鋒的事，她不是不知，只是機會已經給過一次了，如果她再拎不清，老夫人也沒有辦法了。不探求這件事的真相，讓方知新在沈家出嫁，已經成全了方知新祖母與老夫人之間的情誼了。

「新兒要出嫁，便讓她在屋子裡繡嫁妝吧？免得繡品太難看，夫家看不起她。」老夫人想了一會兒，對沈夫人說。「也不用上我這兒請安了，畢竟是我庶妹的血脈，老像丫鬟一般伺候我有啥意思？」

沈夫人聽到此，知道老夫人心中有了論斷，也在最後放了方知新一馬。

如果繼續查下去，謀害姊妹的大帽子扣下來，她還有得好？只不過在這後院裡，有的是法子讓人面甜心苦，敢威脅到女兒、兒子的人，她絕對不會給她好果子吃。

梅家求娶心切，沒多久便將方知新娶了過去。

京城寸土寸金，梅家自然不會在梅舉人中進士之前便買房，於是方知新與梅舉人仍住在那小院子裡。

沈府也沒有為方知新大辦嫁妝，連方知新出門都是從側門出去，添禮也沒有，慘澹的情況讓梅舉人後悔不已，覺得押錯了寶，對方知新自然沒有好臉色。

而方知新卻心比天高，一向看不起這個金玉其外的草包梅舉人，一分壓箱錢也不拿出來，讓兩人可謂相敬如「冰」。

方知新與梅舉人如此，樂壞了同時被抬進門的豆腐西施。

方知新沒有得到沈家的壓箱，豆腐西施居然得到了，她是市井出身，嫁給舉人已是高攀，她不是笨人，沈家抬舉自己的目的不就是讓她與方知新打對臺？

豆腐西施時常與梅舉人一起嘲諷方知新，方知新的貼身嬤嬤經常含著淚說：「小姐，您是所嫁非人。」

方知新笑笑不出聲，心中卻暗暗想著，一定要讓沈芳霞和她一樣所嫁非人。

梅舉人在京城青樓裡一擲千金，花光了錢，便將主意打到方知新身上，可是方知新不願意出一個子兒給他揮霍，他幾次索要不成，乾脆給方知新一個耳光，怒道：「不要敬酒不吃吃罰酒！」

梅舉人雖然文弱，但好歹是個男人。

方知新一身白衣，被搧倒在床上，蒼白的臉上出現驚人的巴掌印，她一雙眼睛散著瘋狂的幽光。

「夫君，你是不是想娶沈家的小姐？」

「沈家的小姐？」梅舉人狐疑地看著她。

梅舉人貪財好色，方知新看他稍緩的臉色就知道這廝已經動了心，便又加了一把柴火。

「夫君有了沈家小姐作陪，難道還怕不能高升？」

「可是上次已經……」梅舉人有些遲疑。

「有我呢。」方知新一張漂亮秀氣的臉變得扭曲起來。「身為沈家小姐的表姊，我難道不能見見她？」

「見她有什麼用？」梅舉人想起沈芳霞那張豔麗的臉，心中癢癢的。

「如果夫君能壞了她的名節，她也只能跟著夫君了。」

梅舉人想到沈家小姐委身於自己以後的大富大貴，嘿嘿笑說：「還是娘子為我著想。」

王侑自在沈府指證了梅舉人以來，梅舉人每次見了他，總是一副你壞了我前程的模樣，再加上梅舉人又迎了兩位佳人進門，這雞飛狗跳的，讓王侑總是心煩意亂。但是科舉快到了，也租不到新院子，他只好忍著。

梅舉人院子裡的豆腐西施總自認為是世上最美的女子，每次王侑走出院子，她總一副「你不要愛上我」的風情模樣，讓王侑心慌慌；那正室方知新麼，一副病歪歪的，雙眼裡的陰鬱，讓王侑看得膽顫心驚。

將來要娶什麼樣的女子？王侑原本只覺得娶妻娶賢，不必相愛，只要妻子能幫他料理好後院即可。

但是自從他見了沈府三房小姐以後，心開始動搖。這三房小姐雖然貌美，但是性子烈，以後必是眼睛裡入不了沙子的女人。做她的丈夫，要不被她火熱的性子燒得不進後院，要不就是被她拿捏在手心裡。但是王侑悲哀地發現，他居然願意做她手中的小泥人，莫非他也與一般男子一樣貪色？

王侑在床上翻來覆去，左思右想之後，自嘲地笑笑，自己是什麼身分？怎麼能妄想沈府嫡親的女兒？作夢吧。

沈芳霞雖然表面潑辣得很，但不算心地太壞的人，偷偷差了小丫鬟去探方知新的日子，得知方知新過得十分不好，不由得感嘆她罪有應得之餘，又唏噓起來。雖然唏噓，她並沒有傻到去幫方知新，只是將這感嘆藏在心底，過自己的日子，她年齡快到了，母親在幫她相看呢。

出了梅舉人的事之後，三夫人本來不急著將女兒嫁出去的心，突然變得急迫起來。不管如何，先將男方定了再說，她卯起來天天伺候在老太太身邊，老太太自然知道這個一向連奉承都懶的三媳婦所求的是什麼，皺了皺眉頭，列了一張單子。「這是我幫霞兒相看的人，妳可以從中選選。」

三夫人接過單子，一臉欣喜，可是看著看著，笑容從臉上消失了。

她有些勉強地笑道：「母親，這些人的家世，實在是配不上咱們家啊。」

沈老太太看著三夫人一副心比天高的模樣就來氣。

「妳自己看看妳與老三，有什麼可值得說的？」她冷笑道。

三夫人聽老夫人這麼一說，愣了。

沈三老爺現在還掛著閒職，只領俸祿不幹活，雖然他們是沈府的人，可是萬一分家了，他們可真沒啥值得說出口的。

「可是父親、大哥還在。」三夫人喃喃地說。

「妳這麼不滿意我挑選的，那就自己相看。」沈老太太本來就年紀大，方知新的事還是傷了她的心，對啥都沒興趣，好不容易打起精神張羅沈芳霞的事，卻被三夫人質疑，心情十分不好，拂了拂袖子送客。

三夫人知道惹了老夫人不開心，戰戰兢兢地從老夫人那兒出來。

對女兒的愛讓她有了反抗老夫人的勇氣，她自己託人相看了幾家，猶豫了一會兒，又去找了沈夫人。

自從錦帕事件過後，三夫人不再孤傲自大，莫名對沈夫人有了崇拜感，什麼事都願意與她商量。

沈夫人也慢慢為沈芳菲相看夫婿，對此等事十分上心，聽三夫人說了相看的事，十分感興趣地說：「妳將老夫人相看的與妳相看的拿來看看。」

三夫人笑著將名單遞給了沈夫人，沈夫人細細打量一番，以她對老夫人與三夫人的了解……那家世不好也不差，但是子弟勤奮的一定是老夫人選的；家世好的，但是子弟私下有很多毛病的，一定是三夫人選的。

三夫人倒不一定知道這些家世好的子弟私下有毛病，畢竟她的圈子與沈夫人不一樣，聽到的只有誇讚的話，私下的東西，誰會拿出來說嘴呢。

第四十一章

三夫人期待地看著沈夫人，希望這位見多識廣的大嫂對她的名單稱讚一番，然後她再假裝謙虛地顯擺一下自己的人脈有多好。卻見沈夫人喝了一口茶，一副欲言又止的模樣。

「大嫂，有什麼話儘管說，我們是什麼關係呀。」她連忙殷勤地說。

「我瞧著，還是老夫人的名單靠譜一點。」沈夫人暗自嘆了一口氣，人說娶妻娶賢，真沒錯，三老爺是個渾的，三夫人也是糊塗蛋，怎麼立得起來？看來自己作為長嫂的，要多費點心了。

「為什麼？」三夫人震驚得瞪大了眼。「我選的，可都是好的。」

「三弟妹，妳可還記得陳大學士之子？」沈夫人緩緩說道。

「當然記得。」那案子在京城裡可是傳了好一陣子。

「有的不能只看表面，只要小子上進，夫妻間和美，比什麼都重要。三丫頭性格好勝，家世高了，反而不易拿捏，選個家世一般的，看在沈府的面子上，那小子也不敢對三丫頭不好。」沈夫人覺得這話真得罪人，不過三夫人既然都問了，她便狠心將想的直說了。

三夫人沒有急著反駁，而是想了一會兒，笑著說：「大嫂說得對，有的事，不能只看表面的。」

三夫人有一點好，她認可的人，做什麼都是對的。她現在對大嫂推崇得很，自然覺得她說得有理。

她站了起來，收起案上的兩卷紙。「我再回去看看，這女兒啊，得嫁好了，我身上掉下的肉啊，生怕她不好。」

「就是。」沈夫人心有戚戚地點了點頭。

第二日，三夫人恭恭敬敬地將自己看上的小子遞給了沈老太太。

沈老太太接了，哼了一聲。「妳可是想通了？」

「母親選的，定然是好的。」三夫人笑著說。

三夫人出了自己的院子後進了沈夫人的院子，沈老太太不是不知道。

老大媳婦是個聰明的，教三夫人如何選女婿，還是綽綽有餘的，這家和才能萬事興嘛。

方知新是一個有毅力的人，從上一世她一步一步籌謀沈于鋒就可看出。

今世儘管她嫁給了梅舉人，但是還能笑著站在沈府的側門門口，說要拜見姨奶奶，這心性可見一斑。

這次方知新回歸沈家顯得低調了很多，她在沈家做表小姐的時候，沈家不曾短了她的吃穿，待遇與其他小姐是一般的，無論什麼時候，她都像個大家小姐一樣賞心悅目。如今她穿著棉布衣裳，色彩暗淡得很，戴著的釵子也不是什麼好玉，讓眾人覺得，這表小姐可真是嫁砸了，不過也不能怪誰，誰叫她就是貪圖那梅舉人的色相呢？

守門的婆子看見方知新，面色很無奈，一臉為難地說：「表小姐，這不是我能決定的。」

方知新一臉自信，彷彿知道沈老太太一定會見她。

「還麻煩妳通報一下。」

說罷，還將小銀錠子悄悄塞到了婆子手上，守門的婆子用手捏了捏這小銀錠子，咬了咬牙說：「那小的就幫您跑一趟。」

沈老太太聽見婆子說方知新居然來沈府拜見自己，一時之間面色有些神秘莫測。

「真是個能屈能伸的。」沈老太太對大丫鬟說。

「見不見由您呢。」大丫鬟知道，沈老太太年紀大了，本來就很喜歡愛笑愛俏的姑娘，方知新對老太太體貼入微，照顧得比其他親生孫女還細心，沈老太太對她，還是很有幾分情的。

「那就見見吧。」沈老太太定了定身子。

方知新走進來，聞到沈老太太房裡的安神香，一時之間有些恍惚。

她還以為自己是那個備受老夫人寵愛，誰都要給三分顏面的表小姐，而不是一個窮舉人的正房娘子。

「回來了？抬起頭來給我看看。」沈老太太坐在上首淡淡地說。

方知新抬起了小小的臉，她的美以前是皎潔清新的，而出嫁後不過幾日，居然多了一絲婦人的憔悴。

要知道，當時沈芳怡出嫁後回門，可是朝暮之鞍前馬後，容光煥發得很。

「姨奶奶好。」方知新躊躇了一會兒，小心翼翼地說道。

沈老太太看見方知新這副小心翼翼的模樣，心中一酸。

早知如此何必當初？自己的嫡親孫女是她能謀害的？

儘管老夫人對方知新還有幾分憐憫，但是再也回不到當時疼寵她的日子了。

她只是淡淡地點了點頭，象徵性地說了幾句出嫁要從夫、早日開枝散葉之類的話，末了，她看了看方知新頭上那根劣質的玉釵，叫小丫鬟從庫房裡再拿了一根賞給她。

小丫鬟拿出來的玉釵不是頂好的，但是比方知新頭上的那根，要好得多了。

方知新誠惶誠恐地說：「謝謝姨奶奶賞賜。」

她並沒有久留，請了安就退下了，彷彿她只是惦記著沈老太太，於是厚著顏來見一見而已。

其實，若不是為了拉沈芳霞一起下地獄，方知新才不會再進這沈府。

老太太是待她親厚，可是在最後關頭，老太太並沒有為她說一句話，而是和沈夫人一起將她草草地嫁了出去。

此刻的她，心中並無感恩，有的只是仇恨。她刻意站在沈芳霞向老太太請安必走的路上，遇上了沈芳霞。

「妳……？」

沈芳霞以為自己看錯了人，方知新最自負的就是一身清靈的氣質。而今日，她做著婦人打扮，衣料在沈芳霞眼裡只能算是粗製棉布，更不要提頭上那支釵子，連沈府的丫鬟都未必看得上。

「表妹。」

方知新並沒有仇恨之色，而是微笑地打了招呼。

沈芳霞見一直討厭的人落難至此，卻沒了嘲笑折辱的心思，畢竟她也叫過方知新一聲表姊。

「瞧妳這樣子，出嫁了的婦人難道就不打扮了？」沈芳霞儘管心中沒有折辱對方的意思，但還是少不了牙尖嘴利一番。

若是往常，方知新一定會裝作被沈芳霞欺負了的柔弱模樣，但如今只是笑了笑。「妹妹說得對，我也想日日對鏡打扮一番，但是相公寒窗苦讀，暫時沒有生計來源，這日子自然有些拮据。」

沈芳霞見方知新坦然將窘境說出來，心中更是唏噓。她本就只是嘴硬心軟，一時之間反而不知道說什麼好。

「三小姐，您是好心人，救救我們小姐吧！」

此時，方知新身後的小欣打破了沈默。「那梅舉人不是好東西，日日籌謀著我們小姐的嫁妝，還為了豆腐西施打我們小姐！」

「咦？」沈芳霞驚呼出聲。

她再細細打量了方知新一番，方知新臉上的脂粉有些厚，顯然是為了遮掩臉上的巴掌印。

「那廝居然打妳！」沈芳霞氣得咬牙切齒。打狗也要看主人，打了從沈府出去的女子，不就是打沈府的臉？

「表妹不必生氣，一切都是我罪有應得。」方知新用帕子擦了擦眼。「表妹，還能見到妳真好，我只想解釋一句，當時真不是我害妳的，我也不知道怎麼就出了小前這樣一個劣僕，聽說是梅舉人收買了他，才……」

沈芳霞聽方知新說到梅舉人一事，黑了臉。「那事表姊不用再提了，就算要害，小前那個忘恩負義的，害的也是妳而已。」

「小前沒偷到妳的帕子，反而拿了我的帕子充數，我這心中，還是鬆了一口氣的，表妹金枝玉葉，值得更好的人，而我這飄零之女，嫁個舉人也沒什麼。」方知新一臉蕭瑟，說此話時還笑了笑，看得沈芳霞反而心中酸澀起來。

「我們好歹也姊妹一場，妳有什麼大事，便來找我吧。」沈芳霞嘆了一口氣。

「那怎能煩勞表妹？」方知新一臉受寵若驚。「只要表妹不對我心懷不喜就好了。」

沈芳霞見方知新如此，不由得搖搖頭。

真不知道她是自作自受還是也是受害人了。

不過她母親也要為她選夫婿了，她們以後見面的日子會越來越少，畢竟沈府嫡親小姐的夫家與窮舉人還是有天壤之別的。

接下來的日子，方知新靠著回沈府走動獲得了梅舉人的關愛，她畢竟是沈府的表小姐，多走動走動，搞不好沈府一開心便給他一個官做做了。相比那只會撒嬌固寵的豆腐西施，這方知新還是有用得很。

幾日後，沈芳霞與三夫人去寺廟裡還了願。三夫人因為有急事要走，便另外坐了一輛馬車離去。

沈芳霞獨自一人坐著馬車，經過集市時，馬車走到一半，曉蕉說：「小姐，再往前走一點就是表小姐住的地方了呢。」

方知新住這等地方？

沈芳霞皺了皺眉，這可都是小戶人家，房子一間挨著一間，連一個大一點的後院都沒有。方知新在沈家享受了那麼好的待遇，這一下還真算是掉到泥裡了。

沈府的馬車一般都有家紋，從沈府出來的人都能輕而易舉辨認出來。馬夫正駕著馬慢慢地走，突然一個丫鬟闖了過來，攔住了馬車。

「妳這是找死嗎?!」馬夫嚇得拉緊了轠繩，大聲罵道。

沈芳霞在車內狠狠地撞到了一旁的榻上，幸好榻上有軟綿綿的枕頭擋著，不然可就傷著了。

「怎麼回事？」曉蕉呵斥道。

「三小姐請救救表小姐啊！」攔住馬車的丫鬟灰頭土臉，一臉淚痕。

這不是方知新身邊的小丫鬟小欣嗎？沈芳霞眼尖，掀開簾子看到了哭泣中小丫鬟的臉。

「怎麼了？」她抬高聲音問道。

「小姐，咱趕緊回吧，夫人還在等著咱們呢。」曉蕉倒是不大想管閒事。

這表小姐心思多得很，萬一出了什麼事，她與跟來的家丁都不好交代。

「三小姐救救表小姐吧。」小欣跪在地上連連磕頭。

若是在方知新出嫁之後，沈芳霞與她沒有見過一面，對她的印象也就慢慢地淡了。但是方知新走了幾次沈府，都是過得很拮据的模樣，讓沈芳霞不知道氣往哪一處來——妳與我鬥的時候不是很厲害嗎？怎麼嫁了個廢物，自己也變成廢物了？

「將馬車停過去，我倒要看看，那梅舉人是怎麼對待從我們沈家出門的表小姐的。」沈芳霞恨恨地說。

她命馬夫在院外守候，帶著曉蕉、家丁往院子走去。

家丁年輕力壯，聽說表小姐的夫君不是個好的，便對他失了幾分防心。

小欣在前頭急急忙忙地指路，沈芳霞帶著幾人走進了那小院，卻不料進了院子一陣異香襲來，沈芳霞等人皆頭腦發暈、手腳發軟。

「糟了，有迷香！」家丁欲抓住小欣，卻因為頭暈腳軟跪了下來。

沈芳霞雖然手腳麻木，但是意識還很清楚。

方知新居然恨她到如此地步，寧願做小伏低也要將她引誘到這小院子裡來，接下來她要做什麼呢？一想到此，沈芳霞的一顆心急驟跳動起來。她用牙齒咬了咬舌尖，就算死，她也要保住名節。

正當幾人意識不清的時候，從屋內走出一人，正是方知新。

她用面紗遮著臉，雙目透露出瘋狂的神色。

呵，沈家害她至此，那麼她也要讓沈家看看，那千嬌萬寵的女兒給一個啥都沒有的書生做妾是什麼滋味？

說起來，沈芳霞還得給她倒一杯茶呢。

「快將她扶入房間，相公等著呢。」方知新站在沈芳霞面前，居高臨下地打量了她一番，對小欣吩咐道。

「這……」小欣顯得有些遲疑。

「不願意？妳可想想妳一家老小的賣身契還在我手裡呢。」方知新厲色道，說罷，她又緩了緩臉色。「沈芳霞的名節斷送在夫君手上，她必定只能忍辱嫁進來，除非讓女兒悄無聲息地死了，沈家丟不起女兒失貞的臉，沈家三房對沈芳霞視若珍寶，一定會忍氣吞聲的。」

小欣咬了咬牙，往沈芳霞的臉上倒了一杯水，也不知道哪兒來的力氣，半攙扶著沈芳霞往前面走。

可誰也沒想到，沈芳霞突然掙脫了小欣，她咬著舌尖，讓自己清醒一些，跑了幾步，又將頭上的釵子拿下，狠狠地攥在手裡。

就算是死，我也不會委身梅舉人！

沈芳霞看著方知新，一顆心盡是冰冷。

她靠在牆上，大口喘著氣，等著小欣過來，便準備用釵子插進自己的喉嚨。

第四十二章

王侑進了院子，便是看到這一幕——

沈家在他看來最美的小姐無力地抵在牆上，一頭秀髮凌亂披散在肩頭，唇邊居然是殷紅血跡。她手上緊攥著釵子，釵子銳利劃破了她的手，血一點一點滴下來，像那梅花一般印染在白色衣裙上。

「妳們在幹什麼！」王侑怒道。

他因為實在受不了梅舉人後院的爭吵，便搬去了同窗家暫住，今日只是偶然來拿遺落的詩書，卻不料撞見如此驚心的一幕。

梅舉人在房內等了一會兒，見沈芳霞還沒被扶進來，便急不可耐地出來。「怎麼還沒好？」

王侑見梅舉人這一副急色的模樣，便知道這一戶人打的是什麼齷齪主意，心中一怒，三步併作兩步擋到沈芳霞面前。「有我在，誰敢動她？」

梅舉人看清來者是王侑，氣得七竅生煙。「怎麼每次壞我好事的都是你！我們是天生的冤家不成？」

沈芳霞正欲赴死，卻不料有人擋在她的前面，心微微一鬆，思量了片刻，她還是緊緊攥住了釵子。
屋外的馬夫是個機靈的，他見沈芳霞帶著幾個人進去之後，院裡居然沒有任何聲響，自己偷偷站在門口一看——好傢伙，家丁、曉蕉居然都倒在了地上。
他只有一個人，又怕這表小姐還有後招，便悄悄退了出去，急忙跑回沈府報信。
三夫人聽了報信，心跳加速，急出一身冷汗。
沈老太太家怎麼就出了這麼一個狠心腸的？
她連忙帶了家丁往外走，路上遇見沈于鋒與沈芳菲去大房請安，沈芳菲見三夫人一臉急忙，連忙問：「怎麼了？」
三夫人急得直跳腳，三言兩語便將事情說明白了。
沈芳菲抓住三夫人的手。「三嬸別急，女子不宜拋頭露面，我們坐馬車過去。這當急先鋒的，還是讓哥哥來做吧。」
沈于鋒雖與沈芳霞相交不深，但她好歹是自己嫡親的三房妹妹，急得帶著家丁便跑，一溜煙就沒了影子。
沈芳菲一邊安撫著三夫人，一邊急急往馬車走去。
從沈府到梅舉人的院子並不遠，沈于鋒帶著大批家丁趕到的當下，王侑正攔在沈芳霞面前與梅舉人對罵。梅舉人見王侑一副「你要動沈家小姐，先從我屍體上踏過去」的氣勢，居然退縮了。

方知新在一旁冷冷說：「夫君要是有力氣與這人對罵，不如將沈芳霞占了。」她一邊說著一邊看門外，時間不多了。

方知新話音剛落，沈于鋒便一腳踢開院門，大聲喝道：「你們好大的膽子！」後面的話沈于鋒就不敢說了，怎麼說都是壞了沈芳霞的名節，沈芳霞要想再嫁一個好人家，真是難上加難了。

家丁們三兩下便把梅舉人與院子裡的其他人綁了起來。

唯獨方知新，家丁猶豫了一會兒，沈于鋒見狀，知道他們心有顧忌，冷冷地看了方知新一眼。

「將方氏也綁起來。」從今以後，她不再是沈家的表小姐。

方知新自嫁出去以後，時常想著沈于鋒，原以為這輩子都再也不可能見到他了，卻不料在這種場合遇見他。

沈于鋒看著方知新盈盈訴說的水眸，心中卻是一陣厭惡。

他綁了梅舉人，狠狠往梅舉人下身一踢，梅舉人下身一陣劇痛，乾嚎地打起滾來。家丁們看了也下身一緊，這梅舉人是真的廢了。

沈芳霞見親人來了，才扔了釵子，坐在牆邊。她舌頭受了傷，不宜說話。

王侑想拿起帕子為她擦擦臉，卻又不敢動手，一時之間還是站在沈芳霞面前。

「我的兒啊——」

三夫人顫顫巍巍地下了馬車，直向沈芳霞撲去。

她含著淚拿出帕子擦了擦沈芳霞的臉，又轉身一個巴掌搧到方知新臉上。「當初就不應該將妳這個禍害迎進來！」

方知新臉上火辣辣的，漠然地看著這一切，心中嘲諷梅舉人果然是個沒用的，這樣的機會都被他錯過了。

不過這樣一來，沈芳霞的名聲也算是破了，以後誰在她夫家面前提她曾經被擄過，她的日子都不會好過了。想到此，方知新自得地笑了笑。

至於小欣，她的顫抖從沒停過，這樣下去，她連活命的機會都沒了。

沈芳菲進入大院，見沈芳霞如此，心中一凜——這三姊姊可是遭了大難了。世上沒有不透風的牆，沈芳霞被擄一事，若是被以後的夫君知道了，可就完了。

沈芳菲一雙利眼掃了院子一圈，將目光停在王侑身上。

他怎麼在這兒？她見王侑站在沈芳霞不遠處，一雙眼睛盯著沈芳霞不放，顯然很不放心。

「這名書生剛說，要動沈家小姐，便從我的屍體上踏過去。」沈于鋒悄悄走到妹妹身邊說道，他對王侑的印象頗好，雖然同是書生，王侑比梅舉人有肩膀多了。

沈芳霞此事一過，還能說到什麼好人家？三夫人一邊包紮著女兒的手，一邊心急如焚，都是那個殺千刀的方知新害的！

「三嬸，是這位書生救了三姊姊呢。」沈芳菲走到三夫人身邊說。

「咦？」三夫人這才發現身邊多了一個眼熟的青衣男子。「多謝公子搭救了，不然我女兒……」想到此，淚又流了下來。

沈芳菲瞇著眼睛掃了眾人一眼，對沈于鋒說：「哥哥，此地人多眼雜，我們還是回府裡說話吧。」

隨即，她又轉過身對王佑說：「這位公子跟我們一起來吧，有的細節我們還不大清楚呢。」

沈芳霞既然已經壞了名聲，而王佑看上去又是一副情根暗種的模樣，為何不將沈芳霞說給王佑呢？王佑雖然現在是一個不知名的書生，可是很快就會考上狀元的。

王佑點了點頭，他雖然不愛管他人閒事，但是見沈家小姐一副孱弱的模樣，一定要送她回府才能放心。

沈夫人已經從沈芳菲派來的小丫鬟那兒知道了來龍去脈。

她管理後宅這麼多年，見過各家的小姐不知有多少，卻從來沒有見過像方知新這樣狠毒的。要是這樣的女人真讓沈于鋒上了心，豈不是要鬧得家宅不寧？沈夫人想到此，阿彌陀佛了一聲，又想起沈芳霞一事，不由得皺起眉頭，這樣下去，三姪女還能說得到好人家嗎？

三老爺是個渾的，很少在家，遇到如此大事，沈夫人也不敢獨斷，便叫小廝將沈毅叫了回來。

沈芳霞本在車上還能強撐著，到了沈府門口才吁了一口氣，癱軟了一身。

三夫人心疼沈芳霞，便讓丫鬟扶了沈芳霞回房。

沈芳霞一雙盛氣凌人的眸子此時已經灰暗，她知道此事一出，她算是毀了名節，祖父與伯父要如何處置她不過是一句話的事。雖然這件事不是因為她而起，但是也不能因她連累了家中的姊妹。

沈老太爺在朝中因為重職不能離開，聽見沈毅在自己耳邊小聲說了幾句，罵道：「真是個白眼狼！回去跟你母親說說，看她領了個什麼樣的人回來！」

沈毅進了府，問沈夫人情況如何，沈夫人小聲說：「霞兒在歇著呢，方知新、梅舉人等人已經被綁到了大堂。」

「除了我那好甥女、狼心狗肺的梅舉人，其他人統統杖斃！」

沈毅揮了揮袖子，仍覺得不解氣。「一杖一杖地打，可別讓人輕易死了。」

「小姐，救我，救我！」小欣對方知新哭道。

方知新自顧不暇，怎麼可能為這樣一個小丫鬟求情，她冷冷地將臉別到一邊，只聽見院子裡面唉唉呀呀的一陣慘叫聲。

大堂前一陣惡臭，原來是小欣嚇得尿褲子了，她看著外面呻吟的方家奴僕，嚇得渾身發抖。

「方知新妳勾引沈家大少爺不成，便將怒氣出在沈家三房小姐身上，妳企圖陷害沈家三房小姐，卻不料蒼天有眼，換了妳的帕子，可惜我哥哥小前一家，被妳活活賣到挖礦的地方，這輩子都出不來了！現在妳又準備讓沈家三房小姐做妳家的小妾，敬妳一杯茶，真是妄想！」

小欣被嚇瘋了，將方知新的老底掀了個遍。

方知新聽小欣這麼說，面上才露出忐忑的神色，她偷偷看了看沈毅與沈夫人，兩人一臉肅色。

這時，老太太的心腹丫鬟過來了。

方知新是老太太那邊的親戚，即使她犯下大錯，卻不能無視沈老太太而處置了她。沈夫人早就派人與沈老太太將此事說清楚，沈老太太氣得胸口發涼，連聲說養了一個白眼狼。

「老太太說了，夫人想怎麼處置都可以，橫豎她當自己瞎了眼，沒有這門子親戚。」

沈夫人還怕婆婆年紀大了犯渾，卻不料她也撒手不管了。

此事不能報官，不然沈芳霞的名聲可是徹底沒了，只能私下處理。

沈夫人還是照顧著沈老太太的感受，一碗啞藥灌給了方知新，但是梅舉人畢竟是舉人，還有一個京城小官寵妾的姊姊，不可能隨意打殺了。

沈夫人捏了捏佛珠道：「既然我們沈家出去的表小姐犯了大錯，我們就當她死了，你要將她當妾也好當什麼都成，我們都不管了。不過為了表示歉意，我將我們沈家旁支的一位姑娘嫁給你吧？」

梅舉人本以為大難臨頭，卻不料這沈夫人這麼大度，還將一個旁支女兒嫁給他，莫非自己真這麼風流倜儻，能讓沈家都為自己傾服？

他一雙眸子裡閃過了得意之色，完全不管不顧方知新的死活。

沈芳菲在屋裡，聽小丫鬟說母親要將旁支女兒嫁給梅舉人後，便拿著帕子捂著嘴笑了笑。

這個旁支女兒可不是一般的，她父親在戰場上曾是沈家的急行軍，早早地去世去了。她為了扛起家裡的擔子，曾假扮男裝上過戰場，身體健壯得很，性子更是離經叛道得很。她喜歡面容清秀的男人，偷偷逛遍了男娼館，最後還真沒人敢娶她，她也知道難以嫁出去，便向沈夫人求著幫她相看人家。旁的不重要，長得好看就可以。沈夫人找了不少靠譜的男人給她，可是她卻只要臉好看的，這次也算求仁得仁了。

不過梅舉人幾天後匆匆忙忙娶了她，便被沈家灌了啞藥，整天被她抽得在地上打滾，形同禁錮，那倒是後話了。

杖斃了那群奴僕，傳出方知新「病故」的消息以後，沈夫人叫人將院裡的地板擦得乾乾淨淨，彷彿駭人的一幕從來沒有發生過。

處理事情的罪魁禍首容易，善後難。

沈毅單獨見了王侑，見面之前倒是一臉難色——要如何才能表達沈家的感謝之意，又能讓王侑閉口不提此事呢？

沈毅原以為王侑是個投機取巧之人，看在沈芳霞是沈府小姐的分上，才會捨命相救，一心想著如果此人中了進士，便幫他鋪一鋪以後的路好了。

卻不料竟與王侑相談甚歡，他敏銳的官場經驗告訴自己，這個年輕人大有可為。更何況世上沒有不透風的牆，沈芳霞經過此事很難再嫁好人家。

沈毅深思了片刻，敲著桌子說：「今日我與王公子聊得如此投機，我也明人不說暗話，你是否願意娶了我們沈家三房的小姐？」

王侑原以為與沈毅談話一番，已是今天最大的收穫，卻不料，如此美事竟砸到他的頭上。他想也不想，連忙站起來鞠躬道：「沈家三小姐國色天香，小生自然是願意的，但是小生希望三小姐是心甘情願的。」

沈毅聽到此話，讚許地點點頭，他是想結交這個有才華、有前途的學子，但是如果他那三姪女不願意，沒有結成親反而結成仇就麻煩了。

王侑能說出「想碰沈芳霞，必須從我屍體上踏過去」這樣的話，一定是對她有好感的。但是他能克制至此，想問問沈芳霞的意願，這份心意，又讓沈毅高看了一分。

沈毅將沈夫人喚過來，輕聲跟她說了他的打算。

「嫁給王侑？」沈夫人驚呼。「那也太下嫁了吧？」

「妳懂什麼？如今聖上忌憚世家，一心想提拔寒門學子上來為新皇做事呢，我看這個王侑大有可為。難道還讓三姪女嫁一個浪蕩的高門子弟，在別人的指指點點下沒有好日子過？」

沈夫人聽了此話，深思了一番，對沈毅說：「我去對三弟妹說說，她之前一直想為霞兒找一個高門子弟，可是，唉……」

一切都是命。

第四十三章

沈夫人走到沈芳霞的院子裡，沈芳菲與三夫人都靜靜守著沈芳霞，不時給她遞些水潤潤唇。

一向美豔潑辣的沈芳霞如今變得如此孱弱，讓沈夫人都看了不習慣，三姪女這次真是遭大罪了。

沈夫人與三夫人寒暄了一番，說出了沈毅囑託自己說的話，還沒說完，三夫人就急急站了起來。

「那怎麼行，叫霞兒嫁給一個窮困書生？這難道不是開玩笑？」她雖然降低了擇婿的標準，可是沒想到降得這麼低啊。

沈芳菲聽了父親的估算，心中一驚，父親可謂料事如神，以後的王侑不就是當上了狀元，走上了輔佐新君的道路？

「就快要考試了，萬一這王舉人爭了個狀元呢？」她在一旁說道。

「這狀元豈是人人能得的？」三夫人拍了拍沈芳菲。「小孩子家別亂出主意。大嫂，妳不會以為霞兒如此了，就真的嫁不出去了吧？再不濟，我將她嫁回娘家！」

沈夫人看沈芳霞實在可憐，耐著性子說：「這個王侑是個孤兒，無父無母的，霞兒嫁過去就能當家了。咱們都給霞兒一點嫁妝，她抓住了家中的命脈，難道還怕這個王侑對霞兒不好？再說了，誰知道王侑的前程如何？我家老爺可很看好他呢。」

三夫人正欲辯駁，卻見女兒扯了扯自己的袖子，一雙眼淚汪汪地看著她。

「我嫁。」

「妳！」三夫人恨鐵不成鋼地看著她。

沈夫人有些遲疑地看著三夫人，三夫人看了看一臉蒼白的女兒，變得於心不忍起來，她捂住臉說：「罷了罷了，就由她吧。」

其實她自己心裡也知道，這女兒可真是不好嫁了。

沈夫人將話傳給了沈毅，沈毅又轉述給王侑聽。

王侑對沈毅一鞠躬道：「我必不辜負伯父的期望。」

沈毅捻了捻鬍子。「只要對我姪女兒好就好。」

沈芳霞休養了幾天，終於將那孱弱去了幾分。沈芳菲一直照顧著這位姊姊，陪她說話，兩人的情誼又進了一步。

待沈芳霞休養得差不多了，她終於問沈芳菲——「方知新如何？」

沈芳菲愣了愣，不料沈芳霞還能惦記著方知新。

沈芳霞自遇見那事之後，性子溫順了很多，她見沈芳菲錯愕的神色，便淡淡解釋。「好歹是表姊妹，她雖然害我，但我還是想知道她現今在何處。」
「我父親不知道從方家哪個旁支找了個少年，繼承了方家的財產，如今妳沒有表姊，只有表弟了。方知新在給梅舉人當妾呢，日子過得好不好，都是她自己掙得的。」
沈芳菲並沒有將給方知新灌啞藥的事告訴沈芳霞，家裡也不會讓她與方知新見面了。
沈芳霞愣了一會兒，沈家並沒有將她處理掉，已經是格外仁慈了。「一個巴掌拍不響，如果我當時不盡情嘲諷的話，她也許不會那麼恨我，是我種下了因，所以才得了這個果。」
沈芳菲見沈芳霞說的話有些厭世的意思，連忙揀著一些好聽的說。「王侑今日又送有趣玩意兒來了，要不要看看？」
沈芳霞聽見王侑的名字，略微地紅了臉。「我可不想耽誤他考試。」
沈芳菲見沈芳霞一臉嬌羞，便知她是心甘情願嫁給王侑的，不由得點點頭。只有不認為自己低嫁了，這日子才能過得好。
「王侑為三姊姊捎了這麼多稀奇玩意兒，姊姊難道不回禮？」她機靈地說。
沈芳霞想了想，還依稀記得王侑擋在自己身前時，一身衣服都洗得發白，便為他縫一件袍子吧。
不久，王侑接到了沈芳霞的回禮，一件藏青色的袍子，袍子是棉做的，正適合王侑目前的身分，王侑看了看袍子，又想起沈芳霞那通身的富貴氣派，暗暗發誓要讓她永遠過上好日子。

日子即將入秋，再過不久，南海郡主榮蘭就要進門了，喜得沈夫人整天見人就笑，不過她心裡還是有一絲絲愁的。

這小女兒可是到了年紀，之前忙著辦沈芳霞的事，把沈芳菲的相看停了下來。等大媳婦進了門，她決定將家務分給榮蘭一大半，而自己可是要認真挑選沈芳菲的夫君了。

沈于鋒與榮蘭成親的日子很熱鬧，穿著大紅色衣裳的少年、少女紅著臉一拜天地、二拜高堂，惹得旁人一陣哄笑。

太子去世後，沈家行事低調很多，誰知道沈家大兒結婚這件事會不會扎了皇帝的眼睛，讓他想起早逝的兒子呢？

雖然沈家刻意低調，但是沈家與南海郡王府的親事絕不是小事，還是有許多人上門恭賀。

眾人喝到一半，看見小廝一臉急忙地走過來，在沈毅耳邊悄悄說了幾句，沈毅面色有些驚異，有眼色的人便想，這是哪位貴人來了？

來的人不是別人，正是十一皇子，少年似乎長得特別快，十一皇子在姊姊遠嫁之後，長高了很多，但仍是天真少年的模樣，他只帶了幾個下人，大笑著走進來。「我和于鋒可算得上情同兄弟，今天是他大喜的日子，我一定要來喝一杯。」

眾人見了十一皇子後想要行禮，卻被十一皇子止住。「今日是我兄弟的大好日子，大家不必拘束，該喝便喝。」

十一皇子都這麼說了，大家面上便放開了繼續喝起來，內心卻都想著——十一皇子能親自來沈于鋒的大婚，說明沈家與十一皇子的關係非比尋常，沈家怕是站在十一皇子身後了。

沈于鋒此時已與眾人喝了一圈，他臉微紅地接過十一皇子的酒，躬了躬身子，一飲而盡。

「好酒量。」十一皇子拍掌道，也一飲而盡。

十一皇子喝完此杯，又倒了一杯酒。「這是我代一個故人敬你一杯。」

十一皇子沒說故人是誰，沈于鋒也不追究，直接將酒倒進了嘴裡。

十一皇子露出了滿意的微笑，拍了拍掌，幾個侍從抬著一柄寶劍進來，這劍寒光閃閃，刀鋒銳利，正是失傳已久的「君子劍」。眾人見了此劍，不由得驚呼，暗想十一皇子真是個出手大方的。

沈于鋒自然知道此劍之珍貴，有些遲疑不敢收。

「你可別嫌禮輕，這劍是我姊姊人在羌族實在無聊，到處閒逛用幾兩銀子買的鐵鏽劍，她不識劍，便將此劍託給了我，卻不料此劍去了鐵鏽之後，才被工匠發現是君子劍，可我一介書生，收著劍也沒用，還是寶劍贈英雄吧。」十一皇子笑著解釋，他在心裡暗暗地嘆口氣，其實此劍是三公主四處找人探訪而得，只為了送給沈于鋒作為大婚禮物。

眾人哦了一聲，又想起三公主與榮蘭一向交好，將她尋得的劍送給沈于鋒，裡面還有幾分給榮蘭面子的意思。

沈于鋒聽十一皇子說得輕巧，心知這劍肯定來之不易。沈毅見沈于鋒一臉為難，心想這兒子到底還是嫩了點，他笑著走出來。「恭敬不如從命，我就代犬子收下這寶劍吧，以後留給後代子孫，也讓他們知道這些趣事。」

十一皇子滿意地點點頭，在席上乾了一杯。「時間不早，我得回宮了，免得父皇又怪我是個野成性的。」

十一皇子如此說，不過是為了讓大家自在一點而已，眾人聽了，皆站起來敬了十一皇子一杯。

榮蘭在婚房內靜靜等著，她身邊的小丫頭喜歡熱鬧，從正房來回了幾次，將外面的情況告訴榮蘭——比如某位大人喝多啦，將另一位大人的秘密倒個徹底；另一位大人看上去千杯不醉，但是早已經迷糊了。

最後一次，小丫頭十分驚喜地跑進來對榮蘭說：「小姐，十一皇子來了，還送了姑爺一把曠世好劍呢。」

十一皇子送的？三公主送的吧。

榮蘭與三公主交好，從三公主的眼神中可窺見她對沈于鋒的情意，如果有三公主在，她與沈于鋒是絕對結不了親的吧？但是陰差陽錯……榮蘭嘆了一口氣，又振作了精神，她對沈于鋒的情意絕對不必三公主低，一開始她已經退讓給三公主，不過現在，她必將牢牢抓住沈于鋒的心，不讓他愛上別人。

榮蘭與沈于鋒大婚之後，日子過得蜜裡調油，她身分高貴，也是沈夫人自己看中的，所以沈夫人在她面前甚少擺婆婆的譜，而是一事一事都帶著榮蘭熟悉。榮蘭又是個聰明的，很多事情都很快上了手，沈夫人便丟之不管了。至於小姑沈芳菲在榮蘭嫁進來之前就與她交好，見了榮蘭成為嫂子只有歡天喜地的分兒，完全沒有任何刁難。

回門的時候，是沈于鋒親自與她回去的，沈于鋒是個爽朗的少年，對著南海郡王與郡王妃都好生奉承，讓南海郡王妃在私下拉著榮蘭的手說：「我女兒真幸福。」

榮蘭笑而不語，聽老人說，這幸福過分炫耀反而會飛了，她寧願保持沈默，做個守住幸福的小女子。

沈夫人看來看去，覺得最滿意的還是柳家。

對於此點，沈芳菲倒是不意外。前世沈夫人也將柳家視為女兒的最佳歸宿，可是誰料押錯了寶，讓柳家成為了她的墳墓。

柳夫人又來了沈家幾次，沈夫人也去了柳家幾次。兩家隱晦地表達了意思，只等柳湛清考試完畢，讓兩個小兒女見個面，對對眼。

「我自己的兒子我知道，喜歡的就是菲兒這樣爽朗的女子。他們倆啊，簡直是佳偶天成。」柳夫人悄悄地對沈夫人說道。

她公公是個說一不二的脾氣，自己實在不喜歡沈芳菲而拖了幾天，便被公公叱喝了幾句，說她不管自己兒子的前程。她兒子的前程她怎麼會不管？只是她兒子喜歡什麼樣的女子難道她還不知道？當柳夫人將此事跟柳老太爺說了，柳老太爺氣得砸了一套茶具，狠聲說：「婦人之見！就算是裝，也得裝成與沈家女恩愛的模樣。沈家這門親，我們結定了！」

沈芳菲見著沈夫人與柳夫人來往多次，自己也被招著見了柳夫人幾次。她老是裝著天真的樣子看著柳夫人，讓柳夫人極為頭疼，這樣單純的女子，怎麼能擔當起柳家媳婦的責任？柳家有這麼多子孫，為什麼要最優秀的兒子去娶沈家女？

柳夫人出身文官家庭，一向和武將家的女兒不對盤，如果她媳婦也是一個武將的女兒，那……柳夫人想到此，頭又疼起來了。

沈芳菲上輩子與柳夫人過招許多回，對柳夫人面具底下的臉孔清楚得很，看樣子柳夫人對她厭惡得很呢，只是可悲前世的她沒有看清楚，還以為柳夫人是真心疼愛自己，一心期待嫁到柳家。

沈芳菲在上一世為了討好柳夫人，對她的喜好瞭若指掌，於是她什麼愛好都故意與柳夫人反著來，柳夫人喜歡吃甜的，她就在柳夫人面前說喜歡吃辣的；柳夫人最討厭黃色，她一定會在柳夫人來的時候穿上一套嫩黃衣裙。

不過有柳老太爺的堅持，柳夫人再怎麼討厭她，也只能忍著。

科舉在即，柳湛清自然不知道家裡準備給他定一位高門媳婦，倒是偷偷看上了自己老師家的小閨女。

其實在沈芳菲的前世，柳湛清也看上了老師家的小閨女。

柳湛清的老師姓文，知識淵博，但是為人清高，一向不得皇帝喜歡。

但是不得皇帝喜歡並不代表臣子們不敬佩他的學識，柳大人就對文大人推崇得很，甚至將最喜歡的孫子送了過去。

可若是自家孫子看上了人家的小閨女可是不合適的，上一世柳湛清表示出了自己的意願後，柳老太爺就連忙叫自己的一個學生娶了文家小女兒，打消了孫子的念頭。偏偏得不到的永遠是最好的，柳湛清後來在院子裡納了幾位與那位相似的妾，便是少年情懷未竟的結果。

如今的柳湛清倒是看著那名少女的倩影，暗自下定決心要努力考試。

等得了功名，便能與祖父求得好姻緣，想到此，他就是躲在被窩裡都想笑。

第四十四章

沈家是武將出身，對科舉這等事倒是不大在乎，但是今年不同了，今年沈家有一個未來姑爺可是正提心弔膽地候著呢。

三老爺雖然是個不著家的，但還是極疼女兒。

他回了家以後，發現大哥將自己的寶貝女兒許給一個窮得叮噹響的書生，氣得直跳腳，但也不敢去找大哥算帳，只能在三房裡指著妻子的鼻子罵。「不知道的還以為妳是霞兒的後母呢。」

三夫人自答應了沈芳霞的親事後，心中便有些後悔，聽見三老爺這麼一說，更是後悔不已，拿著帕子不停抹淚。

事後，三老爺帶著狐朋狗友經常去找王侑的麻煩，卻不料次次都被王侑四兩撥千斤敷衍開來。沈毅知道後暗自點頭，有才華又處事圓滑的人可不多了，他對三老爺一頓呵斥。「如果你想壞你女婿的前程，讓你女兒受一輩子的苦，那就去天天纏著你的好女婿吧！」

三老爺向來怕這個哥哥，聽到此話，聳了聳肩，居然老老實實地待在家裡，沒有出去。

科考那天，三夫人緊張得很，沈夫人一邊安慰她說：「自有天命，霞兒絕對是個做誥命夫人的命。」一邊想著這柳家小子不知道成績如何？

沈夫人心中也有絲忐忑，但是她不欲讓三夫人知道，便強忍了下來。

沈芳霞心中也很焦慮，便叫了沈芳菲一起在房裡繡東西。沈芳菲笑沈芳霞說：「三姊姊還繡什麼呢？看看這針腳都歪了一截了。」

沈芳霞嗔怒道：「妳以為妳就能繡好了？柳家的公子今天也下場考試了吧？」

像柳家這種清貴人家，自然不必走科舉這條道路，但是有了進士加身的話，說話就更有底氣了。

沈芳霞見沈芳菲驚訝地看著自己，笑道：「妳以為誰都像我那個沒眼色的母親？大家都看出來了，最近大伯母與柳夫人可是親密得很，柳夫人膝下有個兒子，會讀書，人又長得俊，是大家心目中的乘龍快婿呢。」

沈芳菲抿嘴笑了笑，並沒有沈芳霞料想的羞澀，沈芳霞暗嘆不知道這個妹妹是太早熟還是太晚熟，做什麼都雲淡風輕得很，連柳家那麼有前景的公子都看不上眼。

「縱使他千般好、萬般好，我都不喜歡他。」沈芳菲認真說。

這是妹妹第一次表示對一個人的不喜，惹得沈芳霞不由得好奇地看了她幾眼。

科考過去了，大家都在等著放榜。

沈芳霞牙尖嘴利，等著看她笑話的人不少。

沈芳霞倒是沒想過要做狀元夫人，王侑中不中都與她無關，她看中的，只是對她的那一分維護之心。

放榜的日子到了，王侑倒是胸有成竹。

但是三夫人早早派了小廝去看榜，小廝想著王侑也不是整天苦讀的書生，必不可能排在前排，便從後面看起，一排排看到前面，心中有些失望，原以為這是一個好差事呢，若是王舉人中了，三夫人必會打賞的，但是這一排排壓根兒沒有王舉人的名字，看來這回沈大老爺也押錯寶了。

小廝懷著一顆無所謂的心情看到了前面——

榜眼姓趙，探花姓吳，狀元姓王……等等！姓王？

小廝看了看狀元的名字，又擦了擦雙眼，居然是王侑！

他雙腿一軟，聲音都顫抖起來，這是什麼命喔，隨便嫁個窮舉人都能成了狀元？

小廝連忙跑回府裡，還沒等見到三夫人，便在路上喊著：「中了，中了！王公子中狀元了！」

三夫人早已與沈夫人在大堂內焦急地等候，聽見小廝一邊急急地跑過來，一邊慌亂地喊著什麼，有些不耐煩道：「慌什麼？喊什麼？」

「咱未來姑爺中狀元了！」小廝跪在地上對三夫人與沈夫人說道，他一路跑回來的，還喘著粗氣呢。

三夫人還沒有消化消息，沈夫人先反應了過來，賞了小廝一個沈沈的荷包，笑說：「今日辛苦你了。」

小廝連忙搖頭。「不累不累，能為狀元看榜，也是我的造化了。」

三夫人終於回過神來，指著小廝對身邊的丫鬟說：「再給他賞一個大大的荷包！阿彌陀佛，我女兒真是有造化了。感謝佛祖保佑！」

沈夫人挽著三夫人的手。「妳之前還擔憂王侑是個窮酸舉人，現在不用擔心了吧，霞兒就是個誥命夫人的命。」

「妳以為中了狀元就不窮了？我看那王侑，這幾年還有得窮呢。」三夫人在經歷過狂喜之後，又拐著彎表示了自己的矜持。

沈夫人拍了拍她的手，表示理解。

沈芳霞與沈芳菲聽到此消息，都很淡定。

沈芳菲畢竟是重來一世的人，王侑中狀元是早已知道的事；而沈芳霞覺得只要這個人對自己的心不變，他是什麼地位其實和她一點關係都沒有。

沈毅知道此消息，也激動地拍了拍桌子說了一個好字。

三老爺倒是鬱悶了好久，因為又一次證明但凡大哥決定的都是對的。

王侑是孤身一人上京，他中了狀元後，應酬倍增，但是他無父無母又沒娶親，無人幫他打理後院，沈家便派了婆子、丫鬟、小廝去幫襯著，倒是解了王侑的燃眉之急。

眾人私下打探沈家與新科狀元是什麼關係，才知道王侑在舉人的時候就與沈家小姐訂了親，不由得紛紛讚嘆沈家看人的眼光。

這事一傳開，連皇帝都知道了。

皇帝一向欣賞窮門的優秀學子，又惜王侑才華，便笑著對淑貴妃說：「妳瞧王侑與沈芳霞這一對，怎麼這麼像當初的妳我？」

呵，這真是往臉上貼金，我可是聽說王侑為了娶沈芳霞，答應沈家不會有第二人的。淑貴妃腹誹著。

她有意為沈家做面子，便笑盈盈地說：「皇上何不下旨賜婚呢？讓咱們宮裡沒結婚的孩子們也沾沾好姻緣的喜氣。」

這不是什麼大事，皇帝大筆一揮賜了婚，稱其為金玉良緣。

皇帝都這麼說了，其他人能不說王侑與沈芳霞是絕配嗎？

三夫人起先還覺得王侑一無所有，現在看見王侑簡直是笑開了花，真是丈母娘見女婿越見越愛。

以前在沈家，三房靠的是沈老太太的寵愛才能立起來。

現在三房真的立起來了，靠的便是這個女婿。

有個狀元女婿，還被皇帝賜婚，夠晚上偷著笑了。

但是三老爺倒是有些頭疼，為了不妨礙女婿的前景，沈老太爺一反原本對三老爺放任不管的態度，將其狠狠敲打了一番，嚇得三老爺壓根兒不敢出門鬼混，不過這次是為了心肝女兒，三老爺倒是心甘情願的。

三夫人春風得意，在沈夫人面前一時之間忘了形，口口聲聲誇讚那未來女婿，說得他彷彿文曲星下凡。沈芳菲看著三夫人，嘴角抽了抽，前世三夫人一向厭惡大氣的沈夫人，不輕易靠攏大房，這一世倒是變了。

沈夫人坐在椅子上，淡然微笑地附和著三夫人的話。

她大女兒是北定王妃，小女兒要定的柳家嫡子這次也上了榜，以後的發展怎麼可能比完全沒有家族助力的王侑差？

沈芳菲只見母親怡然自得地笑，覺得母親的功力實在高深。

三夫人口沫橫飛了片刻，見沈芳菲滿臉機靈地看著自己說：「我就知道三姊姊一定能找個好的。」

又見沈夫人笑說：「說起來，王侑怎麼遇見了霞兒就考上了狀元？這只能說明霞兒旺夫。」

「那當然。」三夫人的鼻子差點翹到天上去。

片刻後，她又覺得自己得意忘形了，不由得嘿嘿一笑。「不知道大嫂要將菲兒說給誰家呢？菲兒是大房嫡女，必然能說一個好的。」

「等著瞧。」沈夫人舉著團扇看著一臉通紅的小女兒，笑著說。

沈夫人看上的那個好的，正在府裡跪著求祖父答允他與文家小閨女的親事。

文家小閨女柳夫人也見過，她見她一副文弱的體態，雙目閃閃動人，彷彿看見了年輕時的自己——這樣的媳婦才是她想要的。

柳夫人暗暗點頭，但是她滿意不行，得柳老太爺滿意才行……

「你瘋了！讓你去讀書，你居然看上了人家的小閨女！」果然柳老太爺氣得鬍子都翹了起來。

柳老太爺在柳家可是天一般的存在，他一吼，柳湛清的小腿都在發抖，可是少年情竇初開，他仍挺著腰說：「求爺爺成全。」

柳老太爺瞇了瞇眼，看著自己的兒媳。「妳怎麼養的兒子，一般的小花都看得上眼？反正他考試也過了，妳帶著他去沈府走一趟，見見沈府那位小姐，見著了，他才會知道什麼是茉莉，什麼是牡丹。」

文雪略微像少女時的柳夫人，柳夫人本身就有好感，可是卻被柳老太爺比作了茉莉，還將沈芳菲比作牡丹，讓柳夫人在心中重重哼了一口氣，還沒進門就如此，這樣的兒媳她怎麼要得起？

可是柳夫人雖然心中嘔氣，柳老太爺的話卻不敢不遵守。

過了幾天，她遞了帖子給沈夫人，灰溜溜地帶著兒子去了沈府。

柳湛清本來就長得好，又加上會讀書，在柳府的加持下前途無量，沈夫人對他滿意得很，越發和顏悅色起來。

幾人正在聊天，沈芳菲穿著一身俐落的騎裝，如旋風一般跑了進來。

她跑到沈夫人旁邊，嬌嗔地說：「母親，今日哥哥休息，想帶著我與嫂子去騎馬呢。」

柳湛清聽到沈芳菲的聲音，不由得微微抬頭打量了她一番。

她是個美人，但絕對不是他喜歡的那種清風拂柳的女子。

尤其她腰間繫著一條鞭子，更是讓柳湛清心中微微的不適。

柳夫人也看到了沈芳菲腰上的鞭子，眼角不由得一抽。

這樣的閨女，萬一任性起來，鞭子抽到了她寶貝兒子怎麼辦？

沈夫人拍了拍沈芳菲的手，沈芳菲恍若才看到身邊有另外兩人。

「柳姨好。」她甜甜笑道，還是那個不知世事的少女。

柳夫人笑著回應。「菲兒真是越來越好看了。」

「這位是？」

沈芳菲一雙眸子裡閃耀著好奇的光，彷彿對柳湛清十分感興趣。

「這是妳柳姨的兒子柳湛清，學問好得很，有什麼不懂的可以去問他。」沈夫人笑著對沈芳菲說。

沈芳菲打量了柳湛清許久，尖尖的小下巴微微上揚，驕傲地說：「還行。」

她與柳湛清夫妻多年，自然知道柳湛清眼中閃過的是厭惡。

一邊的柳夫人則氣得鼻子都歪了，敢情自己兒子是拿來給她評頭論足的？但是柳夫人敢怒不敢言，只得嚥下這口氣，等沈芳菲嫁進來了再說！

前世的沈芳菲因為沈夫人總是提起柳湛清，所以對他心儀已久，打聽到柳湛清喜歡文弱的女子之後，便開始學著那些女子的作派，搞得原本性格爽朗的女子反而成了四不像。

沈夫人知道女兒今兒個的行為是過了，但是沈家現在勢大，柳家可不像北定王府權勢滔天，這個調子沈夫人覺得她還是唱得起的，且先壓一壓柳家，他們才會對沈芳菲好。

第四十五章

沈于鋒整理完騎馬用品，便和榮蘭一起去沈夫人那兒接沈芳菲，卻不料大堂裡有來客。

沈于鋒愣了一會兒，再看旁邊那個英俊少年，眨眨眼睛，便知道了母親的意思。

說起來，沈于鋒是很討厭文官家庭的，他覺得文官家庭的人肚子裡的腸子都比他們武將要多幾個圈。

母親自己受盡了與父親的分離之苦，便想將妹妹嫁入文官家，願她一世穩定，沈于鋒不是不理解，可是他總覺得像妹妹這樣的女子，嫁給文官不一定會幸福。

「這位是……？」他看著柳湛清問道。

「你還沒見過，這是你柳姨的兒子，叫柳湛清，今年也在榜上，大有可為呢。」沈夫人心裡已將柳湛清看作了女婿，眉飛色舞地介紹道。

沈于鋒的眼中閃過一絲趣味。

「既然是柳姨的兒子，便與我們一起去騎馬吧。」

柳湛清好潔，自然討厭這種弄得一身汗的運動，可是沈于鋒是皇帝面前的青年才俊，不給他面子的話，唯恐以後朝堂上相逢，他記仇。

「既然沈大哥這麼說了，我當然恭敬不如從命。」

柳湛清雖然是書生，但是柳家對他其他方面的培養仍是沒有停過，關於騎馬，柳湛清還是很有自信的。

柳湛清對自己的馬術自信滿滿，沈于鋒、沈芳菲心中都暗暗想給他一點顏色看看。幾人到了馬場，榮蘭只一臉無奈地看著自己的丈夫、小姑子二人飛馳上了馬，還沒等柳湛清反應過來，便駕駕兩聲與柳湛清拉開了距離。

沈家是馬上出身，所有的後輩騎術都好得很，而且都喜好烈馬，柳湛清雖是受過騎術訓練，但是他騎的都是早已被馴服的馬，這次騎上沈家為他準備的烈馬，在烈馬的反抗下顛簸了幾下。柳湛清一臉蒼白地牽著馬的韁繩，烈馬從來是不識韁繩的，居然拚命往前奔跑，柳湛清一顆心突突直跳，但是為了柳家的顏面不得不裝作鎮定。

前面的沈芳菲在馬上一路狂奔，回過頭來笑著看了看柳湛清。

前世她怎麼就喜歡上了這樣一個窩囊廢？沒有男兒的大氣，只有文人的酸氣。

柳湛清看著豔如桃李的少女回過頭來，對自己嫣然一笑，只是那雙眼裡沒有歡喜，有的只是淡淡的嘲諷。

柳湛清眨眨眼，沈芳菲已經轉過身去，夾著馬背笑道：「柳大哥，我們去那邊！」

柳湛清暗嘲自己多心，沈芳菲年紀比他還小，見到的外男也少，怎麼可能對他有所嘲諷？他給了馬一鞭子，跟上沈芳菲。

柳湛清的馬在鞭子的激勵下很快地跑了起來，但這匹馬是不俗的烈馬，吃軟不吃硬，就連沈于鋒想騎，都要在旁邊細細哄好久，怎麼容得下柳湛清如此折辱？你想讓我跑？行，這匹馬一直奔跑著超過了沈芳菲。

「柳大哥，你怎麼了？」在沈芳菲的驚訝聲中，這匹馬如中了邪一般往前衝，任憑柳湛清如何教牠停都充耳不聞。

「停，停呀！」

柳湛清在馬上已經失了風度翩翩的氣質，滿頭大汗地與胯下的馬搏鬥。更讓人覺得丟人的是，沈芳菲這個小丫頭因為擔心他，一直騎著馬跟著自己呢，他在馬背上的窘境讓沈芳菲統統看了去，讓柳湛清恨不得鑽到地洞裡去。

正當柳湛清一身大汗的時候，沈于鋒騎馬過來，奇怪地問：「這是怎麼了？」

「柳大哥的馬停不了了。」沈芳菲著急地說，柳湛清甚至能看見她嬌起的嘴和著急的樣子。

沈于鋒笑了笑，吹起一聲哨子，那烈馬才緩緩地停了下來。

柳湛清從那馬上下來，兩條腿還在打顫。

「謝謝沈大哥相助了。」

他拱了拱手說，卻沒注意到沈氏兄妹那一閃而過的眼神交流。

榮蘭遠遠就知道這對兄妹在玩什麼把戲，她見柳湛清下了馬，頭髮微亂，額頭上都是汗，連腰上的玉珮都歪了，她捂著嘴對沈家兄妹說：「你們看看柳公子滿身塵土，還不快快去大堂休息一會兒？」

沈芳菲吐了吐舌頭，躲在了沈于鋒身後對柳湛清甜甜地笑。

柳湛清側著頭並不看沈芳菲，如此活潑好動，她並不是他想要的女子。

幾人去了大堂，沈夫人、柳夫人還沒看到人，就已經聽到了沈芳菲清脆的笑聲。

雖然沈夫人覺得每次沈芳菲在柳夫人面前都比以往要活潑一些，但是她想著少女情懷，沈芳菲一定是想在柳湛清面前好好表現，便對這小小的異常視而不見了，只是笑著對柳夫人解釋。「我這女兒，就是活潑的性子。」

「活潑好呢，我沒有女兒，就想要一個聰明伶俐的。」

沈夫人聽到此，笑了笑，正欲回答，便見沈芳菲、柳湛清、沈于鋒走了進來，柳湛清在過來的時候已經匆匆整理過儀容，柳夫人倒看不出什麼，幾人說了幾句話，柳夫人便帶著柳湛清告辭了。

柳夫人帶著柳湛清告辭之後，沈夫人將沈于鋒趕了出去，問坐在自己旁邊玩著手帕的小女兒。「妳覺得如何？」

「什麼如何？」沈芳菲裝作什麼也不明白的模樣。

「柳家公子如何？」沈夫人直接問道。

柳湛清在世家夫人眼中，真算得上是乘龍快婿，並沒有什麼缺點。

沈芳菲緩緩抬起頭，眼神有些深沈地看了沈夫人一眼，卻用輕快的語氣說：「柳大哥很好，我很喜歡。」

沈府與柳家結親肯定不只是沈夫人單方面覺得柳湛清是個好人選，而是沈府覺得柳家也是一個好的朝堂夥伴。如果沈芳菲又哭又鬧拒絕這場婚事，肯定是不妥的。只是，她前世對柳湛清相知甚深，柳湛清喜歡什麼樣的女子、討厭什麼樣的女子，她知道得一清二楚，今日與她見了，只怕那文家的小閨女，在柳湛清的心裡已經是天仙了。

柳湛清與柳夫人坐在馬車裡心情都鬱悶得很。

柳夫人心想這哪是娶媳婦，簡直是找了一個頑劣不堪的女兒讓自己教養；柳湛清想著莫非他要娶一個女武夫？整天騎馬玩棍？

在沈悶氣氛下，柳湛清實在忍不住地說：「母親，我不想娶沈家小姐。」

這話倒是說進柳夫人心坎了，但是柳湛清不想娶，並不代表柳老太爺不想讓她進門啊。

柳夫人心煩意亂半晌，拍了拍兒子的手。「娶回來先把她供著，再給你納一個喜歡的小妾，這日子啊長著，誰知道以後呢？」

柳湛清如何都不敢對祖父說自己不喜歡沈芳菲，只能藉著榜上有名感謝老師的機會再見佳人一面。

這老師文翁雖然清高迂腐，但是這小閨女是家裡妾生的，這妾還是有幾分心思，雖然文雪被文翁養得清高，卻被姨娘教養了一番，誓言要嫁一個好的。

她在文翁的學生裡挑來挑去，最後看到了柳湛清那雙含情脈脈的雙眼。柳湛清家世好，又有前程，文雪怎麼會不喜歡？她聽見小丫鬟報柳湛清來感謝文翁，便急急站在路上，裝作與柳湛清偶遇。柳湛清見文雪如記憶裡一般美麗溫柔，更加深了娶她的心思。

兩人在路上對視，眼神膠著了許久，文雪一雙盈盈大眼情絲萬縷，柳湛清沈默半晌，匆匆走上前，在文雪耳邊說：「等我，我必不負妳。」

這句話在文雪的心中掀起了狂喜。「嗯。」

她微微點了點精緻小巧的下巴，一副非君不嫁的模樣，讓柳湛清心中深深感動，便鼓足了幹勁，回家後又再次跪在柳大人、柳老太爺面前，言稱如果不讓他娶文家小姐，他就絕食！

「不讓你娶文家的小姐，你就絕食？這小姐還是個庶出的？」柳老太爺狠狠踢了跪在地上的柳湛清一腳，大聲罵道：「如果我是你，我便不動聲色娶了沈家小姐，再納了文家的庶女做小妾，而不是跪在這裡鬧著絕食！」

柳湛清想起文雪善解人意的模樣，那麼一朵解語花怎麼可能當妾？

「我的正妻位置唯文家小姐不二人。」他擲地有聲地說。

這話氣得柳家老太爺不怒反笑，他指著自己兒子的鼻子罵道：「你養的好兒子！」說罷，便拂袖走了。

柳家子弟眾多，廢了這個還有那個，他得看看還有什麼好苗子值得培養。

柳大人也很鬱悶，晚上將柳夫人狠狠地罵了一頓，又歇在了寵妾的房裡，讓柳夫人沒個好臉色。

柳湛清這次算是豁了出去，真的絕食起來。

柳老太爺聞訊後冷笑著說：「讓他去，我倒沒見過為了娶老婆而絕食死去的進士。」

柳湛清雖然口口聲聲絕食，但是柳夫人還是經常偷偷給他帶點飽肚的東西，這點子動靜柳大人豈會不知道？連連搖頭說慈母多敗兒，但是兒子也是他的，他也只能睜一隻眼閉一隻眼。

柳大人去了一趟文家，將事情隱晦地說了一遍。

文翁一向窮清高，聽見小女兒與柳湛清有了私情，氣得直跳腳，直稱要將文雪送進家廟。

柳大人連忙說：「我有一名學生，雖然還沒有功名，但是人不錯，文翁將女兒交給他儘管放心。」

文翁聽柳大人如此說，不由得吁了一口氣。

文雪頗有文采，長得又清麗，是很得他喜歡的。他雖然迂腐，但是也不想將女兒往死路裡逼。柳大人既然這麼說了，他學生一定會是個好的，自己女兒嫁了不會虧。

「既然這樣，那麼下次你便將這名學生帶給我看看吧。」文翁捻著鬍子說。

柳大人鬆了一口氣，回到家裡對柳夫人吩咐了一番。

「騙清兒說娶了沈家小姐當正房之後，文家小姐會自願做妾室？」柳夫人有些忐忑。

「你不是已經將文家小姐說給你學生了？」

「先穩著清兒再說。」柳大人有些不耐煩道。文翁一向清高，怎麼可能讓女兒去做妾？「等清兒與沈家小姐成婚了，新婚燕爾，怎麼可能還記得起文家小姐？就算記起了又如何？找幾個和她相似的妾便是了。」

兒子是自己生的，柳夫人真的不認為兒子會看上沈芳菲，但是她也希望兒子能在柳家、沈家的支持下，在朝堂上站得穩穩的，順利成為柳家下一代宗主。君不見，柳家二房對這宗主的位置可是垂涎不已呢。

自從柳老太爺上次在書房對柳湛清大發脾氣以後，柳家二房的小子可沒少往柳老太爺面前湊，逗得柳老太爺可開心了。

柳大人在朝堂上位置穩固，柳夫人又出身名家，兒子又是進士，柳家二房本對宗主這個位置沒什麼想頭，可是誰知道柳湛清在沈、柳兩家聯姻的時候出了岔子。

「莫非你祖上曾經有個癡情種子？」

柳二夫人為人爽利，很不喜歡裝模作樣的柳夫人，見她日子過得順遂，本就不平，卻不料柳湛清一路走高，卻在結親上出了問題。

「哼，我柳家才沒有如此兒女情長的兒郎。」柳二哼了一聲，他被自己的哥哥從小壓到大，這次終於見他出了樓子，心裡爽快得很。「妳最近看住深兒，別讓他亂跑，多陪陪父親。」

他可以什麼都不爭，但是不可能不幫自己的兒子走出一條康莊大道。

第四十六章

當柳夫人跟柳湛清將柳大人的話轉述了，柳湛清啪地一下從床上爬起來。「父親他真的這麼說？」

「你父親什麼時候騙過你？」柳夫人笑盈盈地說。

「可是我答應過雪兒要讓她當正房的，而且她父親又是我的老師，我怎麼可能忍心讓她做妾？」

「你也說了，她父親是你的老師，我們迎她是以貴妾之禮，如果你真的愛她，對她好一些便是。對女人來說，身分地位算什麼？都不及郎君真心的愛護。」柳夫人睜眼說瞎話，說得十分動人。

「真的？」柳湛清遲疑地看了母親一眼。

「當然是真的。」柳夫人摸摸兒子的臉。「快去梳洗下吃吃東西，看看我的兒瘦成什麼樣了？」

柳湛清也是錦衣玉食長大的，號稱要絕食，卻早已受不住了，若不是柳大人給了他臺階下，他都不知道如何是好了。

柳夫人看著兒子侷促的臉，嘆了口氣，到底還年輕，知道什麼愛不愛呢？等上了仕途，嘗到了權力的滋味，他便會後悔如今為文家小姐鬧這一齣了。

柳湛清風一般地從床上起來，洗了臉，囫圇吃了兩個點心。柳大人還是疼兒子的，見兒子開始吃飯了，心裡鬆了一口氣。

柳府將柳湛清為女絕食的消息瞞得嚴嚴實實的，柳夫人仍隔三差五去沈府坐一坐，與沈夫人聊些家常。

沈夫人見已經差不多了，便想著鬆口答應柳夫人的提親。

卻不料，這幾日迎來了一位不大來往的客人——張夫人，張夫人的丈夫是太尉，與武官一向沒有什麼交集，雖然和沈夫人連著遠親，但是卻來往不多。

不過來者皆是客，沈夫人與她笑著聊了半天後，張夫人一臉神秘道：「聽說前一陣子柳家中了進士那位公子胃口不大好呢。」

沈夫人聽到此話，心中咯噔一聲，果然無事不登三寶殿，這張夫人是來透信兒的，只是她是為誰來透信兒呢？

沈夫人一邊思量著張夫人與柳府的關係，一邊得體地笑著說：「哦？有這等事？我與柳夫人來往多時，都沒聽她說什麼呢。」

張夫人倒是沒有繼續說下去，而是將話題轉向了別處，讓沈夫人滿腹疑團，但是也不好問出口。

待張夫人走後，沈夫人叫來心腹嬤嬤將事情重說了一遍，皺著眉問：「這張夫人是什麼意思？」

心腹嬤嬤想了一會兒，說：「張夫人好像是柳家二房夫人小妹的手帕交，只怕她今日走一遭是為了柳家二夫人。」

沈夫人點點頭，哪家幾房之間沒有糟心事？只是這柳二夫人能膽子大到叫人來暗示，那麼這件事到底是什麼？

「去幫我查個清楚。」沈夫人淡淡吩咐道。

沈芳菲聽說張夫人上了門，母親招了心腹嬤嬤去商量了好一會兒，便將手上才摘取的首飾放在架子上，慢慢欣賞起來。

心腹嬤嬤動作很快，馬上便查出柳湛清為了文雪跪求柳老太爺的事。

沈夫人得知消息後，面色陰晴不定。「柳家壓下去了？這柳湛清便答應娶菲兒，哪有說變就變的，一定是柳家允諾了他什麼吧？」開什麼玩笑？她小女兒聰明伶俐，出身名門，居然比不上一個庶女？

沈夫人皺著眉頭對心腹嬤嬤說：「以前我是看那柳湛清怎麼看怎麼好，現在反而怎麼看怎麼不順眼了。」

為了一個女子就跪在祖父、父親面前，還以絕食相逼，這不是一個男子漢的作為。

沈夫人決定問問沈芳菲的看法，沈芳菲聽了，嘴角諷刺地咧了咧，用團扇掩住了，卻露出一雙可憐兮兮的眸子。「女兒的婚事任憑母親作主。」

沈夫人摸著女兒的秀髮。「我只有兩個女兒，妳姊姊的日子已經過得很好了，如今我就擔心妳了。」

沈芳菲搖搖頭。「女兒嫁誰都沒關係，只要母親健康就好。」

她是真心這麼想的，她是重活一世的人，對情情愛愛本來就沒有如小女兒一樣上心。上輩子她與柳夫人就是老冤家了，柳夫人還真不一定鬥得過她，至於柳湛清，他算什麼東西？給他納幾個小妾就可以了。

沈夫人卻覺得，這女人啊，還是得嫁個喜歡自己的，不然這日子難熬得很。

沈芳菲交好的三公主嫁去了羌族，榮蘭也嫁到了沈家，她反倒不想出去應酬了，每日與榮蘭一起說說笑笑也挺好。

但是這日她接到了貴女賈蘭的帖子，賈蘭是一個爽朗的少女，沈芳菲與她聊過幾次，十分投緣，倒讓她想去湊湊熱鬧了。

沈夫人看了帖子，見沈芳菲一臉猶豫，便拍掌幫沈芳菲作了決定，回帖說去，要不這小女兒在家裡，悶都會悶出病來。

沈芳菲坐著馬車到了賈府門口，賈蘭已經派了體面的婆子在門口迎接，婆子笑著說：

「沈小姐來了？小姐可盼您盼了好一陣子呢。」

沈芳菲取下面紗，顧盼生輝，跟著婆子走進房裡，卻見賈蘭一臉不高興地坐在椅子上對丫鬟說：「我發帖子，她湊什麼熱鬧？還請一堆上不了檯面的庶女，簡直是打我的臉！」

沈芳菲見狀，就知道她那個不省心的庶妹賈秋又給賈蘭添堵了。

賈家有一名貴妾，是賈蘭父親的表妹，賈蘭父親在朝堂上是拎得清、扛得起事的；在私下，卻有些冷酷，他原本心儀表妹，卻又看中賈蘭母親的貴重身分，到最後娶了賈蘭的母親，又納了表妹為貴妾。

賈蘭母親下面有一子一女，另外那位卻只有一個女兒。貴妾是賈蘭祖母的甥女，賈蘭祖母自然對這個孫女兒愛惜得很，甚至超過了賈蘭。

兩個小姑娘，一個嫡女、一個庶女，較勁從沒有停過，這不，賈蘭辦了宴會，賈秋便請了幾個在家裡受寵的庶女來打賈蘭的臉了。

「如此良辰美景，她們過她們的，我們過我們的，兩不相干，妹妹何必為了不相干的人生氣呢？」沈芳菲見賈蘭不開心，便走上前勸道。

賈蘭看著沈芳菲，露出了笑容。「我就說姊妹中就菲兒姊姊心胸開闊，我一看見姊姊就什麼煩惱都沒了。」

「妳這個鬼精靈。」沈芳菲假裝要敲賈蘭的腦袋，惹得賈蘭一陣逃竄。

沈芳菲與賈蘭還有幾名貴女在園子裡看著盛放的海棠花，這兒一簇，那兒一叢，競相開放，奼紫嫣紅，流光溢彩，爭妍鬥豔。紅的像一團火，黃的像一堆金，白的像銀絲。在花叢中有一些含苞待放的花蕾，花瓣一層趕著一層，向外湧去。一朵朵海棠花像用象牙雕刻成的球，美極了。

幾人正說笑著，卻見迎面走來一群少女，來的不是別人，正是賈秋與她的客人。她見著賈蘭與沈芳菲等人並不迴避，而是笑盈盈地說：「姊姊們好。」

賈蘭重重地哼了一聲，正準備給這個庶妹一些顏色看看時，從賈秋的身後竄出一名穿著白衣的少女，這個人不是別人，正是那與柳湛清情意綿綿的文雪。

她走出來，癡癡地盯著沈芳菲看，讓眾人都變了臉色。

正當賈秋想問文雪怎麼了的時候，文雪大聲問道：「妳是沈家小姐？」

沈芳菲倒沒有見過文雪，只覺得這個有點眼熟的小庶女看著自己的樣子有些詭異。「我是。」

身為庶女能混得好的都是察言觀色、心思靈敏的，文雪身後已經有人覺得文雪不對勁，便準備將她拖回去，可是文雪卻文風不動。

「妳身為貴女，什麼都有了，能不能將柳哥哥讓給我？」

語出，眾人極為震驚。

沈芳菲看著面前這個小姑娘，她矜持地往後走了一步，帶著貴女的架子說：「這位小姐是？」

「我是文雪，柳哥哥與我青梅竹馬，很是喜歡我的。」文雪大著膽子說。她讀的書很多，尤其癡迷話本，認為自己能掙脫世俗眼光向沈家小姐宣戰很是偉大。

幾位聽到的小姐們表情各異，原來沈府是要與柳府結親的？偏偏這柳家公子又勾搭上了文家小姐，真是剪不清理還亂。她們本不該聽這其中的秘辛，卻又默默地側著耳朵聽。

其他人可以偷偷地聽，但是賈蘭身為主人卻不能如此，她站了出來。

「文小姐，妳這是得了失心瘋嗎？」她又對著賈秋說：「妹妹，妳身為主人，還不將病了的文小姐送回家？」

賈秋也被這一變故駭住了，她原是想邀請受寵的庶女來打姊姊的臉，可是這已不是打臉這麼簡單了，這簡直是事故。賈秋連忙叫婆子攙住了文雪，文雪還欲說些什麼，卻被婆子架出去了。

賈蘭偷偷看了沈芳菲一眼，見她臉色有些不好，便指著賈秋憤憤地說：「我倒要讓我母親、老夫人評評理，看這事誰對誰錯。」

賈秋與賈蘭鬥了無數次，都沒有輸過，但是這次，她知道自己麻煩大了。她訕笑著對沈芳菲說：「實在是對不起，我也不知道雪兒怎麼突然就……」

「妹妹的心意我是知道的。」沈芳菲笑了笑，一張俏臉顯得有些白。「讓姊妹們看笑話了，此事牽涉到我與雪兒妹妹的名節，還請各位萬萬不要將此事傳出去。」

在場的小姐都點了點頭，表示不會將此事說出去。

賈蘭送走了各位小姐，回去跪在賈老夫人面前，將事情一五一十說了，讓見多識廣的賈老夫人都對文家小姐的大膽而瞠目結舌。

「這事不怪妳，誰知道那文小姐是個腦子有病的呢？」賈老夫人摸了摸小孫女的臉，又板著臉說：「下次可不能請這文家小姐進門了。」大不了她捨下這張老臉，去給那沈家小姐壓壓驚便是。

賈蘭應了，又嘟著小嘴說：「這文家小姐可不是我請的。」

賈老夫人仔細想了想，這文家小姐是庶出的，賈蘭作為嫡女自然不會邀請她，能邀請她的肯定是賈秋了，雖然自己一向疼愛賈秋以及她的母親，但是這兩母女近年來的心也越來越大，是該約束著了。

賈蘭見賈老夫人一臉若有所思，不著痕跡地笑了笑，這回總算給賈秋添了一回堵了。

第四十七章

沈芳菲回到沈府，跑到沈夫人跟前，將臉埋在沈夫人肩頭上。沈夫人見小女兒回來神情懨懨的，便問：「這是怎麼了？」

沈芳菲心頭有氣，想起前世今生，這柳湛清都不是個省油的燈，又覺得今天受了侮辱，咬了牙關怎麼也不肯說話。

沈夫人見狀，便將目光放在一直跟著沈芳菲的荷歡身上。荷歡見沈夫人看著自己，便跪在地上將事情從頭到尾說了一遍。

「什麼？那文家小姐真這麼說？」

沈夫人氣得一掌拍在案上。「是當我們沈府好欺負？這邊還說我家女兒好女難求，那邊就和文家暗通款曲了？」

沈夫人再看女兒，那一張小臉上都是淚水，嘴裡還說著：「我寧願做姑子，也不願意嫁柳家！」

沈夫人心疼地將小女兒摟到懷裡。「都是母親錯將中山狼看成好夫婿。」

沈芳菲看著母親為自己操心，內疚萬分。無論是前世還是今生，母親對她的愛從來沒有變過，她窩在母親懷裡，彷彿變回前世的那個小女兒，心中有無限的委屈想說，但是又說不出口，最後只能喃喃道：「這柳湛清一副好皮囊，有功名在身，家世又好，母親一時看錯也是難免，誰知道這柳府養出這樣一個多情子孫出來。」

柳夫人算算時間覺得也夠了，便想著登沈府的門，將沈芳菲與兒子的親事辦妥。可是無論她怎麼遞帖子，沈夫人都總是愛理不理的，不是說和別家夫人約了，就是說身子不好。

這到底是怎麼了？柳夫人丈二金剛摸不著頭腦，與交好的王夫人說了——王夫人的庶女也獲邀賈秋的宴會，她一回家便老老實實將事情告知王夫人，王夫人了解柳夫人好強又驕傲，也不好意思將這等晦氣事說給柳夫人聽，只等柳夫人主動跟她提起沈夫人的異狀，才將此事說出來。

柳夫人聽了，連手上的杯子都滑到地上，這文雪是怎麼被父母教出來的？簡直是成事不足敗事有餘！

柳夫人一張臉笑都笑不出來了，出了這等事，還被幾家小姐聽去了，她兒子的名聲也好不到哪兒去了，她強顏歡笑說：「真謝謝妳告訴我這個消息，要不然我還蒙在鼓裡呢。我兒子在文大人那兒一心讀書，也不知怎的就被那文小姐看上了，我們也頭疼得很啊。」

王夫人聽見這話，心裡對柳夫人有些鄙夷。一個巴掌拍不響，如果不是她兒子主動承諾了什麼，那文小姐至於在沈家小姐面前信誓旦旦說他們是真心相愛的？

這事柳夫人一個人可下不了決斷，她硬著頭皮與柳大人說了，柳大人聽了，面色鐵青，只說了一句「孽子」，便拿著鞭子將柳湛清抽了一頓。

柳湛清口中振振有詞。「父親，您不是答應將文雪給我做小妾？怎麼我聯絡一下都不行？」

柳大人聽見此話，頭疼得很，當時只是緩兵之計，卻不料這孽子膽大包天，直接跟文小姐私相授受起來。

柳夫人這回可不管沈夫人到底在不在了，直接帶著柳湛清坐著轎子來到沈府。

沈夫人聽見柳夫人與柳湛清來了，與榮蘭抱怨道：「呵，好厚的臉皮啊，都這時候了，還能若無其事上我家的門。」

榮蘭也心疼沈芳菲。「那咱們不見他們就是。」

沈夫人雖然生氣，也知道此時不宜與柳府鬧翻，雖然親結不成了，也沒必要結仇。她摸了摸脹痛的頭，只得叫下人帶了柳夫人與柳湛清進來。

柳氏母子進來後，沈夫人臉色不豫，叫下人上了消火的菊花茶，輕描淡寫地說：「最近我也不知怎的，肝火旺盛，看什麼都不順眼，還請柳夫人原諒了。」

沈夫人早已拋開與柳夫人姊妹相稱的親熱，變得十分冷淡起來。

柳夫人當然知道原因何在，她賠笑著將柳湛清拉過來。「聽說菲兒去賈府受了點委屈，我們特來探探呢。」

這不是心知肚明嗎？沈夫人淡淡地說：「也沒有太大的委屈，只是小小的誤會而已。」

「清兒一直在文家讀書，十分得文大人的喜歡，但是沒想到文大人的小女兒看上了清兒，聽說了清兒與菲兒的消息，才會鋌而走險。其實清兒與那文家小姐，並不熟呢。」柳夫人急著扯了扯柳湛清的衣角。

「姨母，我與那文小姐並沒有什麼的。」柳湛清在家裡被父親用鞭子抽了一頓，又被母親哭著捶打了一頓，自然知道今天應該怎麼在沈家表現。

他生於富貴人家，並沒有受到過挫折，與文雪有情愫是情理之中，但是面對家族的阻力，這點小小的情愫算什麼？

沈夫人看著眼前俊秀少年一臉恭順地說出這樣的話，越發覺得他不是良配。

文家小姐固然有錯，但是也曾與柳湛清心心相印過，如果柳湛清能坦蕩蕩站出來承認他與文家小姐確實有私，沈夫人還能高看他一、兩分，可是居然還說文家小姐是單相思？簡直就是把沈府當猴子耍！

沈夫人的表情越發不好了，她揮了揮手。「無論你與文家小姐有沒有私，那都是你們的事，何必拿來與我說？」

柳夫人看沈夫人這架勢，是完全不想與柳府有關係了，她靈機一動，想起了沈芳菲，自己的兒子這麼優秀，之前又與沈芳菲見過面，保不定沈芳菲已經對柳湛清芳心暗許了。

「無論如何，此事都是我們連累了菲兒，不如叫菲兒出來，讓清兒給她道個歉吧。」柳夫人雖然不喜沈芳菲，但是以沈芳菲的身分做了她的媳婦，也夠她出去炫耀一陣子了。

沈夫人當然不會再讓柳湛清見到沈芳菲，卻不料沈芳菲早已在大堂外偷聽，當聽到柳夫人暗示是文家小姐單方面看上柳湛清時，沈芳菲冷笑了一聲。

看來出了事，就拿女子頂缸，果然是柳家的傳統。

沈夫人正想推辭，卻見沈芳菲從大堂外走了進來，柳夫人面色微微帶喜，這沈家小姐是要來央求母親不要拒絕這樁婚事嗎？

柳湛清偷偷掀眼看了看沈芳菲，見她今日濃桃豔李，溫香軟玉，與文家小姐的素淨之美完全不同，不由得暗暗紅了臉。父親果然說得對，世上的好女子有千百種，掛在一個女人的腰帶上算什麼？

「菲兒，怎麼就這麼出來了？」沈夫人喝住沈芳菲。

「柳公子真是有意思，文家小姐信誓旦旦與我說你很喜歡她，難道是她平白無故要陷害柳公子？」沈芳菲柳眉斂起。

「本來我還為柳公子與文家小姐的真情感動，卻不料文家小姐能為柳公子勇敢站出，而柳公子到了關鍵時刻卻一言不發了？」

沈芳菲想到前世沈家沒落之後，柳家的落井下石，出言越來越鋒利。

柳夫人聽了這話，一張臉跟塗了墨一般，黑得很。

柳湛清聽了這話，臉上青一陣白一陣，心想這沈芳菲果然是個潑婦，自己切莫再為她的外表迷惑了。

「什麼叫一言不發?難道別的女子思慕我，我也要為她們說話?若有多個女子思慕我，我與多個女子都有私情了?」此時的柳湛清已經完全忘記自己與文雪之間的柔情密意，一心想與沈芳菲爭個高下。「我還是奉勸沈妹妹不要這麼刻薄，可知道，這世上的女子，到最後都是要依從丈夫的。」

沈芳菲冷笑了一下，正欲回嘴，卻聽見柳湛清身後傳來弱弱的少女聲音。

「柳哥哥?」

來者不是別人，正是文雪。

說也湊巧，文家主母聽說自己的庶女居然膽子這麼大，生氣之餘，狠狠地將文雪調教了一番，想著等沈家的氣消了，再帶著文雪上門賠罪。卻不料今日正好與柳氏母子撞了個正著。沈夫人請她們在偏廳坐著，柳夫人、柳湛清是如何說的，文夫人與文雪都聽得一清二楚。

文夫人一臉帶氣，柳府這是準備將髒水潑到文府頭上了?

文雪在偏廳聽到柳夫人、柳湛清母子的話就已經臉色蒼白，這事怎麼和她籌謀的不一樣?這時候沈家小姐不是應該回去大鬧一場與柳家解除婚約?

柳哥哥在信裡對自己一往情深，言說如果不是家中非要逼迫他與沈家小姐成親，他要娶的，一定是她。如今她鼓起勇氣站出來讓沈家小姐讓一讓位，這柳湛清卻又是另外一張嘴臉了。

沈芳菲見文雪蒼白著臉，搖搖欲墜，哀其不幸卻又怒其不長眼，喜歡上了柳湛清這樣一個看似情長，實際薄情的人。

柳夫人急急地對文雪說：「文家小姐，妳倒是跟沈家小姐說妳和清兒並沒有什麼啊。」

沈芳菲看了柳夫人這副嘴臉，嗤笑了一聲。

看著柳夫人急急讓文雪承認是她單相思，文夫人咬了咬牙，她當然不會讓文府的名聲毀於一旦，冷笑說：「我只聽說柳夫人溫柔賢淑，但是沒見過柳夫人逼人家小姑娘思慕自己兒子，柳夫人妳確定是我家閨女單相思妳兒子？妳兒子給我家閨女寫的情詩，可是有一疊在我手上呢。」

什麼？柳夫人頓時一驚，狠狠瞪向了兒子，柳湛清此時倒不敢出聲了，一雙眸子到處轉。

「原來是柳公子不僅在人家家裡學習，還順便勾引了他家的小女兒？」

沈夫人看了一齣好戲，又見女兒對柳湛清一臉厭惡，便知這親家是結不成了，都已經這樣了，還不允許她對這無恥的柳家洩洩火？

文雪雖然時常犯糊塗，但是對柳湛清的情詩卻從來沒有回過，要知道，真的被發現她與外男私相授受的話，她爹絕對會將她送到家廟去的。

她見文夫人幫她出了頭，又聽沈夫人幫腔將這件事定了，也不敢出聲，只是拿出帕子擦了擦眼角的淚，顯得格外委屈。

沈夫人這頂大帽子真是扣得柳夫人喘不過氣來，要是這件事傳出去了，她家的兒子還有什麼仕途？

「既然柳公子對文家小姐一往情深，文家小姐又對柳公子心中有意，母親為何不作個媒，讓他們心想事成呢？」

沈芳菲在旁邊笑著，她緩緩走到文雪面前，幫她擦著眼淚。「柳公子心裡的人是妳，我是知道的。我與柳公子並無婚約，妳放心吧，你們的媒，我母親作定了。」

第四十八章

單靠文府的力量，當然不會讓柳湛清娶區區一個庶女，但是如今柳氏母子得罪了沈府，沈夫人站出來說支持柳文聯姻，再加上文夫人手上握有柳湛清的把柄，不怕柳夫人不從。

文夫人鬆了一口氣，對柳夫人說：「事情都這樣了，我看我們還是順了這一對小兒女吧。」

柳夫人當初覺得文雪有幾分像自己，對她還有幾分好感，但是出此一事，她怎麼看文雪怎麼不順眼。

柳夫人正想拒絕，又想到文夫人手上有兒子的「墨寶」，不由得將拒絕的話吞回肚子裡，強笑著說：「此事不容我一個人下決斷，還等我與老爺商議一番。」

沈芳菲聽到此話，笑著拍了拍文雪的手。「妹妹，妳看看，妳終於心想事成了。」

文雪聽到此話，先是露出歡喜的笑容，又悄悄地打量了柳湛清一眼。

她見他鐵青著臉不知道在想什麼，又想到柳湛清一口咬定與自己什麼交情都沒有，不由得暗暗為自己的將來擔心。

不過柳哥哥本來就對自己有情，說不喜歡也是被柳家人所逼，如今連柳家人都首肯了，她與柳哥哥便一定會和和美美的。

柳夫人鐵青著臉將柳湛清帶了回去，這次不等柳大人出手，她自己就拿著雞毛撢子將他又打了一頓。

沈芳菲是什麼身分？文雪又是什麼身分？她堂堂柳家夫人娶了一個庶女做兒媳婦，都會讓別人笑掉大牙！

柳夫人一向心高氣傲，之前怎麼看都覺得沈芳菲不順眼，但是想到要娶一個身分這麼低微，還在婚前就與柳湛清有了私情的女子，心裡就格外堵得慌。

柳大人一回家，便看見柳夫人坐在大堂上，柳湛清跪在地上，兩人都是一臉凝重，連忙問：「這是怎麼了？莫非是沈家給我們臉色看？給我們臉色看不要緊，重要的是沈家還肯將女兒嫁過來。」

柳夫人聽到此話，又將雞毛撢子抽到柳湛清身上。「你說，他年紀小小不學好，偏偏要寫什麼情詩給文家小姐，現在人家手上捏著一疊，就等著咱們入甕呢。」

柳大人聽到此話，大驚失色，也顧不上旁邊有下人了，狠狠踢了柳湛清一腳，罵了一句「孽畜」，還沒來得及換衣服，就去找文大人了。

文大人雖然是一頭倔驢，卻老是被文夫人牽著走。

文夫人回去將這件事與文大人說了，文大人氣得跳腳，要將文雪送進家廟，卻被文夫人攔了下來。

「老爺就想著將雪兒送進家廟？有沒有想過她的姊妹還要怎麼做人？」

如今的世道，有一個女兒不守規矩，大家便會懷疑到其他姊妹也有問題，不過這樣也沒關係，叫文雪病故了便是。可是文夫人心裡卻打著好算盤，與文雪有私的是柳湛清，身分高出文家一大截，又有把柄在自己手上，若是想辦法將文雪嫁過去了，柳家起先可能對文家有埋怨，可日子久了，還不會提攜媳婦的娘家？

文夫人打了一手好算盤，只叫文大人一口咬定是柳湛清欺騙了文雪的感情，若是柳家不想負責，文大人便一帖藥將這女兒藥死了，連同柳湛清的情詩一起送到柳府上。

柳大人上門，文大人便將文夫人教他的話咬牙切齒地說了。柳大人聽了，頭疼得很，誰都知道文大人其人剛直得很，可是說得到做得到的。

可謂屋漏偏逢連夜雨，柳大人那位學生之前在文家已經見了文雪一眼，對文雪是心心念念，來文家遞了很多次消息，又專程去柳府央柳大人保媒。

柳大人看著學生那張興奮的臉，一點都說不出來「我介紹給你的媳婦已經被我兒子捷足先登」。

柳大人心中淌血，將自己的一個庶女許配給這位學生，這位學生出身一般，想娶文雪也就是為了借文大人的勢，如今能成為柳大人的女婿，自然不會再去想什麼文雪了。

柳老太爺倒是個能取捨的，已經到了這個局面，還怎麼能讓柳湛清去娶沈芳菲？

還是想想如何抹平柳湛清與文雪的這一樁，讓一段醜事成為一段佳話吧。

她沈家可以低嫁，他柳家還不能低娶了？

柳家花重金將聘禮送到了文家，那熱鬧的場面讓人交頭接耳。

文大人清高，但卻是個愛面子的，摸著鬍子站在門口，顯得格外滿意。

柳夫人見文大人的模樣，心中知道柳湛清與文雪的事算是抹平了，就算文家拿出柳湛清寫的那些情詩，也只能算是小夫妻之間的情趣了。柳夫人鬆了一口氣，又心如刀絞起來，得了個身分這麼低微的庶女做媳婦，她怎麼在貴婦圈子裡抬得起頭來？再回頭看看沈芳菲，簡直是一塊發光的金子。

文夫人與柳夫人寒暄著，起先她覺得這個庶女是個運氣好的，居然可以被她塞入柳家，又想著如果發生此事的是自己的女兒該多好，不過如今她看柳夫人的臉色，這庶女進了柳府還不知道是福是禍呢。

沈芳菲聽說了柳家與文家提親時的盛況，冷冷地笑了笑。

她倒是要看看這一世柳湛清與他心中的朱砂痣相處得如何？

沈芳霞雖然要出嫁了，但是聽說妹妹出了這等事，還是盡力地陪著她，畢竟當初她出事的時候，沈芳菲可是寸步不離的。

沈芳菲見沈芳霞小心翼翼地對待她，生怕自己從這件事裡受到了傷害，她拍了拍沈芳霞的手。「三姊姊不用擔心，這等子糟心事發生在提親前還算好呢，若是兩家訂了親，才是真真難辦了。」

不管沈芳菲是什麼樣的心思，柳湛清與文雪的婚事是板上釘釘了，文夫人怕柳家反悔，便督促著柳家早日將事情定了。

眾人看著這段聯姻，有些不解，之前透露出來的風聲不是沈家與柳家聯姻嗎？怎麼又出來一個文家？

偏偏世上沒有不透風的牆，文雪哭著讓沈芳菲讓一讓位的事，終究還是傳了出來。讓眾人對柳湛清觀感下降到最低——哪有去人家那裡讀書，還和人家女兒發生私情的道理？只不過那文雪也不是個好的，若不然，那麼多學子，怎麼就盯上了柳家公子？

在寒冷的冬天，文雪終於出嫁了。

她原以為和柳湛清大婚以後，日子會變得和和美美。

卻不料大婚前一切事情都是小事情，大婚後才是難題的開始。

她不是文夫人的親生女兒，文夫人自然不可能手把手教她；而文大人是個粗心的，只覺得女兒嫁入了高門便日子幸福了。

一時之間，文雪在柳府受盡了委屈，卻都沒有人幫她出頭。

文雪嫁得匆忙，文夫人自然不會拿好東西給庶女當嫁妝，只是湊了一些看起來很不錯，內在卻值不了幾個錢的玩意兒。

文雪的陪嫁丫鬟一個個沒學會什麼本事，倒是跟小姐學了一手悲秋傷春的戲碼，看見柳湛清不由得都暗自心動，爭先恐後爬了柳湛清的床。

文雪在眾叛親離下過得格外蕭瑟，莫名將恨意轉到了沈芳菲身上。

若不是她為沈芳菲擋了災，現在痛苦的應該是沈芳菲！

她只好拉下自己的清高，對柳夫人小心翼翼奉承起來。

越是如此，她對沈芳菲的恨便越重。她倒是要看看，像沈芳菲如此的貴女，要找個怎樣的丈夫。

寒冷的冬天已經過去，萬物復甦的季節又到來。

楚城外的小草也悄悄冒了頭，顯出勃勃的生機。

春天來了，狼族的牲畜也有了食物，他們停止了對楚城的騷擾，開始休養生息。

而這時，邊關要塞也難得悠閒起來。

石磊脫下厚厚的棉衣棉褲，將它們洗淨曬乾，再好好地收起來。

他駐紮的地方離安省村不遠，楚城有許多將士都是土生土長的，與這安省村的關係一向很緊密。

楚城的兵士們有許多便是就地娶了楚城的女子，石磊面容清逸，又很有本事，很得小姑娘們喜歡。而安省村的姑娘們膽大又活潑外向，經常纏著石磊去家中吃飯。她們其中也有兄弟與石磊是同袍，被小姑娘們拜託著送了不少東西給石磊，全被石磊委婉拒絕了。次數多了，小姑娘們覺得臉上無光，對石磊便有些因愛生恨，看見石磊都說話帶刺的。

石磊並不管這些，他醉心於武學和兵法上，廢寢忘食到有時候看書都會撞著牆。

還沒等安省村的姑娘們想著怎樣的女子才能將石磊收服時，楚城的邊關來了一個引人注目的小姐。

她是楚城守衛將軍的女兒，名叫白珂。

她從京城而來，帶來不少好衣服與首飾。楚城中數得上名字的貴小姐們雖然有些看不起白珂的嬌弱，但是言行之中卻有了模仿。

軍中生活枯燥，這位小姐的到來也給兵士們帶來了一陣清風，見多了楚城驕傲蠻橫的姑娘，他們彷彿沒有見過如此溫柔嬌弱的小姐，便對這位白小姐顯得有些追捧起來。

就算石磊再怎麼用心上進，也抵不過同袍在他耳邊天天念叨，也聽說了這位白小姐的名頭。

從京城來的？石磊摸了摸一直揣在胸口的香包。

「白小姐真是我看過最美麗的小姐。」石磊雖然沒有什麼反應，但是這位同袍還是喜歡在他耳邊念叨。

最美麗的小姐？

石磊想到了沈芳菲，唇角不由得勾了勾。

色。

「喂，你看你看，白小姐騎著馬經過了！」那位同袍拍了拍石磊，一臉少年人初慕的神色。

石磊抬起頭，看了一眼，淡淡地說道：「不過如此。」

惹得那位同袍看了看石磊。

「那你喜歡什麼樣的女子？難道真是仙女不成？」

一陣清風吹過，石磊並沒有回答，只低了低頭。

白珂的父親算是楚城最大的武官，她母親去世得早，父親續娶的妻子家室不顯，且與白將軍長期分居，感情並不深厚。在白將軍的寵愛下，白珂其實有些高傲。

她騎馬而過，見一個兵士模樣的少年低著頭，他身邊的同袍又和他說了些什麼，他回頭看了看自己，高挺的鼻子、緊閉的雙唇，但是一雙眼睛裡，卻全是清明，沒有如其他兵士一樣，盡是癡迷之色。

他看了她一眼，很快低下頭，繼續往前走，讓白珂有些失落。

「他是誰？」白珂指著那個少年問道。

白珂身後的兵士是白將軍專門指了保護她的，對軍中事還算了解。石磊是聲名鵲起的新秀，他們自然認得。「那是石都伯，在軍中努力得很呢。」

「哼。」白珂冷冷哼了一聲。

這個少年無論多好，在她眼中，都全然沒有可取之處，可是她跑了幾步，又回頭去看那個少年，卻發現他真的沒有關注自己。「呆子。」

像白珂這樣的美麗少女，越是不將她放在心上，她越是在意。她幾次刻意出現在石磊身邊，石磊卻都沒注意她，讓她的挫敗感越來越強。

第四十九章

「喂，你是瞎子不成？」

白珂實在忍無可忍，來到校場，對穿著盔甲的石磊說道。

石磊本來心無旁騖，聽見旁邊有人說話才側了臉，一雙黑黝黝的眼珠盯著白珂，讓她都差點紅了臉。

「本小姐在你身邊轉悠了幾圈，你都沒有看見我，難道不是瞎了？」白珂理直氣壯地說道。

「對不起，我練武太認真，沒有注意到小姐。」他乾脆道了歉，在他看來，為了一點點尊嚴而和這個看起來跋扈的貴女爭論一番實在沒有必要。

白珂見石磊沈默寡言，以為他是個驕傲的，本想故意挑釁他，讓他和自己鬧一頓，才好去向父親告狀，卻不料他居然爽快地說了對不起，一時之間，白珂有些愣在原處。

石磊看了看這位貴小姐，不知道她在想什麼，只當他擋了她的路，準備走到校場的另一邊重新開始。

而白珂見他走了，連忙幾步跟上他，在他身後嘰嘰喳喳起來。「欸，你這個人真怪，每天板著個臉像誰欠了你似的。」

「如果我這麼奇怪，那小姐別跟著我了。」石磊有些無奈，白小姐是他上司的女兒，他不可能對她擺臉色，只求這位玩夠了趕緊走開。

「嘿，還跟我叫板了。」

白珂聽到此話十分不悅，恨不得在石磊的後腦勺上瞪出火花來。

石磊無奈地搖了搖頭，加快步伐。

白珂人小步子小，很快便跟不上石磊，氣得在原地跺了跺腳。

之後，眾人很快發現，那位漂亮得不可一世的白大小姐，每日都跟在一個小小都伯身後，一般都是她在都伯後面不停說一些京城的事，而那位都伯卻沒有什麼反應。

石磊為人低調，很不習慣別人注視的目光，終於有一次，他停下步伐問這位白小姐。

「白小姐，妳到底要幹什麼呢？」

白珂見石磊終於理她了，得意道：「你終於和我說話啦？」

石磊看到她這副模樣，嘆了一口氣，有點想念怯怯看著他的沈芳菲。

「聽說你與沈家有故？」白珂轉了轉眼睛問道。

石磊聽到沈家的名號，嘴唇微微抿了抿。「我只是沈家莊園旁邊村子裡的人而已，說不上與沈家有故。」

「我去過沈家幾次，沈家的大小姐已經出嫁，二小姐待字閨中，聽說差點和柳家的嫡次子訂了親呢。」白珂突然想到什麼，捂著嘴巴笑了笑。

差點訂了親？石磊的心中像有一塊大石頭，沈甸甸地疼，卻又不能在面上顯現出來。

「那又怎麼樣？」

「結果那柳家的嫡次子又看上了一個文儒的女兒，哭著喊著要娶人家呢。」白珂見石磊對沈家有興趣，知無不言起來。

石磊聽了這話，唇微微地鬆了鬆，隨意地問了句：「妳與沈二小姐很熟？」

「不熟，見過幾次而已。」

白珂嘟了嘟嘴，好不容易說上話，居然全圍繞在沈二小姐身上？「不過她最近很少參加宴席，只怕還是被柳家的事影響了。」

石磊聽完，若有所思地轉身走了，氣得他身後的白珂跳腳道：「什麼人啊，冷冰冰的，像塊石頭！」

楚城山下有一片杏花林，粉色的杏花像搽過胭脂一般漂亮，讓人感到心曠神怡。

石磊經過那裡幾次，都想起了沈芳菲。

她十分愛花草，幾次來沈家的莊子都是為了看花。京城的杏花特別少，不知道她看到這片美景的話，會發出怎樣的驚嘆？

他走進杏林，摘下幾朵最美的杏花，小心翼翼地拿著，進了帳子。

也許他這一生一世都來不及碰到那天上的月亮，但是並不妨礙他無論在何時，都想靜靜守護著她。

「咦？我們的都伯居然還有這樣的閒情雅致？」

和石磊同一個帳子的老黃頭看到他這副模樣，有些不可置信。

石磊笑了笑，做了一個盒子，將杏花放進去，又細心地塞入了棉花。

十四天後，這杏花栩栩如生，卻不會枯萎了。

石磊拿了乾花，請回家探親的同鄉將這花帶回去交給呆妞。

呆妞一見，便知道這是哥哥為沈家小姐做的。

便等沈芳菲到莊子的時候，又將這花給了她。

「我哥哥說了，他身無長物，這是他在邊關看到的美景美花，與小姐分享一二。」

沈芳菲用手輕輕撥了撥那小小的杏花，心中莫名歡喜。「妳哥哥真是手巧。」

呆妞長大了，自然知道哥哥對沈芳菲抱有怎樣的心思。

她看著那穿著絲綢的白皙少女手腕上套著雕刻精緻的金鐲子，拿著杏花笑得舒暢，輕輕地嘆了口氣。

如此貴重的美玉，怎是哥哥能妄想的？

「過幾日便是我十四歲的生辰，妳哥哥給我捎帶了這麼美麗的杏花，我也要好好答謝他一番。」

沈芳菲抬起頭來，俏皮地眨了眨眼，和她在世家圈中八面玲瓏的樣子有些不符。「妳有什麼話想與哥哥說？我幫妳寫封信吧。」

常幫呆妞寫信的老秀才年紀大了，眼睛不大好，呆妞也不好意思時時拜託他寫信，如今沈芳菲開口了，她自然十分開心。「謝謝小姐。」

呆妞立刻站了起來。

可是她最近經常與沈芳菲打交道，也學了不少規矩，知道貴女是不可輕易將墨寶給別人的。

沈芳菲見呆妞本來十分興奮卻又一臉猶豫，知道她擔憂什麼。「不用擔心，我相信妳和妳哥哥。」

呆妞聞言，心中十分激動，她乖巧地點了點頭。「我去幫小姐拿筆墨與紙。」

沈芳菲鋪好了宣紙，便抬著頭看呆妞想說什麼。

石磊在外搏命，呆妞心中縱有千言萬語也只化成了「我們在家中很好，哥哥一切保重」的叮囑，沈芳菲幫呆妞寫了，見不過短短半頁，又在上面添了幾句「杏花很美」之類的話。

寫完之後，她將宣紙放入信封封了起來，又讓人帶到楚城邊關。

石磊接到信，便覺得這信的紙質與平時呆妞捎帶的不同。他頓了頓，似乎想到了什麼，有些顫抖地將信從信封中拿了出來。

字跡並不是老秀才的，小楷字跡娟秀，像是大家閨秀寫出來的，石磊心中激動，一目十行，將信從頭看到尾，當他看到最後沈芳菲說喜歡他送的杏花，才肯定了這封信正是沈芳菲手筆。

他將信看了一遍又一遍，才把它放入懷中。

「你這是怎麼了？」老黃頭見石磊看了信，表情變化莫測，不由得問道：「難道是家中出了什麼事？」

「沒有。」石磊搖了搖頭，可是那一臉的喜意，卻是攔也攔不住。

大梁朝太平已久，大家關注的焦點全在京城的風雅韻事上，一陣激烈的鼓聲卻擊破了平靜。

「徐王反了！」

一個滿身是血的士兵快馬來到京城，擊響了京城門上的警鼓。

這鼓已經好久沒有響起了，急迫的鼓聲響起，接連著不遠處另外的鼓聲，一直傳到了京城的最中心。

皇帝得知徐王造反的消息，狠狠地將手上杯子摔到地上，惹得眾人一陣戰慄。「徐王好大的膽子！」

徐王的父親是當今皇帝的哥哥，領兵極為出色卻沒有謀略，老早被皇帝發派到徐地這麼一個鳥不拉屎的地方。

老徐王一直不大甘心，所以在教養小徐王的時候有些走偏，讓現在的徐王覺得整個大梁朝其實是他父親的，只是被當今皇帝這個奸賊搶奪了而已。

老徐王去世以後，徐王養精蓄銳準備造反，可是大梁朝這些年都風調雨順沒有什麼問題，連個造反的理由都沒有。

直到最近蝗災有些嚴重，徐王終於想辦法舉起了旗子。

這場造反來得出其不意，讓和平多時的大梁朝沒有任何防備。

一時之間徐王居然攻克許多關卡，竟有些戰無不勝了。

徐王面對此情況，覺得自己是天命所歸，一鼓作氣，想攻下楚城，卻遭到楚城上下的一致抵抗。

說起楚城，也是一座悲涼的城。

無論狼族也好，叛亂也好，禍事都要經過這裡。

沈家便有三名子弟先後折損在這座城裡，不過這座城雖然悲涼，也是出英雄的地方。楚城子弟為了保護家人，都學起武功，可謂人人皆兵。楚城難破，舉世皆知，可就是這麼難破的楚城，卻報說守城將軍陣亡了。

緊急的軍報一天一天上來，皇帝由剛開始的自得，到後來緊張得睡不著覺，他思索了一晚上，決定派沈毅去鎮壓。

沈毅二話不說接下使命，沈夫人雖然心中不捨，但是也只能默默準備行囊。

沈毅穿上好久沒穿的盔甲，去了軍營，與下面的將軍振作士氣，一時之間，沈府的氣氛，變得肅穆起來。

沈芳菲聽見父親要去楚城，不由得心中一跳。

此次楚城之亂，沈毅大勝而歸，沈家的聲望達到了頂點，也就是此時，皇帝面上給了沈家無限的風光，卻在私下起了忌憚。

「沈家這把雙刃劍，用好了是對外，用不好是對內。」當初皇帝私下對九皇子說，九皇子將此話記在心裡，對沈家仍是捧著，可是到了權勢穩穩在手中時，第一個便是拿沈家開刀。

楚城給了沈家無限光輝，也給了沈家無限的落寞與痛苦。沈于鋒前世就是命喪於此，連屍首都回不了故里。

沈芳菲想到前世種種，半夜噩夢連連，一時之間，居然病臥床榻不起。

沈毅雖然忙著軍務，卻仍擔心小女兒。

沈芳菲在床上燒著，迷迷糊糊感覺到一雙大手摸在自己的額頭上。

「這到底是怎麼了？」沈毅有些著急地問。

沈夫人一直守在沈芳菲身邊為她擦汗，聽見她一下喊父親、母親，一下叫哥哥的，心想大概是女兒沒有經歷過沈家上戰場的事，太過擔心了——她對沈毅說出自己的推測。

沈毅深深嘆了一口氣，其實他也厭倦了在刀劍上舔血的日子。

說他因為年老而懦弱也罷，他有溫柔的夫人、可人的小女兒，他也想留著一條命陪她們安安穩穩地過日子。可是戰場上的人，誰沒有家人呢？他只能狠著心，以最小的犧牲保全戰場上最大的勝利。只有這樣，他才能活著回來見最重要的人，才能保護這天下蒼生。

「等我回來，我將向皇上請辭，也陪你們過上一點安生的好日子。」沈毅對沈夫人說。

沈夫人與沈毅少年夫妻，卻聚少離多，他總是在大梁朝最需要他的時候拚殺於前線，身上大大小小傷口無數。她忍受寂寞，為他操持後院，不是沒有怨，只是這些怨，在他對她的好面前，微不足道。

沈夫人的臉在燭光下顯得有些隱約，她聽了夫君的話，緊皺的眉頭緩緩舒展開來。

「我等你。」她笑著說。

第五十章

沈芳菲在夢裡朦朦朧朧，又被人灌下許多湯藥，又苦又悶，突然一道聲音在她耳邊喝道：「妳難道還想讓上一世悲劇重來？」

不，絕不！

沈芳菲咬了咬牙，奮力張開雙眼，看見了一旁焦急的母親，自此之後，慢慢地好了起來。

皇帝正派大軍急急地趕往楚城，而楚城正在水深火熱中。

百年的城門此刻正沈沈地關著，外面是徐王的大軍，楚城內是咬著牙關頂著的楚城軍。

多年的和平讓楚城的士兵們失去了警覺與銳利。

先前徐王先派出了千餘人攻擊楚城，白將軍心中輕敵，便帶著精銳部隊追了出去。卻不料楚城軍被引進了虎嘯谷，這虎嘯谷地勢低窪，軍隊一旦進去，山丘上便有人伏擊。但是白將軍覺得這些人不足為懼，便一意孤行追了進去，結果全軍覆沒。

楚城易守難攻，城內只剩千餘名士兵與城中百姓聯合守著城門。

可是城外的幾萬大軍生生守著楚城，每次派出去給京城送信的士兵，都會在出了城門以後就被斬殺。

傳令旗淒涼地插在黃土上，楚城遠離京城，若京城不知道楚城之危，那麼大梁朝危矣！

徐王軍沒想到楚城剩餘的將士與民眾如此一心守城，一時之間傷亡也不少，便將攻城的步伐放慢下來。

楚城以山丘為主，土地以砂礫地居多，並不好耕種，所以需要外糧補給。

徐王的心腹軍師倒是想了一個好法子，他命人將旁邊的補給小城攻下，又命探子將楚城內的儲糧倉給燒了。

楚城頓時內憂外患，自然也撐不了多久。

七日後，楚城將士守城士氣不減，徐王的探子卻得知楚城內已經出現糧食短缺的狀況——

「京城根本不知道我們被圍攻了！」

「皇帝已經放棄我們了！」

「就算援軍來了又如何？只怕看到的就是我們的屍體了！」

類似的謠言在楚城裡口口相傳地傳遞著，消極的情緒如瘟疫一般感染了部分飢餓的民眾。

「還不如打開城門，搏上一搏！」

「在城裡窩著算什麼？不如拚了這條命！」

在楚城的熱血青年中，流傳著這樣的話。但是清醒的人明白，城外幾萬大軍，正等著楚城打開城門，一攻而上呢！

「大家開開門，我徐王只是借道，絕不會打擾到楚城任何一家人的安寧。」當城內的各種情緒已經醞釀到最高點的時候，徐王在楚城門口喊出了這樣的話，楚城裡餓了幾天的民眾聽見這樣的話，雙眼迸出了希冀的光芒。

楚城的高階將領們都已經戰亡了，只剩下一些小將。

「與其這樣守著城門，等著不知道什麼時候來的援助，還不如打開城門！」有個一向懦弱的小將說道。

徐王已經派探子買通了他，若他能說服眾人打開城門，將獲得萬金，若徐王能登上大統，必不會虧待他！

打開城門？在一起商量的小將們左右對視了一下，氣氛頓時變得有些凝重起來，打開城門放徐王進來也就是投降。

可是他們在戰場上並沒有經驗，即使關著城門也不知道能不能熬過沒有糧食這一關，他們的家人都在楚城裡面，徐王已經在外宣稱只是借道，如果他信守承諾的話，他們打開城門，反而能保住家人一命。

那名小將見大家面色都有些意動，不由得想加把勁繼續添加柴火，不料他卻遭身後的人一劍刺穿。

大家被這突然的變故嚇傻了，殺死這懦弱小將的不是別人，正是石磊。

他面色堅毅，穿著黑色盔甲，剛從城門上回來，臉上還沾著欲攻城門的徐王將士的血，加上刺穿了小將，盔甲上一身暗紅，顯得他格外像從地獄裡爬出來的修羅。

「開城門放徐王進城？你們是不是瘋了？」石磊一雙血紅的眼睛巡視過在場的每一個人。那憤怒的眼神讓每一個人都打了個寒顫。

「怎麼可能開門給徐王借道，這豈不是降了？大梁朝沒有投降的！」一陣迫人的沈默後，有人站出來對石磊說。

總算有一個明白人，石磊肅穆地看了在場眾人，緩緩地說：「徐王的背後是狼族大軍，你們想想，我們開了城門，徐王借道完之後，楚城的下場是什麼？」

「什麼！竟然有狼族！」眾人變了臉色。

狼族人生活在楚城外的草原上，靠牧羊牧牛為生，窮困且慓悍，養成了掠奪的性格。因為距離楚城近，每每在冬天牛羊沒有吃食的時候，便跑到楚城又搶又殺。

楚城人對狼族有著刻骨的仇恨，如今徐王口頭上說開城門就不傷害一草一木，但是有狼族墊後的話，若是打開了城門，那麼簡直是一場驚天浩劫！

想到此，大家的臉色變得蒼白起來，紛紛看向石磊。

如今楚城軍心無主，亟需一個新的領袖。這領袖當好了還好，功德無限；若是沒當好，便死無葬身之地了。

其他小將並沒有如此雄心壯志，只想保護家人的性命而已，大家想來想去，便將目光投向了從京城來且頗受白將軍重視的石磊。

石磊見所有將士的目光都集中在自己身上，轉過身，大步踏出門檻。

「跟我走！」他大聲說。

眾人跟著石磊走出門外，外面涼風習習，天氣頗為晴朗，大家心中莫名閃過熱血的念頭——他們的父親祖輩都曾為保護楚城與狼族流血戰鬥，如今輪到他們了，他們就算拚盡最後一滴血，也會保護楚城到底。

石磊來到楚城衙門，叫人敲響了衙門的大鐘。

楚城的人們正因為外面的大軍而惴惴不安著，這時聽見衙門傳來大鐘聲，都叫了家裡當家的去衙門看看。

當大家聚集到衙門的時候，見一個穿著黑色盔甲的小將，英姿矯健，一身暗血，應該是剛從城門上回來的。大家雖然知道城外被大軍圍著，卻不知道具體情況，都昂著頭，等待著這位小將說話。

「門外徐王說只要我們打開城門，便只是借道，不會打擾到任何人的生活。」石磊在臺上剛說完這句話，臺下的人們便小聲討論起來。有的人義憤填膺，覺得開城門便是背叛大梁朝，寧願是死，也不要背上叛國的罪名；有的人猶豫不決，如果真的如徐王所說，為什麼不打開城門，獲得安寧？

「大梁……為大梁朝死？大梁朝的皇上有沒有看到我們？如果看到了我們的危難，早就派大軍來救我們了。」

人群中漸漸發出這樣的聲音，他們原以為這只是一場小衝突，卻不料白將軍自信滿滿地帶著精銳部隊出去後，便再也沒有回來。他們守住了城門，卻沒有了糧食，他們面臨著要麼從前面突圍而死、要麼被餓死的兩種選擇，如今有了第三條生的選擇，大家都不會不想選。

石磊看著議論紛紛的民眾，又中氣十足地說道：「但是我們楚城立城三百年，從來沒有被人破過。」

民眾聽到石磊的話陷入深思，楚城身處邊關，每次叛亂也好、外族人來襲也好，要經過的，第一個便是楚城。他們的祖輩為楚城灑了不知道多少熱血，才能讓楚城人自豪地說一聲，楚城是大梁朝最難破的邊關。

「我們的父輩都是硬骨頭的人，難道我們就要做軟骨頭？」石磊大聲說道，他的嗓子在風中有些破，卻無比鼓舞人心。

「不能開城門！」

「老子可不是孬種！」

「一定要堅守至最後一刻！」這樣堅定的話語聲越來越多，蓋過了其他微乎其微的異議。

「那麼，大家跟我走，我們楚城的精銳之師回不來了沒關係，我們還有楚城人！讓他們看看，我們楚城人可個個都是英雄！」

石磊拿起劍，朝上揚了揚。

雖然楚城已經和平許久，但是改變不了男丁從年幼時就練武的習慣，楚城真正的精銳之師，不在朝廷，而在民間！

「好！」臺下楚城的青壯力大聲回應著，他們得拚盡全力讓大家知道，楚城人可不是好惹的！

楚城的婦孺在家裡聽見了衙門廣場的怒吼之聲，紛紛露出了疑惑神色。

外面幾萬大軍在壓，她們再無知也知道生死關頭正要來臨，只是她們不知道，她們的男人作出了怎樣的抉擇。

石磊雖然在臺上說的話振奮人心得很，心裡卻很忐忑。

雖然他天生力大無比，武藝高強，也被白將軍稱讚足智多謀，他原本想慢慢從軍中底層歷練，可是楚城之危讓他不得不站出來。他寧願放棄未來的飛黃騰達，用生命捍衛楚城軍、楚城的尊嚴。

石磊回了校練場，將剩下的楚城軍集合起來。「楚城軍是否能洗清恥辱，在此一戰！」他沈著聲音對底下的將士們說。

臺下一片安靜，大家看著臺上年紀並不大的石磊，其實他們也很奇怪，為什麼要聽令這樣一個毛頭小子？可是在這麼一團糟的局面裡，他能站出來，殺掉勸降的人，果斷地對所有人說「要戰！」這樣的堅定心性，讓大家覺得，跟著石磊，說不定能贏。

「呵呵，我老黃頭都五十了，年輕的時候也曾飲血沙場戰狼族，狼族走了，我便當起了做飯的，卻不料這輩子，還有機會與狼族再會一會。」

臺下的老黃頭與石磊頗為相熟，平時也很照顧石磊，他見石磊站出來，便跟著站了出來，用高昂的語氣說道。

「對，狼族算什麼？幾萬大軍算什麼？我們楚城軍可是戰無不勝的，楚城軍的尊嚴靠我們維護！」另外一個殘疾的老兵站了出來，他也曾經參加過二十年前的戰役。

楚城軍戰無不勝，那是二、三十年前戰亂時，楚城最自豪的話語。

無論什麼人都攻不下的楚城，在百年歷史的歲月裡，仍莊重地在砂礫裡存在著。他們身為楚城人，又怎麼能讓它受辱呢？

「楚城軍戰無不勝！」突然一個年輕的士兵喊出了這樣的話，如旋風一般席捲了臺下每一個人的心。

「讓他們看看我們的厲害！」陸陸續續有人說出這樣的話語。

石磊看著大家鬥志愈加高昂，內心不由得鬆了一口氣。

「我們不戰，我們繼續守！」石磊沈沈地說出了這句話。「但是，我們仍保持奮戰的意志！」

這時的楚城，上下一致，任何人也無法分化它。

第五十一章

徐王派了許多探子潛入楚城，卻沒見他們再出來傳遞消息，便知道要他們遊說讓楚城自己開城門的目的沒有達到，心中不由得有些焦急起來。

於是，小股小股的部隊開始慢慢嘗試著攻進楚城。

第一攻，徐王軍被楚城軍的千發箭扎得嗷嗷叫，死傷嚴重；第二攻，楚城城牆上淌下了滾燙的熱油，包裹著慘叫的徐王軍，從城牆上直摔到牆底。

楚城難攻，舉世聞名，但是徐王沒想到當楚城損失了大批精銳部隊、領頭人的情況下，還能如此上下一心抵抗。一時之間，徐王軍的情緒變得低落起來，面對楚城那帶著血漬的城牆，不敢妄動。

城牆外的人焦灼，城牆內的人也如是。

他們缺少糧食，儘管將家裡僅有的糧食都拉到了軍隊，但是這些只是杯水車薪而已。

石磊站在城牆上眺望遠方的徐王軍，楚城只有兵士三千名，待徐王軍鼓足了士氣一舉進攻的時候，楚城必破無疑。他細細地思索著，對身邊的老黃頭說：「我決定今晚反攻。」

「啊？哈哈哈，看來我老黃頭活不過今夜了。」老黃頭一陣豪邁地笑完之後，擦擦淚說：「我也好跟我那老婆子見面了，見面的時候，我會對她說我是為了守護楚城而死的，她也會原諒我這麼晚去找她。

「小石頭，你如果今夜死了，有沒有什麼忘不了的人？」

老黃頭有些好奇地看了看這個幾天幾夜沒睡的男人。

石磊聽到老黃頭這樣的話，心中一動，將手放到了胸口，他胸口處放了一個香包，那張俏麗的嬌顏彷彿出現在他面前。他身分低微，有的事，他不敢奢望，但是在此時卻有一種巨大的渴望，那便是活著回去見她！

石磊安靜了很久，久到老黃頭以為他不會回答這個問題了。「有的。」

這個年輕人第一次露出別樣的神色。「所以我必須活著回去見她。」

石磊將今夜攻城的消息告訴楚城軍，底下的人們一陣激動。「若能和狼族戰一場，老子死了也沒有關係了！」

「楚城的尊嚴讓我們用命來捍衛！」因為對這場反攻不抱有希望，大家紛紛都做好了必死的準備。

「大家都要保全自己，因為我們身後都有人等我們回去！」

石磊在臺上清了清喉嚨，大聲說道。

大家都以為這個年輕的小將會說一些即使丟了性命也要保護楚城的話，卻不料他說出了這樣的話。

對！他們保護楚城只是為了保護最重要的人而已，為了不讓這些人傷心，為什麼不保全自己呢？

石磊想著沈芳菲那張無驚無喜的臉，不由得握了握拳頭，若此次戰勝，他將不是那個雙腿插在泥土裡的卑微小子，終於將有一個身分堂堂正正地面對她；若戰敗，他守護了她所在的土地，雖死無憾！

楚城軍在反攻之前，每個人都回家了一趟，家裡雖然米缸已經空了，但是女人們卻竭盡所能做出一頓菜給他們，若楚城敗了，第一個遭殃的必是楚城的女人，她們的男人死了，她們必不獨活。

黑夜到了，楚城軍偷偷地伏在城牆上，石磊穿著黑色夜行衣，瞇著眼睛狠狠地盯著駐紮在城門不遠處的徐王的帳篷。

楚城旁邊的一扇小門開了，一個人騎著一匹馬走了出來，這個人是楚城的文官張給事，他騎著瘦馬對徐王軍叫道：「我楚城願意降，請你們徐王出來相商。」

徐王軍連忙派人去與徐王通報，徐王聽到此消息，心中一喜。若是不費一兵一卒便得了楚城該多好，他急忙要人請張給事進入營中相商。

張給事聽到，嘲諷地笑了笑。「你們讓我去營中好將我殺了？我可不願意，叫徐王來這裡與我談。」

徐王眾將士聽到此話，狐疑地對望了一番，讓徐王來前線似乎不大合適，但是徐王一向自負，覺得自己身邊的守衛十分厲害，楚城又只剩下一些蝦兵蟹將，便帶著護衛來了前線。

「我親自來了，你們有什麼要求？」徐王在眾護衛的盾牌後對張給事說。

「我們的要求很簡單。」張給事笑了笑。「我們要求你們不要傷害楚城百姓，不搶楚城的一針一線。

「我們最後的要求是——要了你的命。」張給事的話還沒說話，幾枝銳利的玄武箭向徐王射來。

「哈哈哈，要我的命？」徐王仗著有眾護衛的盾牌，並不害怕，卻不料這幾枝箭直接穿透盾牌，唰唰幾聲便射中了他。

徐王在氣絕之前不可置信地看了看身上的玄武箭，又看向楚城城門。

楚城城門上有一個穿著黑色盔甲的年輕小將，手中正拿著弓箭，冷冷地看著自己，他堂堂徐王，籌謀了半輩子，居然命喪於此？

張給事見徐王亡，鬆了一口氣，含笑死在徐王軍的亂劍下。

「徐王死了，徐王死了！」楚城門上的將士們紛紛喊著，這樣的話一陣一陣地傳到了徐王軍後方。

徐王死了？怎麼可能死了？

徐王軍頓時群龍無首，亂成一團，此時，楚城的城門上落下了雨一般的箭，射得他們前鋒損傷大半，徐王軍只能一退、二退、三退。

「楚城軍的精銳部隊根本沒有損傷，他們在騙我們呢！」徐王的大軍突然傳出這樣的話。

什麼？楚城的精銳部隊沒有損傷？

難道他們是刻意裝作敗了，將他們甕中捉鱉？徐王身死，根本無人控制戰局，幾萬大軍在瘟疫一般的流言中變得不堪一擊起來。

石磊看著城門下的徐王軍自亂起來，扯唇笑了笑，他身後的老黃頭焦急地問：「這時候了，還不攻？」

「不攻。」石磊沈著地說。

徐王身死，徐王軍在一陣混亂後，便決定攻楚城，他們踏著慘死的前鋒的屍體，開始爬楚城。徐王頗有謀略，而如今的徐王軍失了頭領，如脫韁的野馬，四處亂竄，毫無陣法。

在徐王軍爬城門的時候，楚城並沒有做出任何反擊，如此安靜，必有詐。徐王軍的明眼人，都退到了一邊。

果然，那滾燙的熱油又來了一次，燙得徐王軍四處翻滾從城牆上掉下來。

徐王軍堵在楚城門的人多，見熱油來了便紛紛後退，一時之間，慌不擇路下，發生了踩踏，許多將士居然不是死在戰場上，而是死在同袍的腳底下。

徐王心腹見情況不對，便想指揮徐王軍撤退，卻被狼族的人堵在身後，陰沈地說：「你們不是要聯合我們攻城？如今撤退算是什麼意思？」

命都快沒了，不休養生息再商後路，還與你理論對錯？

徐王心腹本就看不上狼族的人，便皺皺眉說：「我為什麼要與你解釋？」

狼族只帶了幾千人過來，他沒有必要與狼族討論過多。

狼族的領頭人用舌舔了舔刀尖。「你知道狼族是怎麼對待背叛的同盟者？」

徐王心腹呵呵笑了幾聲。「我還真不知道。」

狼族領頭人一揮手，驍勇的狼族便將他們圍起來。

徐王心腹和幾位將士們的腦袋統統落了地，徐王軍的前方踩踏還未結束，徐王軍的後方居然跟狼族打了起來。狼族從來都是善戰的，幾千人未必不抵幾萬人，便狠狠地與徐王軍搏殺起來。

石磊眺望徐王軍後方，見有亂起來的趨勢，不由得吁了一口氣。

「狼族背叛我們了！」這樣的話開始在徐王軍中發酵。前有楚城堅不可摧，後有狼族虎視眈眈，徐王軍的將士們由高傲自大變得絕望心亂。

「徐王軍徹底亂了，此時不攻更待何時？」石磊揮了揮手，楚城門開了，他帶著一支武藝精湛的精銳部隊騎著馬衝出城門。

「不要心軟，對敵人心軟就是對自己殘忍，我們必須殺到他們從意志上屈服。」石磊在出城門前，對身後的兵士說。

為了最重要的人，不是你死，便是我活。

這場殺戮彷彿是單方的，石磊面無表情地一刀又一刀穿透敵人的身體，每一刀都刀刀斃命。

徐王的某兵士被楚城軍這種肅殺氣氛震得雙腿發軟起來。

當領頭的年輕人一雙血紅的眼看向自己的時候，他想起了家鄉的親人們。

他首先是個人，才是徐王兵士，徐王已死，他們贏了又如何？

已經沒有人能坐上那個龍椅為他們正名，他們將永遠背著亂臣賊子的罪名。那麼現在他們是為何而戰？

「我投降！」他在石磊的刀前跪了下來。

石磊見士兵投降，便緩了手，殺向另外一個人。

「投降不殺！」老黃頭在沙場多年，深知投降這等事只要一個人做了，其他人便會仿效。

不投降，還等什麼呢？今夜的血腥味瀰漫在徐王軍每個人的鼻尖，他們戰過多次，面對過無數次生死邊緣，卻沒有如此接近絕望。

他們一個一個丟下了武器，大聲說著：「我投降！」

狼族的領頭人聽著陸續傳來的投降聲，嘲諷地笑了笑。

「你們中原人全部都是軟骨頭。」他正說著，兩枝玄武箭直直地向他發來，他躲了一枝，另一枝卻傷了他的左肩。他抬了抬頭，聞著身上的血腥味。

「有意思。」強者棋逢對手，總是顯得格外興奮。

他看往箭射來的方向，一個面色從容的少年，騎著馬，一身血色，冷靜地看著自己，他正舉著刀想上去大戰一場，卻被身邊的人拉了下來。「大梁軍來了！」

「什麼？」領頭人面色一凜。

若是精銳的大梁軍來了，他們現在可是抵抗不了的，他深深地看著年輕人，咧著嘴說：「來日方長。」

總有一天，他會將他碾碎在泥土裡。

狼族特有的哨聲吹起，所有狼族人都撤了，徐王軍的後防線終於鬆了一口氣，但是他們並沒有安心多久——遠遠的，他們看見了大梁軍的旗子！

楚城牆上的兵士們看見了大梁軍的旗子，紛紛開心得叫起來。「大梁軍來了，皇上沒有忘記我們！」

石磊滿手鮮血，他從未殺過這麼多人，甚至殺得有些麻木了，當聽見大梁軍來的消息，他看了看遠方的旗子，又將刀子麻利地捅向一個人的胸口，他必須戰下去，才能見到那人。

沈毅一路急行軍到楚城，他一路走心中便涼了一路。

楚城的精銳部隊居然全滅了，楚城不是被包圍了一天兩天，而是十幾天，甚至連糧食補給都沒有，這樣的楚城如何才能挺下去？

沈毅雖然是一名戰場上的冷血將軍，但是並不願見到生靈塗炭的局面，他下令大梁軍日夜趕路到達了楚城。

出乎沈毅意料的是，楚城並沒有被攻下。

在今夜，楚城的兵士們，還打了一場翻身仗，等大梁軍一到，徐王軍統統跪下發出了「我投降」的哀鳴。

第五十二章

「小將石磊拜見沈大司馬。」石磊見大軍已來，扔下手中的刀，單膝跪地對一臉驚訝的沈毅說。

朝廷派來的人，居然是她的父親，他想用手碰碰懷中的香包，但又怕手上的血玷污了心中的那個人，他想了又想，最終又將手放了下來。

如果楚城之危，只是憑面前此一人解除，那麼他可以算得上是大梁朝未來的棟梁，這麼優秀的人，比沈于鋒更甚。

沈毅盯著少年片刻，將目光移走，揮了揮手讓大梁軍掌控了局面，親自下馬，不顧石磊全身血污，將他以及身後的人扶起來。「你們是這場戰爭中最大的英雄，為何要跪？」

石磊聽了此話，也不自傲，只是對沈毅說：「我等只是盡最大的力量保護楚城而已。」

沈毅見石磊並不居功自傲，心中對他又高看兩、三分。

石磊對城門上的人揮了揮手，楚城門在關閉了十幾天後，終於打開了。

沈毅走入城門，看見人們面色蒼白，精神卻都很不錯，見到大梁朝的軍隊都發出了歡呼聲。如果不是大梁軍，他們一定還要苦戰一番。

進入楚城，看到楚城軍的將士，沈毅更覺得石磊能力驚人。

老弱病殘三千軍士就這麼被他集合在一起，以最小的犧牲，戰勝了幾萬徐王軍！其魄力、智謀都讓人不可小覷！

大梁軍急匆匆地趕過來，原以為會苦戰一番，但是看到的卻是徐王軍投降的局面，又見百姓餓得走路都沒有力氣了，便把軍糧統統拿了出來。寂靜了許久的楚城，終於開始歡聲笑語起來。

安撫完百姓，撫恤完傷亡將士後，大梁軍決定休息數天，再押徐王軍叛賊回京城。

「這可是大勝啊，但是這功勞還真不知道算在誰頭上。」老黃頭見多了高級將領將下屬的功勞攬在自己身上的事。楚城精銳部隊已全無，沈毅帶著大梁軍，力克徐王軍與狼族，這樣的說法完全過得去。

「如果不是大梁軍及時趕來，狼族不一定會這麼早就撤了。彼時，還不知道我們能不能活。」

石磊掀了掀眼皮，他並不覺得自己是英雄，反而與普通將士同吃同住，讓大家對他敬佩之餘，又對大梁軍多了幾分不平之氣。

娘的，仗可都是我們打的，流血流汗的倒不如到得巧的了。

沈毅暗暗觀察了石磊幾天，見他並沒有不平之心，也沒有立了功的倨傲之色，對石磊越發愛才起來。

沈毅要將石磊帶回京城，大家知道這個少年回去是必要獲得封賞的，都拍著他的肩開玩笑。「如果有一日你平步青雲，可別忘了當年和你在一個戰壕裡趴著的弟兄們。」

石磊聽到此話，苦笑說：「哪裡，哪裡，我只是好久沒回家了而已。」

「什麼？你家在京城？怎麼就到了楚城？」老黃頭聽到此話十分驚訝，京城的子弟怎麼願意來到楚城？

何止是京城的，還與沈毅有一絲牽連呢。不過，這絲牽連，連沈毅自己都不知道而已。

「又不是所有京城人都是官家子弟，我家是窮的那邊。」

「哦。」老黃頭理解地點了點頭，如果不是窮到一定地步了，誰願意來當兵呢？不過也沒有誰有石磊這樣的好天分、好運氣，早早地就出了頭，不過……

老黃頭皺了皺眉，若是那個沈毅要將功勞都攬在身上，只怕是沒人幫石磊出頭的。「若是沈毅說徐王軍與狼族是他擊退的……」

石磊聽到此話，淡淡一笑，他經過此次生死，對名利反而看透了很多，如今他大獲全勝，只想回到家見見自己的家人，以及那個人而已。

石磊碰了碰胸口的香包，他想她鑲著明珠的虎頭鞋，想她紋著吉祥花紋的精緻裙襬，想她染著丹蔻的素手，想她白皙脖子上的小立領，以及那張仰起來笑得純真的臉。

不知道如今的她成了什麼樣子？

呆妞在信中只有隻言片語幾句，言稱小姐越來越像仙女了。

沈毅帶著石磊回了京城，便想將這位少年英雄安排在沈府客居。

但是當沈毅提出這個提議的時候，卻被婉拒了。「我家在京城，我家人正等著我回去呢。」

「你居然是京城人？」沈毅吃了一驚。

石磊笑著點點頭稱是，又猶豫了一會兒說：「其實我妹妹還多虧沈家小姐的照顧呢。」

說到沈家小姐，石磊的心怦怦跳了起來，又偷偷瞧了瞧沈毅的臉色。

沈毅畢竟是在官場上混久了的人，不會在石磊面前顯出詫異之色，他倒是不料這少年居然與沈府有著千絲萬縷的關係，不過心中對這少年又親近了一層。

石磊回了家，受到了家中一致的驚喜歡迎，沈毅亦如是。

沈夫人、沈于鋒、榮蘭、沈芳菲等統統在家，連朝暮之、沈芳怡也回來了，見到沈毅平安回來都很激動。

「父親回來得真快。」沈芳菲記得上一世沈父苦戰了好一番，犧牲了不少家將才回來的。今世沈父居然不到兩個月便班師回朝。

看來，今世和上一世又有了改變。

沈毅聽小女兒這麼說，笑了笑，也不欲隱瞞什麼，將石磊大破徐王軍、狼族的過程講了個清楚。

沈夫人在一旁聽得心驚膽顫，卻又讚賞那個小將的膽量。她一邊聽，一邊又覺得這個小將的名字有些耳熟。

「我決定將此次的功勞給了他。」沈毅輕描淡寫地說。

「岳父你……？」朝暮之雖然心中也贊成這決定，但表面上還是裝作很吃驚的樣子。

「我老了，不想再上戰場了，多出幾個將才，皇上也能欣慰了。」沈毅如此說道。其實沈家一家獨大，皇帝怎麼能放心？若他再將功勞攬在身上，功高震主，皇帝怎會安眠？

沈夫人聞言，不由得欣慰地擦了擦眼。沈家得到的，已經夠多了，很多事，不需要沈毅再去爭了。

「父親好好休息，以後的事，由我去辦便是。」沈于鋒見無所不能的父親居然現出疲態，不由得憎恨起自己的年少與無力起來。

一邊的榮蘭將沈于鋒的氣惱看在眼裡，悄悄地拉了拉夫君的袖子。

沈毅見沈于鋒說話，側過頭去對兒子說：「這次的功臣，也是一名少年英雄，不比你差，下次我介紹你們認識，你可與他好好結交一番。」

沈芳菲在一旁讚許地點了點頭，石磊在上一世無論打了多少場勝仗，都深得帝寵，不讓皇帝戒備，這就是沈家要學的本事了。

沈毅看著小女兒沈思的側臉，突然開口問：「那石磊說他妹妹多虧了沈家小姐的照顧，這是怎麼一回事？」

沈夫人聽到此，才恍然大悟，原來那個小將是當時救沈芳菲的人？如果是這樣的話，他與沈家還真有幾分緣分。

沈毅聽沈夫人在他耳邊悄悄說了此事，又想起石磊是個英俊少年郎，不由得用眼角瞥了瞥小女兒。

沈芳菲目不斜視，倒是沒有表現出特別的異樣。

「既然他與我們家有一絲淵源，那麼我們就更應該走動走動了，妳收拾一點東西給石家送去，也算是成全了咱們的緣分。」

沈夫人聽了夫君的話，哪裡不知道這石磊可能以後要走登雲梯了，連忙點頭答應。

沈毅班師回朝，皇帝十分驚喜。「沈大司馬不愧為國之棟梁，輕而易舉便將狼族驅逐出境，俘虜如此多的徐王軍！」

沈毅風塵僕僕，思慮片刻便跪下對皇帝說：「啟稟皇上，這次的功臣並不是微臣。臣到的時候，楚城三千殘將已經開始反攻，當時，徐王已死，徐王軍已內亂四起，並與狼族反目成仇了。臣過去時，不過撿了一個便宜而已，這一切都是小將石磊的功勞。」

「還有這等事情？」皇帝驚得瞪大了雙眼。

沈毅此次勝得漂亮，皇帝雖然認為沈毅必須勝，但是也很憂慮沈毅若勝了，名望在軍中達到了新的頂點之後，他該如何獎賞沈家？難道要封沈家為王？這可是皇帝不希望看到的。

皇帝揮揮手。「愛卿這麼說，反倒讓我對這個人很好奇了，今日你可曾帶他來？」

沈毅笑著說：「他如今只能算是小將，沒有資格入宮，我叫他在宮門口候著呢。」

「趕緊叫他進來讓朕看看，如此少年英雄長得什麼模樣。」皇帝如今心情晴朗，哈哈大笑起來。

皇帝身邊的內侍趕緊到宮門口邀請石磊進宮，石磊連忙遞了一個小荷包給內侍，內侍掂了掂，滿意地笑了。「這位小將不用擔心，皇上召您是好事呢，沈將軍將這潑天的功勞，都讓給您啦。」

沈毅讓石磊在宮門口等著，石磊心中倒沒有加官晉爵的期望。

此事除了實力之外，還有很多運氣在，他只是一個小將，在軍營裡磨練一番，是沒有壞處的。

皇帝向來喜歡青年才俊，他在大堂上看見石磊走進來，雖然家境貧寒，但是並沒有小家子氣；他雖然相貌清逸，卻不苟言笑，身上的氣質十分複雜，既有少年人的銳利又有成年人的沈穩。起初堂上臣子們還對沈毅的話感到懷疑，見到石磊本人，只能感嘆少年出英雄了。

「沈大司馬說你帶領三千楚城軍大敗徐王軍、狼族聯盟？」皇帝饒有興致的問道。

「小臣並不敢居功，沒有楚城三千軍的生死相信、沒有沈大司馬帶領大梁軍匆匆趕來，徐王軍與狼族也不會退得這麼快。」

沈毅雖然大方給了石磊出頭的機會，但是他並不欲將所有功勞攬在自己身上，軍中之事，不是一個人逞英雄便能做得成的。

能想到將功勞分給上司、同袍，而不剛愎自用，這樣的年輕人，讓皇帝十分喜歡，再加上他出身貧寒，不是哪個世家子弟，這樣的人，才讓皇帝用得放心。

皇帝思索了一下，犒勞了楚城三千軍，封賞了沈毅，給了石磊儀衛正一職，沒有任何背景的小將，一上來便是五品，讓眾人傻了眼。

皇帝見石磊家窮得叮噹響，又大筆一揮，賜了他一座三進的小院子。

雖然不算大，但是勝在地段好，讓大家再一次感受到皇帝對這個窮小子的青睞。

而沈毅將軍功都說成了是石磊的功勞，但是皇帝卻不可能真的將這軍功歸給石磊，在朝中還是賞了沈毅不少東西，讓那些朝中的老將們些許安了心，你瞧瞧，皇帝可不是沒良心的人，新秀和老將是一樣看重的。

出宮的路上，石磊並沒有與沈毅同行，而是等兩人出了宮，到了沒人注意的地方，他才對沈毅深深一鞠躬。「謝謝沈大司馬提攜。」

沈毅看著這個後起之秀，不免想到自己年輕的時候，拍了拍他的手臂。

「來日方長，你還需多多努力。」石磊受皇帝重視有利有弊，利的是以後有平步青雲的機會，弊的是怕石磊滿足於此，就此止步不前了，他可不希望這樣一個將才，被驕傲自滿給毀了。

石磊感謝了沈毅一番，又再三保證自己絕對會努力學習兵法、練習武功，成為對大梁朝有用的人，惹得沈毅連連點頭。沈毅性格剛正不阿，最喜歡的便是一心為國的年輕人，對石磊更是高看了一眼。

沈毅回到家，與沈夫人說起朝中的事，有些感嘆地說：「真是青出於藍勝於藍。」

第五十三章

皇上雖然大手一揮，賞了石磊一個三進三出的小院，但是石磊並沒有喜形於色地搬過去，而是仍舊住在沈家的莊子旁邊。

他回來得頗為低調，村中人並不知道他得了大官，只當他回來探親，還是以前那個沈靜的小夥子，對他仍是十分親近，若是農活有什麼需要人幫忙的，仍是叫上他一份。

而石父石母對朝中的事並不太了解，只知道兒子回來得了封賞，至於那個三進三出的小院子，他們為人老實淳樸，那些東西是想都不敢想的。

呆妞也不懂朝上的事，只知道哥哥平安回來了，皇帝是給他封了官，但是什麼樣的官職能幹什麼事，她也是不清楚的。

當呆妞聽說沈芳菲來了沈家的莊子，很是開心。自她們認識以來，沈小姐對她都十分溫和，雖然她們身分是天壤之別，但是她偷偷在心中，還是當沈小姐是姊姊的。

她走到沈家莊子門口，因為她經常來沈家莊子做事，偏門的婆子都已經和她相熟了，並沒有攔她。

誰也沒想到這個妹子的命真好，先是得了沈芳菲的喜歡，沈芳菲時不時地叫她過來說說話，不時也送她一些小東西，讓她的身分抬了一抬。而她哥哥自從參了軍，將軍餉寄回家，家裡的日子也好起來了，如今又當了官，這呆妞弄不好以後還能當少奶奶呢。

呆妞走到沈芳菲院子門口，就看見荷歡笑著迎過來。「我們小姐惦記妳許久了。」

「我心中也惦記著小姐呢。」

呆妞開開心心地進了院子，見沈芳菲穿著一身嫩黃色襦裙，容姿比以前更甚。她心中不停稱讚，嘴上也不遮攔。「小姐真是越來越美了。」

「妳這小丫頭，嘴巴是越來越甜了。」沈芳菲笑著說道。

今兒她坐著轎子經過了皇帝賞給石磊的那座院子，本想登門拜訪找呆妞聊聊天，卻不料家丁說那院子像是沒住人，她一時好奇，便來到了沈莊。果不其然，石家人還住在舊居裡。

呆妞嘻嘻笑著，坐到椅子上，她是鄉野出身，對規矩不是那麼看重，沈芳菲也不刻意拘著她，她在沈芳菲面前十分輕鬆。「我這是說實話呢。」

「真是個油嘴滑舌的。」沈芳菲捂著嘴笑了笑，又有些好奇地問道：「你們一家人沒有住到皇上賞的府邸裡去？」

沈芳菲算是問到點上了，呆妞正滿肚子苦水沒有地方倒。「哥哥一回來，就給了我幾張銀票，說讓我準備準備新宅呢，可是我是兩眼一抹黑，什麼都不知道。我哥哥倒好，每天出去幫鄉親做農活，倒是個甩手掌櫃了。」

沈芳菲聽了呆妞這話，呆愣一下。「這反倒是我思慮不周了，要不我派幾個得力的丫鬟、婆子幫妳攬了這事？」

「咦？真的可以嗎？」呆妞聽了這話，雙眼一亮，將石磊給她的銀票從兜裡拿出來，放在沈芳菲身邊的小几上。「那就拜託小姐了。」

動作之快，像是拿著一顆燙手山芋。

沈芳菲看著銀票有些吃驚。「妳就將銀票隨身帶著？」

呆妞有些不好意思地摸了摸頭。「我們家屋頂漏風、地上有洞的，我還生怕這些銀票被人拿走了呢，想來想去，還是兜在身上安全。」

沈芳菲點了點頭，將銀票收了。「既然妳這麼信我，那我就將這銀票收了，到時候事情辦妥，錢財花到哪兒去了，我會讓婆子一一數給妳聽。」

呆妞見沈芳菲如此慎重，連忙揮了揮手。「小姐幫我找的人，難道我還不信？小姐什麼身分，我是什麼身分？難道小姐還貪我的東西不成？」

沈芳菲聽了，指了指她的眉心無奈地說：「妳呀。」

沈芳菲與呆妞說了會兒話，突然想起了什麼，她拿著手邊的一個小匣子說：「過來看看。」

呆妞伸頭看向那個小匣子，見沈芳菲將匣子打開了，裡面全是一些絹繡做的花。

「我今兒個去德福樓看了最新的首飾，看到這些，覺得很是新奇，所以給妳帶了一些。」

這些絹花不如金子、寶石昂貴，但是勝在清新好看，不僅在普通人家，在京城的貴女中也很是流行。

石磊當了官，呆妞以後勢必要出去應酬，沈芳菲怕送貴的首飾呆妞不收，便買了絹花以表心意了。

「啊，這些絹花和真的一樣。」

呆妞小心翼翼地接過了匣子，哪個女子不愛美呢？

她的小臉綻放出來的光芒，讓旁人都知道她很是喜歡這些絹花。「可是……」

呆妞雖然出身鄉野，但也知道不能隨便拿人家東西。

「還可是什麼呢？喜歡便大大方方地拿去，以後呀，說不準這些妳都看不上眼了。」

沈芳菲將匣子合上，塞在呆妞的懷裡，她對這個小姑娘一直有著一絲內疚，若不是她的話，呆妞怎麼可能會被陳誠綁了？以後說起親來，若是被對方知道了，這可是不好的。

呆妞不知道沈芳菲那複雜的心情，她只是一個小姑娘家，又實在喜歡這些絹花，便歡喜地將匣子收了。「我讓哥哥做更多好看的乾花給沈小姐。」

沈芳菲聽呆妞說起石磊，不由得心中一跳，還沒等她思量，話已問出了口。「妳哥哥最近怎麼樣？」

她聽父親說過楚城之危一事，覺得此事十分危險。

現在石磊回來拿了封賞，受到大家的羨慕，可是那日如果失敗的話呢？那麼石磊便是那犧牲的無名小將中的一名了。

呆妞見沈芳菲對石磊有關心之色，心中想著哥哥的一片心意也不算錯付了。「朝中給他放了一個月的假。不過他也是不得閒的，經常幫鄉親們幹活呢。」

沈芳菲聽了呆妞的話，心中安定了下來。「我聽父親講起那楚城之危，可是驚險得很呢。」

呆妞聽到此話，一張小臉有些消沈。「我們家出身卑微，根本幫不到哥哥什麼，連他經歷了什麼，我們都一知半解。」

「這有什麼，士兵出門在外，最掛念的便是家中的親人了，你們過得好好的，對妳哥哥來說，便是最好的了。」

呆妞不是陰沈的性子，她聽到此，用力點了點頭。「那當然，我們一定會過得好好的。」

沈芳菲微笑地點了點頭。

兩人聊了一陣子，呆妞看了看日頭，覺得時間不早了，便對沈芳菲說道：「小姐，我要回家了。」

沈芳菲點了點頭，從椅子上站起來。「那正好我與妳一起走。」

呆妞沒有推辭，挽住沈芳菲的手，笑嘻嘻說好。

自上次沈芳菲差點被擄以後，沈夫人便加強了對沈芳菲的保護。

沈芳菲每次出去，都被一群丫鬟、婆子前後圍著，苦不堪言。

她說要送送呆妞，又一副與呆妞有悄悄話說的樣子，讓丫鬟、婆子倒是不好靠近。除了荷歡外，其他人只遠遠地跟著。

「咦，哥哥？」

還沒走出莊子，呆妞看見前面的一個少年，不由得驚呼道。

沈芳菲聽呆妞叫哥哥，也跟著抬眼望去。

前方有一位黑衣少年，容色清秀，走路姿勢頗為沈穩，等他走近了，沈芳菲的心卻怦怦跳了起來。她初遇見他的時候只覺得他氣勢逼人，如今他比之前長得更高些，也壯了一些，只是那一雙寒星般的眸子一直沒有變。

石磊早早便看到妹妹身邊的沈芳菲，在從軍的日子裡，他總是一遍又一遍在夢中描繪著她的模樣，可是即便如此，都不如她本人那般美麗。當年小少女的圓潤已經褪去，一張鵝蛋臉、含笑的大眼睛、不點而朱的唇都彰顯著她的美麗。

石磊大步走了幾步，到了沈芳菲面前。「沈小姐，好久不見。」

他的聲音毫無起伏，遮掩了一顆上上下下的心。

「石大哥。」沈芳菲言笑晏晏，當年在紛亂中慌張恐懼的眸子已經不見，代替的是一雙安靜祥和的眸子。

她過得不錯，石磊淡淡地想，像這樣的女子，又有誰會捨得讓她吃苦呢？

石磊碰了碰懷中的硬物，他發第一個月軍餉的時候，除了把錢寄給家人外，還買了一根桃花釵，想著總有一天要將這桃花釵戴在她的髮上，可是當他看著沈芳菲髮上那閃著寶氣的珠釵時，卻有些猶豫。

「石大哥有什麼東西想給我嗎？」沈芳菲見石磊的手放在衣襟上，有些好奇地探頭看了看。

石磊見她這俏皮模樣，不由得心中一鬆，將桃花釵拿了出來，遞給沈芳菲。

「好漂亮的桃花釵。」

沈芳菲將這小小的釵子拿在手心，認真端詳著。

楚城地處邊關，東西多來自域外。石磊買的桃花釵雖然不貴，但是那釵子上的花瓣卻栩栩如生，像是從手中綻開一般。

沈芳菲身後不遠處的丫鬟、婆子見石磊給了沈芳菲什麼，但沈芳菲並無厭惡之色，一時之間有些猶豫是否要上前制止。

沈芳菲心中喜歡這支桃花釵，便立刻將釵子簪到了髮上，對石磊眨了眨眼。

石磊見到沈芳菲如此，一顆心終於落了地。「沈小姐喜歡便好。」

「小姐，呆妞的哥哥都來接她了，我們就送到這兒吧。」荷歡見沈芳菲與石磊之間的氣氛有些不對，不由得咳了咳說道。

沈芳菲回頭看了看荷歡，也知道今天的行為有些過了，不由得對石磊怯怯地笑了笑。

「石大哥慢走。」

石磊的雙眼閃過一絲笑意，他點了點頭，帶著呆妞轉身離去。

當沈夫人知道沈芳菲派了丫鬟、婆子幫石磊照料石府的事，不由得有些猶豫地對白荷說：「這石磊剛收到封賞，想派人幫他打理宅子、與他攀上關係的不少，可是他都拒了。如今菲兒倒是一句話，他就點頭了。」

白荷聽了沈夫人的話，知道沈夫人是怕石磊與沈芳菲有什麼，畢竟當年石磊可是救了沈芳菲的。「您放心吧，小姐拿捏得住分寸。」

沈夫人聽了，點了點頭，在她看來，這個石磊，算不得是一個良配。

沈芳霞自從嫁給王侑以後，日子過得舒坦得很。王侑雖然是新科狀元，卻得到了重用，同僚也看著沈府的面子對他不錯。王侑對沈府十分感激，而且心中又有沈芳霞，每天都將沈芳霞哄得開開心心的。

說起來，沈芳霞的日子比沈芳怡居然還快活了兩、三分，畢竟沈芳怡有世子妃的身分，比起上無老下無小、關起門來過清靜日子的沈芳霞，壓力要大很多。

沈芳霞經常回沈府，沈家三房只有這麼一個寶貝女兒，三房夫婦看到女兒越見美豔，心中都十分欣慰。

柳湛清本來是要與沈芳菲訂親的，後來卻娶了文雪。

沈府上下都猜測沈芳菲心中挺失落的，所以沈芳霞便時常去跟沈芳菲說說話。

「我以前老是說要嫁一個身分地位高的。現在想來，低嫁了也挺好的，現在我每天都很快活。」

沈府門第高，想在世家圈子裡高嫁很難，好不容易出了個柳湛清，居然娶了別人，沈夫人現在是最頭疼的。

沈芳菲看著沈芳霞的嬌豔模樣，點了點她的臉頰。「知道妳幸福。」

沈芳霞見沈芳菲一副老神在在的模樣，將頭靠在她身上。「妳到底喜歡啥樣的？」

沈芳菲最近因為不嫁柳家，壓力小了很多，又見沈芳霞擺脫了上一世的悲慘命運，心中也很快活，側著頭想了想前世今生，說道：「我想嫁一個對我不離不棄的人。」

「開什麼玩笑，誰敢拋棄沈府貴女？」沈芳霞自出嫁以後，火爆脾氣一點都沒變，這也證明她婚後生活幸福。

「我希望無論我處於什麼樣的位置，他都能將我捧在手心裡。」

沈芳菲說完，又突然想起石磊那張沈靜的臉，那日，他明明知道有危險，卻沒有丟下她……

第五十四章

沈府後宅的安寧抵不過前朝的風起雲湧。

九皇子以溫和儒雅的面具籠絡了許多文臣，現在最需要的便是武官的支援。

武官中最厲害的還是沈家，沈家雖然將平定徐王軍、狼族的功勞給了一個無名小卒，但是明眼人都知道，這場平亂沈家功不可沒。若沈家此次向皇帝討要得太多，會遭皇帝忌諱，但是沈家如此，還能昌旺個幾十年。

九皇子想到此，眸子黯了黯，若是他當時能夠將沈芳怡收入後宅中，那麼沈家就必定為他所用了。如今沈芳怡成了北定王妃，沈府自然站到十一皇子的身後，不過，若沈家再出了一個他的側妃呢？

九皇子當時是真的中意沈芳怡，娶不到她，娶她的妹妹也是不錯的。不過沈家怎麼可能將大房嫡女給他做側妃呢？還真需要籌謀一番。

九皇子妃孟氏曾經也是出身顯赫的，不過當孟老太爺去世後，孟家便開始走下坡了。尤其她父親更是個沒本事的，丁憂了三年，最後只撈到一個閒職。雖然她弟弟看上去是個上進的，但是年紀還小。一時之間，孟家倒顯得青黃不接。

九皇子為了大業，娶回幾個其父、其兄都受九皇子重用的女子。九皇子的後院雖然不及後宮人多，可是什麼牛鬼蛇神都有，九皇子妃居然有點壓不住。

不過她從小在老太爺跟前長大，頗有見識，花了好大一番力氣才將後院女子壓制住，甚至下了無法生育的藥。

九皇子身為一家之主，又是有遠大志向的，怎麼不會派人盯住後院？要知道後院一動便會牽扯到朝堂。

當他聽說後院的女子統統被王妃下了藥時，只是淡淡地笑了笑。「現下只有炑兒也好，免得後院的孩子多了，有些不該心大的人心大了。」

炑兒便是九皇子的嫡子，才三歲，但已經顯出驚人的天分，在皇帝面前也頗受寵愛。

隨侍每每看到九皇子這麼淡淡一笑時，都會覺得其人無情得很。

這些女子雖然在後宅之中有點小心思，或者偶爾為家族思量一些，但是對九皇子都是一顆芳心暗許的。九皇子能看到她們被王妃算計而無動於衷，那麼他手下的人呢？隨侍一想到這裡，就不由得心涼。

每月月中，九皇子都會按例來到王妃身邊噓寒問暖一番，以證明王妃在他心裡是最重要的。

王妃雖然在後院動的手腳頗多，但是她對九皇子的一顆真心倒是天地可鑑。

她伺候著九皇子將外衣脫下，又換上常服，看著九皇子俊秀的側臉，王妃不由得有些癡迷。這樣優秀的男子居然屬於這樣的她，簡直像作夢。

九皇子與王妃並肩坐在榻上，輕聲對她說：「最近辛苦了。」

白天王妃正為一個哥哥深受九皇子信賴的侍妾，以鍾無豔來諷刺自己而氣惱，但是如今看見夫君體貼的樣子，便覺得滿腔的憤怒都成了一灘水。

她想給九皇子留下優美的側影，卻看見屏風上略微豐腴的身軀，不由得有些自卑。

九皇子在玩弄人心上十分有一手，他當然知道這個長相一般的正妃又自卑了。他體貼地遞給她一塊小糕點，又皺著眉一臉心事重重的。

今王妃忍不住說：「王爺今日這是怎麼了？」

「今日我與幕僚討論時事，十一皇子年紀漸長，慢慢地已進入朝廷議事，他舅舅是北定王，沈家又是他的姻親，十一皇子不愁沒有前程。」

九皇子在正妻面前向來不遮掩想登上大位的心，他這麼一說，便是將十一皇子當作了最大的競爭對手。

「北定王地位超然，王爺不可能超越，但是為何不拉攏一名可以與沈家抗衡的武臣呢？」王妃雖然無鹽，但是九皇子最欣賞她的一點便是，見識不輸給男人。

九皇子點點頭，一臉無奈。「可是我拿什麼讓對方信任我呢？」

除非聯姻，這話倒是沒說出口。

王妃皺了皺眉頭，片刻便知道了九皇子的言下之意。

如今後院裡的女子，雖然其父、其兄都受到了九皇子的重用，但是身分並不是很高，就算在後院再如何鬧騰，都不會威脅到王妃的地位。但是若九皇子抬進來一名身分高貴的貴女做側妃的話，那麼她將如何自處呢？王妃遲疑了片刻。

「待我登上大業，最感激的必是為我犧牲良多的青卿，難道青卿不想看到我們的兒子成為最尊貴的人？」九皇子這麼說，便已是向王妃許諾烑兒的太子之位了。

若是九皇子登上大位，她必是皇后，難道她還怕那側妃？

王妃思量片刻，柔順地對九皇子說：「我明白夫君的意思了，一切都按夫君說的辦。」

九皇子聽了，露齒一笑。「怎敢煩勞王妃伺候我？還是由我來吧。」

他將王妃攬入懷中，一夜被翻紅浪。

這一世因沈芳怡沒有嫁入九皇子府，沈府與九皇子並無交集，在沈府主事人心裡，九皇子只是一名出身貧寒但是頗有能力的皇子而已。

當沈夫人收到九皇子妃的請帖時，有些丈二金剛摸不著頭腦——這九皇子妃邀沈芳菲賞花，到底是什麼意思？

九皇子府遞帖子的那天，沈芳怡正好也回了娘家，她聽沈夫人說了此事，又想起前幾年沈芳菲對九皇子過分地關注，不由得心中一跳。「我們家與九皇子向來沒有交集，九皇子妃怎麼想起邀請菲兒？」

沈夫人每日收到的帖子無數多，加上九皇子又是不大受寵的皇子，所以她覺得九皇子妃邀請沈芳菲去賞賞花，還真算不上什麼大事。「妳這是當世子妃當得精明，可是怎麼在親妹妹身上就糊塗了？大家不過是看著妳父親得勢，邀請妳妹妹過去湊湊熱鬧而已。」

沈芳怡聽了還是十分擔心，但是也不好對母親說妹妹對九皇子的關注，只能心裡求著不要出事才好。

九皇子雖然不受寵，但畢竟是皇帝的血脈，不容人輕賤。九皇子妃遞的帖子，自然要給面子。

沈芳菲打扮好了，對著銅鏡裡的麗人笑了笑，緩緩將一抹嫣紅搽在唇上。

上一世的皇帝，如今的九皇子，好久不見。

到了九皇子府門口，沈芳菲下了馬車，看見門口正站著一位麗人，她穿著翠色煙衫、散花水霧綠草裙，頭上斜斜綰著一支難得的白玉釵，耳上戴著精緻的珍珠耳環。

「舒姊姊。」沈芳菲笑著迎上去。

這舒曼文可是京城難得的美人兒，能與她並肩的，便是沈芳霞了，不過沈芳霞父母都是不長進的，名聲自然沒有有個驃騎大將軍父親的舒曼文來得大。

舒將軍為人爽快，在戰場上從來都是不怕死的人物，很受將士們愛戴，也許是與沈毅走的儒將路線不同，兩人倒有點王不見王的意思。但是儘管如此，沈毅在家裡仍經常誇「舒將軍是大梁朝難得的猛將」，讓沈家人心中對這位舒將軍十分尊重。

舒曼文長得不像她那慓悍的父親，而是像足了如水的母親，性子也溫婉，在京城裡名聲向來不錯，沈芳菲與她見過幾次面，也聊得很投機。

舒曼文見一少女穿著白色茉莉煙羅軟紗，迤邐煙籠梅花百水裙，俏麗地對自己笑了笑，心情瞬間好了起來，走過去拉住沈芳菲的手。「沈妹妹，好久不見。」

兩人正在說話，九皇子妃走了出來，笑道：「兩位妹妹怎麼在大門口就說起來了？裡面還有可口的茶點等著呢。」

九皇子妃見舒曼文、沈芳菲嬌豔欲滴的臉，心中騰起了一股濃濃的嫉恨與無力感。

沈芳菲看著九皇子妃心情有些微妙，上一世沈家的傾覆少不了她的手筆，但是到最後，她孟家也沒有什麼好下場，真是一報還一報。

九皇子妃當然不知道自己與沈芳菲前世的過節，如今她還只是個為自己的相貌偶爾自卑，一心為著兒子、夫君的女子，還不是那個心思陰暗、步步毒計的皇后。

沈芳菲跟著九皇子妃進門，見到院子裡那些花枝招展的侍妾們，心中為九皇子妃嘆了一口氣。

在上一世，左有不省心的侍妾幾度挑釁，右有身分高貴的沈芳怡得了九皇子的喜歡，九皇子妃在陰鬱中變本加厲也是情理之中了。

舒曼文拉著沈芳菲的手，對九皇子妃說：「青兒姊姊對這院子可是費了心思的，人人都說九皇子的後院百花齊放可真不是虛言。」

九皇子妃與舒曼文其實還有著表親關係，叫一聲姊姊是使得的。

沈芳菲笑著點頭。「是呀，是呀。九皇子妃好心思呢。」

呵，百花齊放？這是諷刺自己還是誇讚自己？

九皇子後院容貌姣好的侍妾可不少，說起來也都算是名花了。

九皇子妃聽到此話，心中不滿，又打量了舒曼文一番，見她目光清明，沒有旁的意思，才吁了一口氣。

沈芳菲見九皇子妃面上閃過一絲不豫，便知道舒曼文說的話無意中戳到這位九皇子妃了，便笑著將話移開來。

那些侍妾只敢在主母邀請貴女的時候，打扮漂亮地露一面，給主母面子，至於主動與貴女們攀談，她們還是不敢。

不過九皇子的意思，她們大概還是明白的——九皇子有意納側妃。

所以她們心中十分複雜，若是來了一個側妃能與王妃抗衡，那麼她們興許能從中分一杯羹；但是如果那側妃性子跋扈，讓她們吃不了兜著走呢？幾位侍妾都偷偷打量著沈芳菲與舒曼文，心中暗暗盤算著，納哪一位才能給她們帶來最大的優勢。

沈芳菲見九皇子的那些侍妾遠遠地偷看著這邊的貴女，又見九皇子妃有意無意地說起九皇子來，心中浮現一個荒唐的念頭——難道九皇子還想與沈家聯姻？

姊姊嫁了，便將主意打到了自己身上？

真是可笑至極！說起來，九皇子可是納了不少出身不顯但父兄上進的女兒做侍妾呢。真是哪處都打點到了，難怪前世那些人對九皇子可謂死心塌地。

九皇子妃一邊與兩位貴女攀談，一邊偷偷觀察著兩位的性子，比較兩位之中誰能勝任側妃的位置。

要是依九皇子妃的心意，從性子上，她是中意舒曼文多一些，舒曼文溫柔體貼，不諳世事，比起看上去伶俐的沈芳菲好操縱太多。

但是從家世上，她卻中意沈芳菲，舒家只有舒曼文這麼一個嫡女，若她嫁進來，舒府定會全力支持九皇子，甚至支持舒曼文坐上王妃的位置，那麼她該如何自處？沈芳菲姊姊嫁的是北定王府，沈家雖然不至於不支持九皇子，但是對沈芳菲的支持肯定沒有舒家大。

九皇子妃一邊打量一邊說話的神色被沈芳菲看在眼裡，她用天真的口氣問了一些關於九皇子的問題，九皇子妃詳細地答了，並沒有任何避嫌的意思。

呵，還真是打上沈家、舒家的主意了，不過九皇子出身卑微，身後沒有一、兩個大家族怎麼可能登上大位呢？

沈芳菲不著痕跡厭惡地皺了皺鼻子，又偷偷端詳了舒曼文一眼，見舒曼文對九皇子並沒有特別感興趣。

舒曼文雖然單純，但是也知道當今的局勢，她見九皇子妃說了一些關於九皇子的事，又見沈芳菲昂著頭好奇地問了幾個問題，不由得有些擔心。

幾人賞完花後，九皇子妃塞給她們不少禮物，其中還有九皇子從域外帶回來的寶石。

舒曼文拿著這些燙手的禮物，與沈芳菲走到九皇子府的門口，猶豫了半晌，輕輕在沈芳菲耳邊說：「妹妹將這些禮物拿回去給妳母親過目一下吧，特別是九皇子從域外帶回來的紅瑪瑙。」

呵，九皇子這禮物送得還真有意思，一個是紫水晶，一個是紅瑪瑙，這是兩顆芳心都想收入手中，他也不怕同時娶了兩位武將的女兒做側妃，礙了今上的眼。

舒曼文雖然表面溫順，但是內裡也是玲瓏剔透的人，沈芳菲深深看了舒曼文一眼，笑說：「妹妹省得的，請姊姊放心。」

舒曼文點了點頭，她雖然惱怒於九皇子的小心思，但是也不能明晃晃地點破，只能心中暗暗下決定，再也不接九皇子妃的帖子了。

一場味同嚼蠟的宴席過去後，沈芳菲上了馬車，她將盒子裡的紅瑪瑙拿了出來，扯了扯嘴角，將它丟給荷歡。「賞給妳了。」

「小姐這是？」荷歡拿著這紅色瑪瑙，一時之間像捧著燙手山芋。

「不用擔心，拿著吧。」沈芳菲微微正坐，閉著眼睛養起神來。

第五十五章

自從平亂了徐王軍後，大梁朝進入了平和期。

一時之間，官員各司其職，百姓安居樂業，皇帝心情不錯，大手一揮，讓淑貴妃主持了狩獵會。

自從麗妃一事過後，皇帝對年紀比自己小的新妃十分不感興趣，越發想起身邊老人的好，淑貴妃便是首屈一指的一位。

不過淑貴妃很多事情已經想開，並不會霸占著皇帝，而是勸著他雨露均霑，再多多開枝散葉。

但也許太子去世讓皇帝太過心傷，立太子的事皇帝從來沒有提過。就算朝上有臣子建言了，也被皇帝狠狠罵了回去。

淑貴妃冷眼看著，皇帝哪裡是思念太子呢？明明是他覺得自己老了，而兒子一個一個長大了，心慌而已。

她吩咐著兒子不要貿然領差事，仍在書房裡好好學習著當皇帝的好兒子。

九皇子只在暗處拉攏大臣，在明面上只做好手頭的事，在此時，還是很得皇帝看重的，只有那上躥下跳的三皇子以及其生母賢妃，生怕別人不知道他們想繼承大位的心。

淑貴妃在後宮裡身居高位這麼久，就算自己沒能力，手下也必然有一批能人幫她做事，主辦一場狩獵會簡直是輕而易舉。

此時淑貴妃站在高臺上，看著三皇子第一天便號稱獵了一頭老虎要獻給皇帝，那欣喜、諂媚的樣子，這三皇子也太像他母親賢妃了，傻得很。

皇帝年紀大了又多疑，看著勇猛的兒子將一頭白虎放在自己面前。他遲疑地打量了他一番，又想起之前朝堂上說三皇子勇猛，立他為太子是最合適的，不由得有些心悶，胡亂賞了些東西便要三皇子退下了。

九皇子自然也看到了皇帝不喜的神色，這三皇兄簡直就是蠢貨中的翹楚，有這麼向老邁的帝王展示自己強壯體魄的嗎？

但是此時三皇子還不能倒，只有他成為眾箭的靶子，九皇子才能在暗處默默地發展自己的勢力。

九皇子又看了看不遠處，舒曼文與沈芳菲身為將門的貴女，也在這獵場上。

皇帝年紀大了，圖一個樂子，召了些少男少女來狩獵會，想著若是有看對眼的話，當場賜婚也是好的。殊不知，這個決定可是落了大家的埋怨，哪有狩獵搞得跟相親似的，萬一皇帝一時興起，下了旨，將自己與敵人結成了親家，那日子還過不過了？幸好淑貴妃體貼，將少男少女隔開來，大家遠遠看著，卻很少有交談的機會。

沈芳菲跟著榮蘭前來，雖然沈夫人很害怕皇帝一時無聊就將女兒指給誰了，但還是抵擋不住沈芳菲出門時雀躍的心。

榮蘭知道小姑子因為要議親的原因，被沈夫人拘在家中許久了，這次能有機會出來透透氣，簡直是難得的機會，便拉著沈芳菲的手上了馬車。「也不知道今天能有多少個少年英雄出頭。」

沈芳菲靠著馬車笑道：「有幾個少年英雄能比得上姊姊的夫君、我的哥哥呢？」

榮蘭與沈于鋒濃情密意得很，聽到沈芳菲的調侃羞紅了臉，左顧右盼了一陣，捂著嘴說：「可不呢，最近妳哥哥回來總是很讚賞那個叫石磊的少年將軍，看來有一份結交的心呢。」

榮蘭與沈芳菲到了獵場，淑貴妃為這些小姐貴婦們準備了帳子。

初夏的日頭有些烈了，沈芳菲坐在裡面既可以遮蔭，又能夠看到外面的情形。她自前世以來，就很少參加這樣的場合，不由得有些好奇地向外張望。

榮蘭與沈于鋒恩愛，一坐好便開始找尋夫君的身影，沈于鋒已經領了職位，在這場狩獵裡負責皇帝的安全。

「我哥哥在那兒呢。」沈芳菲往場子裡看了看，指了指不遠處，一個穿著白色盔甲的青年手中扶著劍，顯得英姿煥發。

沈于鋒走了幾步，看見了帳子裡的榮蘭與沈芳菲，笑著對她們揮了揮手，這時，他身邊來了一個小將，兩人見面，笑著說了什麼，那個小將不是別人，正是石磊。

石磊與沈于鋒說了話，也向帳子看了幾眼，沈芳菲坐得遠，看不清他的神色，有些緊張地捏了捏帕子，微微地眨了眨眼。

榮蘭沒有注意到沈芳菲小小的細微處，只讚道：「在這些小將中，穿上盔甲都這麼好看的，只有妳哥哥與石磊。雖然那石磊出身低微，但還是有許多人家盯著呢。」

沈芳菲沒有說話，突然想起了那日他救她，那少年人還沒長成卻無比厚實的後背，不由得臉紅了。

狩獵開始了，男兒們騎著高壯的馬匹爭相進了森林，連那些將門小姐也有些躍躍欲試。

榮蘭被其他貴婦人拉走說話了，沈芳菲因為無趣，便一個人走開了幾步。

她今日特地穿著藏青色騎裝，遮掩了少女的柔美，倒多了幾分英氣，她本來就是將門出身，騎個馬、射個箭不在話下，但是沈夫人已經千叮萬囑了，若是不想莫名其妙被塞給某個兒郎，就要低調點。

沈芳菲見九皇子騎著大白馬走了過來，扯了嘴角嘲諷一笑，又看看身邊的小丫鬟，已經被九皇子的俊逸迷得紅了雙頰。

九皇子在沈芳菲面前停下馬，俯視著這個初長成的小少女。原以為以自己的容貌，沈芳菲也會侷促不安，卻不料沈芳菲毫無羞澀畏懼之心。

九皇子心中一愣，但是仍面不改色地和藹笑道：「我剛剛瞧見林子裡有一隻剛出生的小鹿，可愛得很，要不要與我去瞧一瞧？」

沈芳菲看著九皇子那張無懈可擊的臉，突然覺得有些好笑，他這是認為自己魅力無邊了？對任何一名女子說什麼，那個女子都要乖乖照辦？

「我母親說了，讓我不要亂跑，給嫂子添麻煩。」沈芳菲睜著一雙杏眼，無辜地說道。

九皇子被沈芳菲梗了一下，怎麼這小少女如此不解風情？「那我將小鹿送到府上？」

「九皇子一定不知道我嫂子娘家有一座珍獸園吧？我想要什麼樣的小獸，嫂子都會給我弄來呢。」

沈芳菲裝作不了解九皇子的意思，讓九皇子有些氣惱。

「沈小姐，妳在這兒？妳哥哥尋了妳許久呢。」

正當九皇子與沈芳菲大眼瞪小眼的當下，旁邊傳來了清冷的聲音。

沈芳菲回頭見石磊穿著鎧甲，面上有些冷漠，嘴角微微輕抿成一道優美的弧度，彷彿任何人都進不到他心裡，但是沈芳菲卻覺得，他對自己，是同其他人不一樣的。

這突然出現的程咬金讓九皇子十分不悅，他瞪了瞪這個小將。「你是從哪兒冒出來的？你說什麼就是什麼？」

若是尋常小將，看到九皇子如此，一定會嚇軟了腿，而石磊卻面不改色，一雙眸子如黑曜石一般閃閃發光。「沈小姐的哥哥確實在尋她。」

「九皇子，他叫石磊，確實是我哥哥的同袍，怕是我哥哥真的急著尋我呢。」沈芳菲躲到石磊的身後。

石磊直了直身子，將九皇子那火熱的視線擋了個徹底。

這哪裡像來尋同袍的妹妹？簡直是一對情竇初開的小情侶。

九皇子深深注視了兩人一番，露出不屑的笑容，他倒要看看，這對小鴛鴦最後結局如何。

石磊見九皇子不再多說什麼，便帶著沈芳菲走到了別處。他雖然在前，但是聽見沈芳菲的腳步聲，慢慢放緩了步伐。

「妳哥哥在陪著皇上狩獵呢。」石磊有些抱歉地說道，若不是他看見九皇子為難沈芳菲，他也不會走出來拿沈于鋒當幌子。

「你難道不怕九皇子記恨在心？」沈芳菲並沒有管哥哥到底在幹什麼，只對石磊問出了這句話。

石磊聽見沈芳菲並不追究他拿沈于鋒當幌子的事，反而為他擔心，不由得真心笑了笑。

「他再怎麼樣也只是一個皇子而已，為難不到軍中的我。」

沈芳菲看著冷峻的少年突然笑了，猶如十里春風，不由得側了側臉。「你送的那些花我很喜歡，還請人給你送了不少衣物過去，你收到了嗎？」

石磊算是第一次正面確定了那些禦寒衣物都是沈芳菲準備的，他的眼神變得溫柔起來。

「很暖和，我穿了一個冬天呢。」

「我聽說楚城的冬天很冷，不知道冷到什麼程度呢？」沈芳菲一雙大眼有些好奇地盯著石磊。

「我有個同袍，往外面潑了一盆水，便很快凍住了呢。」

楚城的冬天很冷，凍到戰士們手上腳上都長滿瘡，那些身體不好的，也許一場風寒就去了。但是石磊並不想說這些嚴峻的話題，只挑了個輕鬆有趣的。

「真的呀。」沈芳菲櫻唇微微張開。「我還是第一次聽說呢。」

石磊看著沈芳菲一驚一乍，突然覺得自己從那殘酷的訓練、戰爭中熬了過來，能堂堂正正站在她面前，實在是太值得了。

兩人默默無語對視了一會兒，沈芳菲才突然「呀」的一聲。「我嫂子還在帳中呢，沒看見我一定很著急。」

「我送妳回去。」石磊說完又想到了什麼。「等我片刻。」

「嗯。」沈芳菲有些好奇地看著石磊走到不遠處的草叢裡，又走了出來，她眼尖，看見石磊抱著一隻白色的小兔子。

「狩獵中容易碰到不長眼的人，妳還是待在帳子裡好，若實在無聊，便與牠玩玩吧。」

石磊將小兔子放入沈芳菲的懷中。

沈芳菲發出驚呼，小心翼翼地將小兔子揣入懷中，她對石磊笑得十分燦爛。「謝謝。」

兩人一同前往榮蘭所在的帳子。

果然如沈芳菲預料，榮蘭在帳中十分焦急，正叫了小丫鬟們尋找沈芳菲，她看見沈芳菲與石磊一起走來了，不由得吁了一口氣。
「小祖宗，妳這是去哪兒了？」
沈芳菲抱著小兔子，對榮蘭比了一個「噓」的手勢。「牠睡著了。」
她將懷中的兔子給榮蘭看。
在榮蘭心中，這個小姑子向來早熟，如今卻露出了孩子氣的模樣，難道真的只是為了這隻普通的小兔子？榮蘭有些狐疑地看了看她身後的石磊。
「九皇子要帶我去森林裡看剛生下來的小鹿呢，幸虧石磊，要不然……」沈芳菲在榮蘭的耳邊說道。
榮蘭聽了這話，面色變得凝重起來，她走上前向石磊行了個禮。「今日多謝石小將軍解圍，等此事了了，我必讓夫君登門拜謝。」
石磊自然不願意接榮蘭的禮，將身子側了側說：「這是我應當做的。」
九皇子今日狩獵別有意圖，當然打扮得手神俊朗，惹得不少女子一顆芳心暗許，其中有一顆便是尤將軍家的。
說起這個尤將軍，生性殘忍，在戰場上十分嗜殺，因此沒有人願意娶這樣人家的女兒做媳婦。如此一來，尤將軍的女兒尤薇二十歲了還未出嫁，出身低的男子她又看不上，出身高的男子則看不上她。
不過這尤薇也不是省油的燈。她母親早逝，缺乏教養，雖然長得不醜，但是有一雙丹鳳眼、一張薄唇，高顴骨，鼻子又高又窄，是典型的剋夫相。

今日她來到狩獵場，也是聽從了繼母的話，想為自己挑一個合意的夫婿。

尤薇在狩獵場上轉了一圈，將合適的人都打量了一圈。

朝暮之並不去打獵，正陪著沈芳怡，像朝暮之這樣的懦弱男子，只會待在婦人身邊，不會是她的良配。

尤薇又見九皇子騎著大白馬，平常人穿著騎裝，總免不了要帶幾分強悍的味道，而他清雅至極，全無半分殺氣，顯得尊貴無比。

這樣的男子才能配得上她！

尤薇心中驚嘆，一雙眼睛緊緊盯著九皇子，見他雖然看上去文質彬彬，但是在狩獵場上卻也是表現精采。如此文武雙全，世上少有。

一顆芳心完全地落在九皇子身上，她又回頭去看帳子裡的九皇子妃平凡無奇的相貌，得意地咧了咧嘴。

以她的美貌，定能獲得九皇子的喜愛，讓那九皇子妃讓一讓位置。

第五十六章

尤薇紅著臉去找了尤將軍為她主持婚事，等太陽完全落下的時候，皇帝興致仍十分高昂，他叫人將獵物弄乾淨，點了火烤著吃了，眾人當然不敢掃皇帝的興，開開心心學著皇帝，將小的獵物給烤了。

皇帝吃完烤肉，眼睛往底下看了一圈，他之前可是想著若是出現了看對眼的要當場指婚的呢，可是這少女少年帳子都離得挺遠，不像是能對上眼的樣子，令他顯得有些意興闌珊。

淑貴妃看著皇帝的模樣，笑著說：「今兒個辛苦大家了，我們便……」話還沒說完，尤將軍便站了出來，單膝下跪對皇帝說：「臣有一樁事還請皇上幫個忙。」

哦？尤將軍這一齣，讓眾人目光全聚集在他身上。

皇帝今天心情不錯，也和藹地問：「尤將軍求什麼呢？」

「臣有一女待字閨中，還請皇上賜下姻緣。」尤將軍朗聲說。

「哦？哈哈哈——」皇帝聽了這話，心情十分愉悅。「不知道尤將軍的女兒看上了誰家的呢？」

他想了想，便往那些未婚的青年才俊看去，這些青年自然不願意娶尤薇，都不自然地往後挪了一挪，一顆心提到了嗓子眼。

「小女對九皇子一見傾心，還請皇上成全。」尤將軍繼續說道，還深深地打量了九皇子一番，對這個未來的乘龍快婿很是滿意。

皇帝聞言，有些遲疑地說：「將軍應該知道朕這個兒子已經有了王妃吧。」

皇帝說完這句話，尤薇便站了出來，徐徐跪在皇帝面前說：「臣女願意做妾，請皇上成全。」

願意做妾？皇帝笑了起來，自己的兒子有如此魅力，能夠讓大臣的嫡女甘願做妾，是一件很自豪的事。「那朕便答應妳了。」

皇帝爽快地答應後，朝著人群叫道：「老九，還不快快準備，將尤將軍的女兒迎回去？」

此事來得又快又急，讓九皇子還來不及算計這件事的得失，他站了出來，迎著尤薇羞澀的眼神，對皇帝說：「謝父皇恩典。」

尤薇出身將門，膽子大得很，她來到九皇子身邊，也對皇帝鞠了一躬。

「謝皇上成全。」

兩人在火光的映襯下，十足的一對璧人，看得一旁的九皇子妃狠狠地握住了拳頭。

沈芳菲看著這一場鬧劇，冷冷一笑。今世九皇子也娶了一名武將的女兒做妾，不過不是沈家，看看他如何帶著這股清風上青天！

九皇子回去與幕僚一番商量，覺得娶了尤薇未嘗不是一件好事，他本來便要娶一名武將的女兒好讓那武將支持自己。儘管他還沒來得及向舒家、沈家下手，可是尤家自己靠上來了，雖然不如那兩家，但也是有一定實力的，看來他要對那位尤家的女兒好點了……

尤薇花枝招展地進了九皇子府，成為九皇子的愛妾一名，她仗著家世不錯，每每與九皇子妃搶人都能成功，氣得九皇子妃絞碎了幾條帕子。

九皇子妃身邊的嬤嬤勸道：「這後院裡，不是東風壓西風，便是西風壓東風，您看看其他院子裡的，都恨不得將這尤家小姐撕了呢，您只要靜觀其變便是了。」

九皇子妃聽了，覺得很有道理，一時之間對尤薇忍讓很多，讓九皇子對她歉意連連，夜裡還向她說：「若不是看著她家身後的兵權，早就不理這麼刁蠻的女子了。」

隔天白日，九皇子妃看見尤薇對自己顯擺九皇子多喜愛她，只覺得好笑，不過是有點利用價值的女子罷了，還以為九皇子會對她多真心？

三皇子只有匹夫之力，只不過靠著母親在宮裡的地位，加上外祖是開國功勛才這麼囂張。

他見尤將軍求皇帝下旨將女兒嫁入九皇子府中，心中並不記恨，而是對這個弟弟有了一絲可憐之心。

要多麼不受重視才會被皇帝隨隨便便地指一個女子給他啊？要多麼懦弱才連這樣的女人都不敢反抗就納入府中啊？

他見九皇子爹不疼娘不愛，後院又不平，便有了將這弟弟收為旗下的心思。

孤掌難鳴，九皇子又不是四皇子那樣的蠢貨，必是一個好幫手。

三皇子如此打算了，便與九皇子來往得更加密切，常常在朝堂上演兄友弟恭的好戲，讓皇帝覺得兒子都是好的。

三皇子自覺拉攏了九皇子，便開始在皇上面前說起十一皇子的壞話來。

十一皇子倒是不以為意，總是笑嘻嘻地對皇上說：「我還年幼嘛！」

他背後有北定王府這座大山，北定王府在朝廷上一日站得穩，他一日就要被皇帝忌諱。

皇帝喜歡這個兒子的單純天真，但是卻不喜歡他背後的那些勢力，如果十一皇子不上朝，皇帝還能以慈父的一顆心去對待他和淑貴妃，不至於起了心思對付他們。十一皇子如此作派，其實是深得帝王心的。

「你還幼子？你馬上又要有弟弟了。」皇帝捻著鬍鬚笑嘻嘻，他並沒有順著三皇子的話說下去，仍讓十一皇子上朝和他們個個一樣地領差事。

「真的？恭喜父皇！」

三個皇子聽到皇帝又讓一個妃子懷上的消息時，並不太擔心，這個小弟弟還太小了，影響不到他的皇位。

那位年輕妃子懷孕的消息很快傳到了淑貴妃那兒，淑貴妃身邊的貼身嬤嬤怕她聽了傷心，露出不安的表情小聲說了一句：「娘娘。」

淑貴妃只是淡漠地掀了掀眼皮。「知道了。」

皇帝回頭想了想，覺得十一皇子雖然在他的默許與放縱下不上朝理事，但是並不代表他不需要一個兒媳婦，這兒媳婦的人選麼，需要與淑貴妃好好談談。

皇帝先是去懷孕的小寵妃那兒坐了一會兒，見她那裡被淑貴妃安排得井井有條，心中十分滿意。他見過的年輕貌美的女子多了，但是端莊的、在後宮理事公平的卻只有淑貴妃。

皇帝進淑貴妃寢宮的時候，並沒有讓人通報，淑貴妃正與侍女們打葉子牌，他站在淑貴妃後面很久，見淑貴妃老是輸，實在忍不住，便從淑貴妃手中的牌裡抽了一張。「打這個。」

淑貴妃身邊的宮女知道皇帝在小事上是大方的性子，便掩著嘴笑說：「皇上您沒發現，娘娘是憐惜我們月例少，故意輸給我們的呢。」

皇帝聽了哈哈大笑。「不用淑貴妃這麼費心，還要打牌輸妳們了，妳們的月例直接加二兩銀子吧。」

喜得那些宮女直說：「謝皇上、淑貴妃恩典。」

皇帝來了，那些宮女也不會不長眼色老是與淑貴妃打牌，找了一個理由全散了。

皇帝等宮女們散了，興沖沖地坐到淑貴妃身邊。「咱們小十一長大了，應該要找個好媳婦了。」

淑貴妃雖然對皇帝冷了心，但還是溫柔笑道：「那還希望皇上幫他選選呀。」

皇帝見淑貴妃柔情的樣子，心中無限滿足，拍著胸脯說：「包在我身上！」

呵，不就是怕十一再找個有背景的人家聯姻坐大勢力，所以要親自下決定嗎？至於演這麼一場戲？淑貴妃冷冷地想。

皇帝倒沒有淑貴妃那樣的心思，很認真地將人選列了出來，又請太后過了目，才遣人送到淑貴妃面前。

小十一也是他寵愛的兒子，雖然對他有些忌憚，但是不代表沒有期望，在兒子沒有對他造成實質威脅之前，他總是為他們好的。

淑貴妃看了這單子，嘆了一口氣。「總算他對我們母子還有些情分。」

說完便著手召這些小女兒們入宮看看。

淑貴妃此舉，讓勛貴人家們炸開了鍋，十一皇子身分貴重，如果當了十一皇子妃，是多麼利己的一件事。

再說了，誰知道十一皇子會不會登上那個位置呢？如果登上了，自家女兒可是頭一份尊榮了。不過也有人不想和皇家綁在一起，雖然從龍之功固然讓人垂涎，但是一不小心將全府性命搭進去，可就不划算了。

淑貴妃不管大臣們怎麼想，她倒是興致勃勃相看著這些花一般的姑娘，一邊問十一皇子喜歡怎樣的姑娘。

「母妃喜歡的我都喜歡。」十一皇子如此說著，拿著書走出淑貴妃的宮殿。

在不遠處坐著的少女們，倒是匆匆看了十一皇子一眼，都因他狡黠的少年氣質而羞得紅了臉。

淑貴妃挑選了半天，終於選了一名妥貼的小姐，其名叫秦玉容，家世不是拔尖的，卻勝在為人聰穎賢淑，更重要的是，她父親現在官職不高，卻深受皇帝信任，她的祖父早已致仕，但是膝下的門生可是滿天下。

選個這樣的媳婦，不會扎了別人的眼，也得了不少好處。

皇帝對淑貴妃的選擇十分舒心，如果她硬是要選一個高門出身的小姐，他反而要忌諱了。他大筆一揮，給女方的祖父封了一個不小的爵位，用意是想給十一皇子抬抬面子。

雖然賜婚的聖旨還沒下，但是從秦玉容的祖父封爵、淑貴妃頻繁召秦玉容入宮，大家已經知道了秦玉容與十一皇子的事，是板上釘釘了。

朝中風雲迭起，沈芳菲有些感嘆，那個呆呆的十一皇子也要娶妻了，也不知道他姊姊三公主在外過得好不好？

一想到三公主，沈芳菲莫名地心中便有些抑鬱。

好在呆妞經常來陪她，又是個話多的，老跟她說石府的事，又問她此事可不可為，沈芳菲抱著反正出嫁以後也要管理家事的念頭，幫著呆妞練練手，卻發現呆妞最近參加的都是一些官員太太們的聚會。

在沈芳菲的幫助下，呆妞雖然在打扮、禮數上不會出大錯，卻禁不住這些後院夫人頻頻詢問石磊，還將自己的庶女介紹給呆妞，讓她們一起玩耍。

沈芳菲身為世家女，當然知道這些夫人到底是什麼意思。犧牲一個小小的庶女，投資一個前途看起來不錯的英傑，怎麼看都是一筆划算的買賣。她皺了皺眉，又想起石磊的上一世，他身為國家棟梁，為大梁朝奉獻了一生，卻從未娶妻，也未曾有過孩子，留下一個孤將的名頭，真真讓人嘆息，不知道此生，他會變成什麼樣子？

呆妞知道哥哥對沈芳菲的心思，雖然沈芳菲的身分高不可攀，但是又覺得她心中其實也有他的，便輕聲說道：「我知道她們都是為了什麼。」

沈芳菲笑了笑，呆妞雖然平時憨傻了一點，但是在大事上卻精明得很，若是一般的小姑娘，早已經被這些夫人們哄得一愣一愣，叫那些溫柔體貼的庶女們為好姊姊了。

她與這些人家雖然交集不多，但仍了解這些庶女的性子，她本可以將這些庶女中性子好的告訴呆妞，給她拿個主意，但是一想到石磊那雙認真執著的眼睛，卻說：「急什麼呢？娶妻可是一輩子的大事，妳哥哥可得慢慢挑。」

呆妞聽到這句話，不由抬眼打量了沈芳菲一番，見她面色沒有不自然，彷彿在說著尋常事，只是那一雙閃著光的眸子出賣了她。

「我哥哥心中有人，他會一直等的。」呆妞定定說道。

沈芳菲聽到這話，心中震了震，卻不問那人是誰。「希望妳哥哥能心想事成。」

呆妞回到家，見哥哥在校場練得滿身大汗地回來，笑咪咪地給他遞了一碗水，有些神秘地在他耳邊說道：「沈小姐說祝你心想事成呢。」

石磊一碗水喝了一半，聽見妹妹說這樣的話，一口氣嗆著，咳起嗽來。

石磊一向沈穩，如今因為沈芳菲的一句話而失了分寸，讓呆妞不由得哈哈大笑，跑進了屋裡。

之後，石磊三番兩次拒絕了幾位大人的暗示，直言稱：「為大梁朝效力，無心成家。」

幾位大人回去本來很羞惱，可是看石磊又沒定下其他家的姑娘，心中才平衡一點，閒暇之餘也會莫名猜猜，這石磊，是不是有什麼隱疾？

石磊靠不住了，大家又將眼光放到呆妞身上，與石磊的妹妹結親也是好的，石磊的妹妹雖然禮節上不出錯，但是出身與教養仍是硬傷，又有當年大學士之子的事，幾位大人在家族旁支裡硬是選了幾個吃閒飯的，都覺得是呆妞高攀了。

第五十七章

想要與石磊聯姻的人不死心，挑選了旁支的人，想將石磊的妹妹娶進來，但是石家的女眷都頗為低調，不愛在外面應酬，讓他們無奈得很，想來想去，便將主意打到沈夫人身上。

呆妞與沈家有故，沈夫人的話，她必然要聽進去兩、三分的。

這些人統統給沈夫人遞上話，讓沈夫人覺得有些好笑。「統統都是些不入流的家族。」她對沈芳菲如此說。

若是想將女兒嫁給石磊的，還能說是惜才，想娶石磊妹妹的，只能說是趨炎附勢了。

沈芳菲皺了皺眉頭。「這呆妞的親事，還真不大好辦。」

沈夫人看著女兒老氣橫秋地坐在那兒說著呆妞的親事，好氣又好笑。「妳還有心思擔心她？妳自己呢？」

沈芳菲聽見沈夫人如此講，連忙搖著母親的手。「我和呆妞不同，我有一個這麼能幹的母親，她一定會給我找一個好夫君的。」

這席話哄得沈夫人心花怒放，她笑說：「就妳是個鬼靈精。」

她叫丫鬟拿來一個繪著大朵富貴牡丹的黑漆盤子，盤子裡放著不少髮釵，她拿出其中一支。「這是妳姊姊幫妳尋的，讓我給妳呢，妳得空了，也問問呆妞，想找個什麼樣的夫婿，咱們也幫她合計合計，好成全了這場緣分。」

等呆妞來了沈府，沈芳菲將沈母給她的髮釵分了幾支給呆妞。

石磊步步高升之後，呆妞見過的好東西是越來越多了，可是沈芳菲給她的，她還是十分珍惜地收下了。

沈芳菲將沈母的話對她說了。「那些心懷不軌的，我母親都幫妳拒了，不過妳想要個什麼樣的人，得有個定見，免得急急忙忙的，找不到良配。」

呆妞噗哧一下笑出聲來。「小姐，妳好像和我差不多大吧？」

「是我太過操心了。」沈芳菲不好意思地笑了笑。

「小姐對我好，我知道的。」

呆妞站起來，居然認真地對沈芳菲鞠了一躬。「只是我這個出身，還出過被人擄走那樣的事，就算有個武官哥哥，也不好嫁了。若是我一心想嫁到勛貴家，反而給哥哥添麻煩。不如就勞沈夫人幫我找個老實省事的，他只要不嫌棄我粗笨，我們就能和和美美地過日子。」

沈芳菲聽了，贊同地點點頭，若是呆妞覺得哥哥前途遠大，一定要嫁到一個不錯的人家，那反而不美，如今她也不愧為石磊的親妹妹了。

沈芳菲將呆妞的話告訴了母親，沈夫人聽了笑著說：「如果她一定要嫁到勛貴家去，我倒是頭疼了。如果她想嫁個老實省事的，倒是隨她挑了。」

沈夫人將此消息與友好的幾個夫人說了，有一位學正夫人想起自己的庶妹姚夫人當初嫁給了一名財富滔天的商人，如今她的小兒子要娶親了。

這位學正夫人回去將話同姚夫人說了，姚夫人面上有些猶豫。「這，山野之間長大的女子難道可娶？」

「妳還嫌人家長於山野之間？人家的哥哥可是一戰定乾坤，深得今上的喜歡，若不是她生於山野，妳覺得這個便宜還有妳撿的分兒？」

學正夫人和這庶妹一向關係不錯，狠著臉對她。「我聽說這個呆妞與沈府還頗有些淵源，受沈夫人不少指點，能讓沈夫人說媒的女子還真不多。妳自己想想看！」

姚夫人當然不敢一個人作主，便回去與夫君商量了一番，姚大掌櫃倒是比妻子見識多多了。

想當年，他就是因為娶了姚夫人才獲得官家的庇護，在商場上讓人高看了一眼，如今他正頭疼如何與官家的關係更進一步，真是瞌睡遇著了枕頭。

「娶！」姚大掌櫃斷然說道。

姚夫人聽了姊姊與丈夫都這麼說，第二日便去了學正府，對學正夫人笑著說：「還麻煩姊姊幫我走這一遭了。」

「我當然會為我外甥走一遭，若不是看他是個忠厚老實的，我也不會說這個媒。」

學正夫人見妹妹孺子可教，又語重心長地說：「不過妳要明白，我們這是結親，不是結仇，妳既然決定娶人家，便要好好對她，不要再有二想。」

「姊姊說什麼呢？我怎麼會對那閨女不好？」姚夫人連忙笑道。「這一切我都聽姊姊的。」

當年姚夫人就是聽了姊姊的話，毅然嫁給姚大掌櫃，才有了如今的輕省日子，若是選了那高門的庶子，你看看人家的原配夫人，墳頭的草都三丈高了。

學正夫人聽了這話，才滿意地點了點頭，站起身來。「我便幫妳走一趟吧。」

學正夫人到了沈府，跟沈夫人將此事說了一遍。

沈夫人尋思著，覺得呆妞嫁給豪商之子其實算不錯的選擇。大梁朝商家地位低，就算錢財再多也想依靠官員，沈夫人倒不怕姚家有所圖，有所圖才會將這兒媳婦恭恭敬敬地擺著。

「照妳一說，我覺得這樁親事妥貼極了。」沈夫人拍了拍手，又有些猶豫地說：「只是如此大事，不是我能作主的，還要看她哥哥呢。」

「沒關係，得空了我找個機會讓石小將軍與我外甥見一面，我外甥不說別的，人是實心眼的，絕對會對石小將軍的妹妹好的。」學正夫人打著包票。

沈夫人笑了笑，沒有跟話下去。

商家出來的人怎麼可能是頂老實的？只不過只要有石磊在、沈家在，他都必須頂老實下去。

晚上，沈夫人與沈毅說了此事，沈毅對此事顯得格外熱心。「哦？那擇日不如撞日，這個休沐日，我就邀了石磊與姚家小子一起吃個飯吧。」

姚夫人收到了沈家的請帖顯得格外激動，那可是勛貴中的勛貴啊，不料只是一個出身山野的姑娘就值得沈毅如此興師動眾，不由得暗暗發誓，就算這個兒媳婦十分蠻狠也要生生地忍了。

姚家嫡次子姚天赴宴時十分緊張，他雖然也算是在金玉中長大了，但卻是第一次來到沈府，他一邊跟在嬤嬤身後走著，一邊偷偷打量著，發現並不若他想像中的金碧輝煌，而是古樸渾重，一看就是百年傳承的世族。

「姚公子，老身就送您到這兒了，我家大人與石小將軍都在前面等著您呢。」帶路的嬤嬤將他帶到大廳門前，笑著說道。

姚天連忙說：「謝謝您了。」

姚天道完謝後，走到大廳，見廳裡擺著一桌菜，桌子旁邊站著兩名男子，一個人到中年，儒雅深致；一個英俊少年，意氣風發，兩人站在那兒雖然不說話，但是身為武將的壓迫感，已經讓姚天不知不覺額上出了一層細汗。

他緩緩走向席前，先笑著對沈毅說：「沈大司馬好。」又轉身對石磊說：「石小將軍好。」

沈毅雖然身居高位，但是十分平易近人，他笑著對姚天說：「我聽王大人提過你很多次了，倒一直沒有見過你。」王大人正是姚天的姨父。

姚天見沈毅如此親切，悄悄地鬆了口氣，笑著回道：「後輩不才，哪能讓姨父對沈大司馬提起呢。」

姚天與沈毅寒暄著，石磊倒是沒有加入，只是一雙眼睛盯著姚天直直看，讓姚天的心裡有些慌。

沈毅見石磊不說話，只是盯著姚天瞧，不由得搖了搖頭。武將要麼豪爽話多，要麼沈默寡言，看來石磊是後者。

沈毅在戰場上勝仗不少，也是個有腦子的人，他零零落落問了姚天幾個問題，姚天都畢恭畢敬答了。他是家裡最小的，一個哥哥早已娶妻，娶的也是商家妻子，姊姊已經出嫁，仍在商賈裡面打轉，誰知道這個最小的兒子居然有這樣的緣分呢？

沈毅將姚天的老底都摸清楚了，不知道再說些什麼好，一時之間有些沈默，他為難地看了看石磊。

始終沈默的石磊開口了。「你什麼時候來提親？」

這話說得一語驚人，不僅讓沈毅嚇了一跳，還讓大廳屏風後砰地發出一陣脆響，怕是誰把屏風內几上的花瓶碰掉了。

石磊聽到這聲響，挑了挑眉毛，並不往屏風處看，怕是沈夫人的好意，讓自己的妹妹看看這個傻小子。他一開口便問人家什麼時候來提親，將這個傻丫頭嚇到了。
不過，正好傻小子配傻丫頭，姚天家裡銀錢不少，為人也不差，姚家以後要依靠著他，自然不會虧待了妹妹。
沈毅見姚天從善如流，上道得很，滿意地捻了捻鬍鬚。「你回去與母親商量。石小將軍的話，一言九鼎，絕不反悔。」
姚天十分開心，向沈毅一鞠躬。「謝謝大人。」又轉向石磊，面對石磊，他倒不知道叫什麼好了，猶豫了半天，說了一句：「謝謝石大哥。」
石磊點了點頭，算是接受了這個稱呼。「以後都是自家人，不必客氣。」
姚天得到了石磊的認可，十分欣喜，他看著時候也不早了，便客客氣氣地表示要離開了。
沈毅自然稱好，叫了小廝送他出去。
石磊待姚天走後，看向屏風，淡淡地說：「還不出來。」
聽了這話，呆妞忐忐忑忑地出來，又對屏風後招了招手，出來的竟是沈芳菲！她今日並沒有盛裝打扮，穿著白紗衣，烏髮斜斜地綰著，點綴著小珍珠的釵子，顯得格外嬌俏。
石磊本想訓誡呆妞膽大包天，卻不料出來的還有沈芳菲，一時之間有些語塞，這個少女縱然有千般過錯，在他心中都是無邪的。

「石大哥。」沈芳菲好奇呆妞的夫君長什麼樣子，便唆使呆妞和她躲在屏風後面。說起來，她才是始作俑者。

沈毅從來都不是閉塞之人，見沈芳菲與石磊打了照面，落落大方地介紹。「石小將軍，這是我的嫡次女，你們應該是見過的吧？」

「那是自然。」

沈芳菲表現得並不生疏，彷彿顯得十分親近，讓一向機敏的沈毅起了防備之心。石磊除了出身不好之外，其他都是一個優秀的少年郎。

沈夫人曾經與他抱怨小女兒說誰也不嫁，莫非女兒心中居然是這個混小子？

頓時，沈毅有一種心愛的東西被狼叼走的感覺，對石磊的愛才去了一半，用挑剔的眼神打量了他一番。

有時候，男人之間的交流不需要言語，沈毅的作派讓石磊瞬間就明白了什麼。他沒有驚慌的神色，反而站直身子任沈毅打量。

沈芳菲不知道這兩個人在打什麼機鋒，只對著父親疑道：「父親？」

沈毅這才回過神來，石磊這小子若家世稍微好一點，他都會將他納入女婿的人選。但是他如今一人在朝廷，靠的便是自己的能力與今上的信任，若是一步踏錯的話，步步皆錯，他又將會回到泥裡，到時候沒有家族的庇護，他怎麼可能再升起來？

「還愣著幹什麼？帶著石小將軍的妹妹去跟妳母親報喜呀。」沈毅一刻都不想女兒再在這大廳待下去，直接開口趕人。

沈芳菲許久沒見父親如此作派，不由得捂著嘴笑了笑，牽著呆妞的手一溜煙離開了。

石磊知道他對沈芳菲的心思都被沈毅看了出來，也不掩飾，那一雙眼跟著沈芳菲的背影走了一路。

「你別想了。」沈毅咬牙切齒地說，若是一般的渾頭小子，他早就指著他的鼻子大罵了。但是他愛惜石磊的才華，又愛重他與士兵們同甘共苦的精神，不想任意辱罵，只能生生忍了下來吐出這四個字。

石磊心中有沈芳菲，對沈毅巴結都來不及，怎麼可能氣惱沈毅呢？他只是深深地對沈毅鞠了一躬，並無他話。

沈毅重重地哼了聲。「今兒天色不早了，石小將軍先回府吧。」

枉他還想指出石磊兵團裡的幾個缺點，看這個情況，免了。

從此以後，沈毅看見石磊完全沒了以往的和氣。

石磊的同袍老黃頭笑說：「石頭，你那點小心思被沈大司馬知道了？」

石磊沒有說話，只是點了點頭。

老黃頭搖搖頭。「難怪難怪，要是我隔壁家的乞丐小子妄想我的女兒，我也會很生氣的。」

「我不是乞丐。」石磊幽幽地說。

「你的地位對沈毅來說，難道不是乞丐？」老黃頭噗哧一聲。

石磊看著皇宮最深處的地方，淡淡地說：「世上再沒有比我對她更真心的人了。」

老黃頭仔細盯著石磊，沈沈地說：「可是真心能值幾個錢呢？」

第五十八章

九皇子自上次狩獵以來，便知道了沈芳菲與石磊之間有著一些小情思，他自然不相信世上有不變心的男人，便打算將千嬌百媚的表妹嫁給石磊為妾。

以石磊的地位，能娶到九皇子的表妹，簡直是高攀中的高攀了。

九皇子懷著陰暗的小心思，卻不能對外人道。

他對三皇子用的是想拉攏石磊的藉口。

三皇子覺得，沈毅等人全是老將，在朝中的關係盤根錯節，在這個眾人都盯著太子之位的節骨眼上，皇帝還真不大敢用。但是石磊不同了，他出身低賤，不苟言笑，又新入朝廷，沒有被各種勢力收買，是皇帝手上的一把利刀。若是將這把利刀收為己有的話……三皇子想到此，便對九皇子說：「無論你以什麼手段，都得把你那表妹塞入石家。」

九皇子笑著點了點頭。「自古英雄難過美人關，石磊並沒有見過我這表妹，若是看到的話，便不會如此嚴正拒絕了。」

三皇子一向自傲，從未看得起石磊過，聽到九皇子這麼說，便回道：「只是可惜了你花容月貌的表妹，不然給了我的話……嘿嘿。」

九皇子雖然表面恭敬，內心卻十分看不起這個蠢貨。

若不是他還需要這個擋箭牌，早便除去這無用的哥哥了。

「我那表妹算什麼花容月貌？如今攬月樓有一個清倌，那才是真正的國色天香，我已經幫她贖了身，正準備送哥哥府裡去呢。」

三皇子聽了，大笑說：「這幾個弟弟中，難怪我最喜歡你。」

九皇子送走三皇子，黑著臉對下人說：「將表小姐叫過來。」

下人應了，不久便帶來一位清麗的少女。「表哥找我有事？」

少女十分害怕九皇子，言語之間全是膽怯和討好。

「妳現在有兩條路，一條是嫁給中書令為妾。」

九皇子看了看表妹突然之間變得蒼白的臉。「一條是嫁給石磊，至於是妻還是妾，便全憑妳的本事了。」

中書令五十多歲，其正妻還是個母老虎，若是給他做妾，只怕接下來都不會有好日子過。九皇子的表妹衛璃月顫抖了一下，人人都說表哥謙和，可是她卻知道，他從來都不是一個好性子的，既然他這麼說了，她一定要死命辦到。

九皇子妃親自帶著衛璃月往石府走了一趟。

石母聽說九皇子妃來了，便叫人開了門，迎了九皇子妃進來，一張老臉顯得有些誠惶誠恐。

石母沒想到自己還有機會見到皇子的媳婦，一雙手都不知道往哪兒擺。

九皇子妃見石母的作派，不著痕跡地笑了笑，若不是她有個石磊這樣的好兒子，還不知道在哪兒拾土呢。

「這是我家的表妹衛璃月。」九皇子妃笑著將衛璃月推了出來。

石母看見衛璃月，雙眼一亮。她見識有限，見過的都是從山野裡出來的姑娘們，這麼一對比，這個衛璃月簡直是天上的仙女！

「石夫人好。」衛璃月微笑著對石母鞠了躬。

「姪女快快請起。」

石母一時之間不知道稱呼衛璃月什麼好，只得胡亂叫了以顯自己的親切。

她一邊慈愛地打量著衛璃月，一邊想著，無事不登三寶殿，這九皇子妃到底是什麼意思呢？

九皇子妃見石母面色猶豫，便拉著衛璃月的手對石母笑說：「不瞞您說，這丫頭在街上匆匆一瞥石小將軍回城時的英姿，便念念不忘了，這不，都求到我跟前來了。」

衛璃月聽到這一番話，羞澀地低了低頭，對九皇子妃嬌嗔地說道：「表嫂。」

「哦？」石母最喜歡別人誇自己的兒子好，衛璃月貴為九皇子的表妹，卻在大街上對石磊一見傾心，還一而再再而三地以求下嫁，讓石母的虛榮心滿滿上升，她拍了拍衛璃月的手。

「妳是一位好姑娘，可是……」可是石磊早就跟她說了，任何人與她說他的親事，都不能應下來。

衛璃月見石母正要推拒，連忙反握著石母的手。「石夫人，石小將軍的英俊已經深深印在了我心裡，求求您給我一個機會讓我伺候他吧，就算是妾，我也願意待在他身邊。」什麼？堂堂九皇子的表妹居然願意在自己兒子身邊當妾？石母驚疑地打量了衛璃月一番，見她一雙瑩瑩大眼閃著真摯的光芒，她雖然還沒有征服石磊的心，倒把石母的心征服了。

石磊一進門，看到的便是石母拉著一個妙齡女子的手，一臉和藹，而她身邊的夫人雖然長相平庸，卻周身貴氣，不是九皇子妃又是誰？

他看到此景，一陣頭疼，雖然石母自知粗鄙，無法與那些貴婦人打交道，但是阻止不了別人上門來訪。

如今太子之爭如火如荼，九皇子意欲何為，石磊當然一清二楚。

他出身低微，軍功是從戰場上奪得的，心中又只有沈芳菲，自然不像其他世家子弟，任由九皇子送了一個美麗的表妹，再推心置腹聊上幾句，就將九皇子視為主子了。

再說了，以九皇子對沈芳菲的心思，石磊也不可能與他站在一條船上。

「磊兒，趕緊過來，這是九皇子的表妹，璃月。」石母拉著衛璃月的手對兒子說，她十分滿意這個女子。

衛璃月一向自負於自己的美貌，抬起頭來對石磊怯怯一笑。

但是石磊對其並不動心，只是對九皇子妃一鞠躬。「王妃駕臨寒舍，寒舍蓬華生輝，但我是外男，不好久待，還請娘親繼續招待王妃了。」

說完邁著大步跨進屋子裡，壓根兒不管外面尷尬的女眷。

「我這兒子啊，從小脾氣又臭又硬，請王妃見諒。」石母生怕九皇子妃對石磊心生怨懟，連忙解釋。

「石小將軍守楚城，義薄雲天，我們敬佩都來不及，怎麼可能對他有怪罪之心呢？」九皇子妃對九皇子想要拉攏的人，容忍度是很高的，就算現在不能如何，以後帳再慢慢算嘛。

九皇子妃又與石母閒聊了幾句，才帶衛璃月出了石府。

雖然石磊並不垂涎衛璃月的美色，但至少石母對她很滿意，這就足夠了，石磊不是很孝順嗎？

石磊待九皇子妃走了以後，思考許久，當晚在飯桌上對石母說：「娘親，我派人修葺了家鄉的宅子，要不您和爹爹、呆妞回去住一陣子？呆妞也快出嫁了，從老家出嫁比在京城好。」

石母聽到此話，將筷子往桌上一扔，淚眼汪汪。「你可是嫌棄我粗鄙了？」

「怎麼可能？」石磊皺著眉。「只是最近京城情勢險惡，娘親還是與爹爹、妹妹去老家避一避吧。」

想拉攏石磊的不只九皇子，若人人都從他的家人下手，可如何是好。

「可是我……」

石母的話還沒說完，石父便說：「行了。」

石母一向強勢，在家裡說一不二，石父在石家一向唯唯諾諾，但是今日他聽兒子這麼說，便將桌子一拍。「我們回家！」

石母還準備說些什麼，卻不料一向聽從自己的丈夫也支持兒子。

她撇了撇嘴，站起來便要收拾包袱。「走就走，誰稀罕？真是有了功勞就忘了老娘！」

石母說的這番話確實讓人心寒，若不是石磊看著當年家裡沒了活路，也不至於參軍。

石父一陣頭疼，這缺心眼的，以他們兩人的德行，怎麼就擁有石磊這樣天資聰穎的兒子？

他還記得那天自己的婆娘剛生完兒子，兒子便去世了，石父內心十分痛苦，照顧了昏厥的妻子，又準備將剛出生便死去的孩兒埋起來，卻不料在荒郊野外，聽到一陣陣嬰兒洪亮的哭聲。

石父起先以為遇了鬼，但是他膽子大，四處尋找了一番後，才從亂石崗裡找到一個奄奄一息的女子，這女子穿著錦緞衣裳，身邊還有一個嬰兒。

石父硬著頭皮走過去，發現那女子只有進的氣沒有出的氣了。

他看了看那嬰兒，卻見那女子一雙淚眼似在囑託自己幫她照顧孩兒。

石父猶豫了一會兒，又想起自己的兒子今日生下來便死了，婆娘一定會哭天喊地，還不知道能不能熬下去，便將這嬰孩抱了起來。

那女子見石父抱起嬰兒，才如釋重負一笑，斷了氣。

石父安葬完這名女子與自己苦命的孩兒，回去將嬰兒身上的名貴錦緞、玉珮扒光了收起來，用家裡的細棉布裹著，對穩婆吩咐了幾聲，石母才幽幽轉醒，看著身邊的嬰兒流下了幸福的眼淚。

從此石母將家裡一切好的都給了這個孩子。

石父雖然知道內情，卻也不曾說出來。

無論石磊的親生父母是誰，又遭受了怎樣的事，看著一日一日長大的石磊，石父視如親子。

如今石磊靠自己的本事得了官，這些本事都是他父母自娘胎裡傳給他的，石父從來不敢居功。

石母卻仗著自己是母親，便做得有些過了。石父見石磊努力打拚，還不忘照應妹妹的親事，到最後家裡兩個老的卻什麼忙都幫不上，便下了決心要將石母帶回老家。家裡什麼都不缺，他們種種田，也能頤養天年了。

石磊嘆了一口氣，跪在石母面前。「娘親請息怒，實在是因為如今京城形勢險惡，您與父親回去老家，反而會比在這兒愜意很多。」

石磊一跪，石母便心軟了，她本來就是鄉野女子，兒子是她的心頭肉，任何人，包括她，都是不會讓兒子受委屈的。

她連忙將石磊扶起。「好了、好了，我回去便是了。只是你得了空，一定要回來看看爹娘呀。」

石磊聽了這話，連忙說好。

石父心中藏著秘密，對石磊千言萬語也說不出口，當年那個撿來的嬰兒，現在居然成了他石家光耀門楣的頂梁柱。

「兒啊，爹娘沒用，不能給你更多，不過你要記得，若是你不如意了，家裡的大門永遠為你敞開。」

石父這個人懦弱且寡言，在家裡總是充當應聲蟲的角色，今日他能對石磊說出這麼一番話來，讓石磊十分感動。

石磊跪在地上對父親一拜。「爹爹放心，孩兒一定會小心行事，不讓您擔心，等局勢定了，我們一家便團聚了！」

第五十九章

在沈夫人、學正夫人的主持下，姚家與呆妞總算是在夏末訂了親。姚天偷偷地看過呆妞一面，呆妞雖然不是美人，但是勝在身材婀娜，又有一雙會說話的大眼睛，所以對她十分滿意。

呆妞與姚天的事定了以後，便要與父母回家等待出嫁。

呆妞恭恭敬敬地來沈府向沈夫人磕了頭，並與沈芳菲敘話了一夜，才依依不捨地離去。這女子，要是出嫁了，就不像未出嫁時這麼愜意了。

沈夫人見沈芳菲自呆妞離開以後，有些悶悶不樂，便差了榮蘭與她聊天。

榮蘭與沈芳菲聊了半會兒，說到呆妞，沈芳菲有些惆悵地說：「呆妞明明知道姚家對她有所圖，還能開開心心地嫁過去。」

榮蘭聽了這話，便知道沈芳菲最近悶悶不樂的原因是什麼了。「有依仗比沒依仗好，有圖謀比沒圖謀好，這年頭不求真心的郎君，若有共同的利益也不錯。怕就怕妳沒有底牌，任人欺負呢。」她細細勸著。

沈芳菲知道榮蘭擔心她，聳了聳肩。「只要呆妞幸福就好了，呆妞說了，她會好好待姚公子。」

榮蘭聽了，笑著說：「其實妳別看呆妞有時候傻傻的，大智若愚便是說她了。」

沈芳菲點點頭。「她這樣的女孩子是值得讓人疼愛的。」

九皇子妃帶著衛璃月前腳出了石府，石磊後腳就將父母、妹妹送回了老家，讓九皇子妃想上門都沒有藉口，這一招釜底抽薪，玩得實在是漂亮，也讓許多看九皇子不順眼的人覺得石磊是個漢子。

石磊如此作派，九皇子還沒有什麼反應，三皇子倒覺得被打臉了，他覺得九皇子是在為他積攢人脈，其他官員都看在他的面上收了美人，但是這石磊，卻是個油鹽不進的傢伙，寧願將父母送回老家，也不願意收下美人。他越想越氣，便想著法子為難石磊。

三皇子為難石磊的伎倆十分低級，他對武藝十分自信，挑了個時候去校練場找石磊單挑，石磊身為武官，當皇子來比武的時候，怎麼可能贏了對方？只能使出渾身解數讓三皇子險勝他一局。

「哈哈哈哈！」三皇子一向自負在武藝上的能力出眾，被皇帝稱讚為大梁朝的勇士。

「三皇子武藝精湛，末將自愧不如。」

石磊狀似十分敬佩地站在一邊。

三皇子得意洋洋，扔下一句——「看來也不過如此嘛。」便轉身離去。

「石小將軍，那三皇子簡直是欺人太甚！」

三皇子看不出，但是並不代表身邊觀戰的人看不出石磊盡力忍讓三皇子。

石磊搖了搖頭，制止了那人要說出口的話。「他為皇子，我為臣，沒什麼好抱怨的。」

三皇子回到家，想到自己居然打贏了石磊，覺得這真是一件大好的事，他叫來隨從，叫他散布自己打敗石磊的消息，以樹立他驍勇的形象。

石磊是什麼人？可是在軍中比試中拿過第一的人，大家都知道他的本事，三皇子居然打敗了他，一個養在富貴窩的皇子，怎麼可能打敗一個在沙場上面對生死的軍人？

三皇子想要什麼，眾人明白得很，每次遇見三皇子都會刻意奉承，讓三皇子走路都抬頭挺胸，腳下帶風。

十一皇子聽到此消息，冷笑著說：「我知道我這三哥傻，卻不想他這麼傻，有這麼宣揚自己好的嗎？只怕我們還沒出手，他就先把自己作死了。」

三皇子的生母賢妃也是個傻的，某日皇帝在她那兒休息，她搧著香風在皇帝耳邊撒嬌道：「最近三兒努力習武，可英勇了，將那石磊都打敗了。」

「哦？打敗了石磊？」

皇帝聽到此話，眼中閃著饒有興致的光芒，他可不是傻子，自己那三兒有幾斤幾兩重，他都清清楚楚，只怕是石磊刻意相讓了吧。

賢妃見皇帝對此事興致很大，便添油加醋說：「據說那石磊連三兒的三招都接不上呢，真真是個繡花枕頭。」

皇帝聽到此話，心中有些不舒坦，石磊可是為大梁朝有過貢獻的，可由不得這些後宮妃嬪看不起。

賢妃見皇帝面色不豫，心中想著難道皇帝覺得被石磊欺瞞了不大開心？便笑著說：「其實臣妾覺得高家的高時興還不錯，他與三皇子一同習武長大，堪為重任。」

高家正是賢妃的娘家。

「哼。」聽到這話，皇帝站了起來，對賢妃一頓呵斥。「大梁朝的軍人豈是妳這等婦人能開口評論的？」

賢妃摸不清頭緒，趕忙站起來跪下了。「皇上息怒。」

皇帝拂袖走出了賢妃的寢宮，高家一向自詡聰明，是三朝的不倒翁，怎麼就送了這樣一個愚蠢的女兒進宮，居然還生了一個這麼愚蠢的兒子。

如此還要妄想皇位，簡直愚不可及。

賢妃母子不知道，這件事以後，讓皇帝心中暗暗下了決心，太子之位不可能是三皇子的了。

離開賢妃寢宮後，皇帝在御花園氣鼓鼓地轉悠了半天，還是到了淑貴妃的寢宮。

此時淑貴妃正準備安睡，見皇帝餘怒未消的模樣，趕緊走上前。「這是誰惹了您了？」

皇帝見淑貴妃脂粉未施的模樣，心中的怒氣平了幾分，壓著聲音說：「還不是賢妃那個蠢貨。」

皇帝從未在淑貴妃面前表現過對其他妃嬪的不滿，第一次表達便是如此激烈，讓淑貴妃嚇了一跳，但是這畢竟事關其他妃嬪，淑貴妃倒是沒有搭腔。

皇帝見淑貴妃的順從模樣，覺得十分有意思，便坐在椅子上將事情說了一遍。

「她是傻的，她兒子也是傻的，居然都看不出人家是讓他，還覺得自己是世上少有的大英雄。」

淑貴妃當然不會順著皇帝的話說賢妃和三皇子傻，賢妃也就罷了，三皇子可是皇子，皇帝自己能罵，不代表其他人也能踐踏他。

「我瞧著皇上您對那個石磊挺上心的嘛。」

淑貴妃將話題扯到了石磊身上，九皇子四處塞表妹給有利用價值的人為妾，石磊也是因為拒絕九皇子的表妹，才惹怒了三皇子，只要不是三皇子、九皇子那邊的人，她都不介意幫他抬一抬。

皇帝本來還在氣著賢妃和三皇子的事，陡然聽見淑貴妃對自己說石磊，不由得愣了一下，點頭說：「這樣的曠世奇才，我當然要看重的。」

其實還不止這一點，他每每看到石磊就有一種熟悉的感覺，不由自主就對他十分信任，彷彿他就是他的子姪。

「若是子亭還在，我還愁什麼狼族呢？」皇帝低著頭喟嘆道。

淑貴妃聽見皇帝又在懷念那位伴讀了，她嘆了口氣。

這伴讀姓黎，在大梁朝也算是一個大的世家了，與皇帝一同長大，忠心耿耿，卻被皇帝當時的敵對皇子構陷，淪落到株連全族。

當時皇帝只是一個沒有權勢的小皇子，他闖進宮對父皇下跪求情良久，父皇也面不改色。

一時之間，世家黎氏，灰飛煙滅。

大概死去的人永遠是最好的，皇帝時常懷念這位在他還未上位時就對他極好的臣子。

皇帝繼位後，對當初陷害黎家的皇子外祖家以牙還牙，誅滅全族，還將黎家翻案，封了黎子亭為肅國公，簡直是捧到了天上，可是這又如何呢？黎家全都死光了，難道還能在陰間享受這殊榮？

淑貴妃倒是和這位黎子亭打過照面，這黎子亭是一個黑面君子，據說在軍事上有很高的天賦，還天生神力，力大無窮，是一個難得的將才。

也幸虧死了才會得皇帝這麼惦記……淑貴妃淡淡地想，這些活著陪他熬過那段時光的人，倒被他忌諱了。

「我覺得石小將軍倒有幾分像肅國公呢。」淑貴妃笑著說，石磊眼看著就要飛黃騰達，她不妨順水推舟做個好人。

皇帝本來就覺得對石磊有些熟悉，又被淑貴妃這麼一說，心想難道石磊是黎子亭轉世投胎來幫自己的？

第二日，皇帝宣了石磊過來，盯著石磊瞧了好一會兒，竟越看石磊越像當年那位好友，當下暗自責怪自己怎麼沒早點發現。

石磊筆直站著，被皇帝瞧了半天卻不露一絲異色，讓皇帝更加相信他是黎子亭的轉世。

「你就當朕的侍衛隊副隊長吧。」

此話一出，眾人皆驚。這侍衛隊離皇帝最近，必須都是皇帝的親信、心腹才行。如今的侍衛隊隊長與皇帝年紀相仿，過不了多久就要致仕了，皇帝讓石磊當了副隊長，不就是讓他將來當老大嗎？

皇帝對石磊如此信任，讓眾人心裡想法各異。

九皇子對石磊的不善煙消雲散了，他暗暗發誓一定要拉攏石磊；三皇子臉上無光，他剛到處宣揚自己打敗了石磊，皇帝就給他這麼高的榮耀，簡直是打他的臉；十一皇子倒是最平靜的，他的底牌夠多，只要石磊不倒戈向另一方，那麼他勝算就大。

淑貴妃聽到此消息，也有些驚訝。

她沒想到這麼多年了，肅國公在皇帝心中還這麼重要，她只是隨便提了一句，就能讓石磊有這麼大的造化。

世上沒有不透風的牆，就算淑貴妃將自己的寢宮收拾得乾乾淨淨，還是堵不住隻言片語。賢妃很快猜到了是淑貴妃幫石磊講了好話，讓皇帝給他如此體面，氣得摔壞了幾套上好的瓷器，揚言和淑貴妃勢不兩立。

淑貴妃聽到此話，只是掀了掀眼皮，淡漠地說：「她還想跟我鬥？先收拾好自己作死的兒子吧。」

文臣們倒是挺看不慣這個貧寒出身的石磊，在朝廷上可是彈劾了石磊不少條，其中一條便是不孝——自己在京中住著三進三出的宅子，卻將老邁的父母丟在老家，大不孝！

在大梁朝，不孝算是極嚴重的指謫。為子都不孝了，怎麼效忠君王呢？

於是石磊跪下來對皇帝解釋說：「臣的父母喜歡田園生活，所以臣才修葺了老家，讓他們回去暫住。」

這樣的解釋在皇帝看來有些無力，皇帝心中的黎子亭可不會這麼不孝順，老父病了都能衣不解帶伺候三天三夜的。

武官之中倒是有人想力挺石磊的，但是武官都比較不伶牙俐齒，比起用口才吃飯的文官而言，可是落後了一大截，就是有心幫石磊辯駁，也被言官罵了個夠。

因為石磊一事，朝中文、武官之間倒顯得有些劍拔弩張了。

石磊雖然升遷得快，擋了一些武官的路，但他們即使看不慣石磊，還可以在校場上與石磊比劃一番，可是拿人家父母說嘴算什麼？有本事明槍明劍地來呀，這做文官的人，就是陰險。

石磊面對這些紛紛擾擾，倒是無所謂，他出身貧寒，就算跌，能跌到泥土裡？再者，他對他父母，問心無愧。

皇帝剛升遷了石磊，就有人彈劾他不孝，明裡是在彈劾石磊，難道不也是打了他的臉？皇帝一時之間對這些言官也有些不滿。

第六十章

皇帝被朝臣們吵得頭暈目眩，下了朝他來到淑貴妃宮裡，淑貴妃笑著從宮女手上端來一碗老雞湯。「皇上要不要先來一碗湯補補？」

皇帝接過淑貴妃手裡的湯，看都不看便往嘴裡面倒。

雖然是雞湯，但是淑貴妃將油膩味去掉了，喝起來略微清爽，皇帝十分滿意，將碗遞給淑貴妃身邊的宮女，拉著淑貴妃上了榻，示意淑貴妃坐著，將頭放在淑貴妃的膝蓋上。

「皇上這是怎麼了？」淑貴妃輕輕揉著皇帝的太陽穴。

「還不就是那些文官，該管的事不管，不該管的事囉哩囉嗦。」皇帝沒有好氣道。

妃嬪不能議政，淑貴妃當然不能直言──皇上，我知道您是在為石磊的事煩惱呢。

她對宮女示意了下，讓宮女點了安神的清香，又加了一個枕頭，讓皇帝舒服地躺著。

皇帝舒服了，便有閒心跟淑貴妃訴起苦來，石磊這等子事本來就不大，被妃嬪知道也沒什麼大不了的。

淑貴妃聽了皇帝的傾訴，倒是為文官說了幾句話。「其實也不怪他們的，若是石磊不孝，那他怎麼忠君呢？」

皇帝皺了皺眉，難道淑貴妃也要對他曉以大義說他看錯了人？

「不過我聽十一說石小將軍將父母送回老家是另有隱情呢。」淑貴妃捂嘴笑了笑。

「哦？什麼隱情？」皇帝聽了此話，十分好奇。

十一皇子與沈于鋒的關係不錯，沈于鋒又與石磊在校場上惺惺相惜，十一皇子從沈于鋒那兒知道石磊的事倒十分正常。

「還不是石小將軍在沙場上一鳴驚人，人又長得英俊，奪了京城少女的芳心，有許多人家都想要石小將軍這乘龍快婿呢。」淑貴妃聲音柔和，婉婉道來。

皇帝聽了倒嗤之以鼻。「若是石磊還是那鄉下小子，他們能要？」

「石小將軍倒是說為了大梁朝，短期之內都不欲娶親。這些人便把主意打到石家父母身上，石家父母沒有大見識，又怕得罪了貴人給兒子添麻煩，這才回了老家的。」

淑貴妃輕輕搖著扇子。

「哦，還有此等事？可憐天下父母心啊。」

皇帝感嘆了一句，心中對石磊的那一點小小不滿也去掉了。

「若是為了小十一，我也是願意付出一切的。」

對於這麼貼心溫柔的淑貴妃，皇帝很不吝嗇甜言蜜語。

淑貴妃笑著拿扇子輕輕打了皇帝一下。「皇上一片慈愛，小十一當然記得。」

淑貴妃與皇帝夜話得輕描淡寫，但是皇帝卻長了心眼，差人將欲與石磊結親的人家調查清楚。

作為皇帝信任的棋子，石磊的妻族可別擋了石磊的路。

偏偏這一查，皇帝氣得摔了杯子。

想和石磊結親的，有真心覺得他是乘龍快婿的，也有想跟著石磊雞犬升天的，更有甚者，還有九皇子妃帶著九皇子表妹親自登門拜訪。

這九皇子的母親可是宮奴出身，娘家能有什麼好人物？

九皇子妃此舉，頗有仗勢欺人之舉，能讓人家父母不躲嗎？石磊身分再差，也不能娶一個曾經是宮奴的外家女兒做正妻吧！

皇帝雖然生氣，但是宮中沒有皇后，不能將九皇子妃叫到宮中訓斥一番。

皇帝思來想去，只能在召見皇子的時候，對九皇子曉以大義一番。

九皇子聽到後，含恨地握了握拳，雖然心中不滿，但表面上還是裝作很受教的模樣。

三皇子將九皇子當成自己人了，如今他見皇帝訓斥九皇子，心中十分不豫，頂嘴道：

「小九的表妹國色天香，對石小將軍又一片傾心，石小將軍還不娶她，簡直是瞎了眼。」

女人豈是漂亮就能娶回家的？

皇帝本來見九皇子如此受教，心中不滿平息了一半，卻不料還沒全部熄滅又被三皇子澆了一壺油。

九皇子心中暗自叫苦，偷偷地瞥了三皇子一眼。

三皇子並沒發現九皇子的眼神中有讓自己閉嘴之意，而是覺得九皇子眼裡充滿感激，不由得更加得意。

「蠢、蠢、蠢，真是蠢到家了！」皇帝將硯臺砸到三皇子身上，濺了九皇子一身。

九皇子連忙跪下。「父皇息怒，都是我的錯。」

「是你的錯。」皇帝掀了掀眼。「就讓你那位九皇子妃禁足幾個月吧。」

三皇子又想開口，九皇子連忙抓住三皇子的手。「謝父皇恩典。」

十一皇子在一旁冷冷看著，回去後對淑貴妃說：「我看著，他們倒是兄弟情深了。」

淑貴妃笑著說：「可憐了九皇子妃，背了這個黑鍋。」

十一皇子搖搖頭。「我這三哥，真是傻。」

沒見過幫人家擋刀劍擋得這麼開心的人。

淑貴妃只說：「人家怎樣，我們也是管不著的。」

十一皇子聽了，點了點頭。

若是一般人，被皇帝訓斥，一定要夾著尾巴過一陣子。

但是三皇子偏不，他將這一切都歸結在石磊身上，認為都是石磊的錯。

他甚至派人去了石磊老家，打探石磊平時的品性。

石磊老家難得出石磊這麼一個人物，大家都要靠著石磊照應的，別說石磊品性好，就算他不好，人們也都是要捧著他的。

三皇子氣急敗壞，居然出了瞎招，派人去了石家父母面前，將朝廷彈劾石磊一事對他們說了一遍，還要他們不要害怕，勇敢去京城指控石磊。

「老頭子，兒子這是得罪了誰？」石母心中忐忑得睡不著覺。

石父也徹夜難眠，他原以為兒子當上了大官，他們就有好日子過了，卻不料官場如此凶險。

「都是我們沒用，連累兒子了。」

石父也睡不著覺，不停翻來覆去。

若他們是有見識的，是不是就能識破這一切的局？

石父想著當時抱著石磊的女子那一身華麗錦衣，他是不是應該將真相說出來？因為私心，他與老婆子已經獨占了這個聰穎的兒子二十年，他們是不是應該將他還給別人了？

石父有些絕望地閉上了眼睛，他將藏了很多年的襁褓與玉珮緊緊握在手中。

這三皇子說能見到皇上一訴冤情？那就訴一訴吧。

若他與石母不是石磊的親生父母了，這不孝，又從何而來呢？

是夜，石父將石磊的身世告訴石母，石母嚇傻了，都忘了滾在地上鬧，緩緩問道：「老頭子，你是騙我的吧？」

石父嘆了口氣。「妳看看兒子，天生聰穎，過目不忘，力大無窮，我們祖上三代有出過這樣的人物？他這是隨了他的親生父母啊。」

石母聽到這些話，眼睛紅了。

「我們難道不能瞞兒子一輩子？」她雖然傷心親生兒子去世，但是養了石磊這麼多年，她對他的感情反而最深。

「我也想瞞他一輩子啊，可是這種情況我們只會給他扯後腿啊，還不如找了他的親生父母，為他的前途爭一爭呢。」男兒有淚不輕彈，只因未到傷心時，多苦的時候石父都未曾哭過，今晚，他也紅了眼睛。

石父、石母願意跟三皇子的人上京，讓三皇子自信無比，這次總算能將石磊一次弄垮了。

賢妃的娘家在朝中還是有些勢力，三皇子要做什麼，文官們自然捧著他。

皇帝一心想息事寧人，卻不料一陣風颳了過來，更有甚者，直接說石磊不忠不孝，不應勝任如此重任。

皇帝對這三兒子忍無可忍，但他還是念著這點血脈，便保持了沈默。石磊雖然在眾人的非議中，副侍衛長的位置還是坐得穩穩的。

明眼人看出了其中緣由，所以對石磊還是一切如常，沒有鄙視之態；但是那些沒有眼色的，卻開始對石磊有了落井下石之心。

一時朝中風起雲湧，沈芳菲也聽聞了石磊的不少流言。

她從不覺得石磊是不忠不孝的人，很擔心石磊受了那些惡人的構陷。

她與呆妞說了此事，呆妞倒是握著她的手。「小姐不用擔心，我哥哥連這場風波都抗不過，還談什麼保家衛國呢？」

沈芳菲見呆妞沒有慌亂之色，便放下心來。

秋日天氣涼爽，沈母又帶著沈芳菲出去交際了。

日前林御史家的夫人說喜歡沈芳菲性格活潑，正好與小兒子林正湊上一對。沈夫人擔心這林正與那柳湛清一樣，便找了沈芳怡一起將林正研究個遍，還派了小廝跟了幾天，這才認定，林正是個好的。

沈夫人與林夫人又讓兩個小兒女私下見了面，先不知道沈芳菲如何，但是林正對沈芳菲是十分滿意的。

說實話，就算以沈毅挑剔的眼光來看，林正也是一個不可多得的好人選。

他讀書勤奮，只有一個哥哥，家中的擔子不要他挑上，又是一個隨和不喜與人爭的性子，就算看上去稍嫌懦弱，但是能被妻子拿捏得住。

沈芳菲倒是對這樁親事略顯淡漠，她上一世嫁入柳家，對文官人家十分失望，不願再重蹈覆轍。這林正再好，她也不可能有任何感覺。

夜裡，沈夫人與沈毅說了，沈毅點點頭。「林御史在朝中為官多載，為人處世公平，十分清正，林夫人素有賢慧名聲，他家堪稱良配。只不過，還得問問菲兒的意思。」

其實，且不說石磊對沈芳菲有意思，沈毅也覺得自己那個外表溫順、內心極有主張的小女兒，是挺適合石磊的。

但是在世人心中，石磊出身貧寒，怎麼配得上金枝玉葉的貴女沈芳菲？就算沈毅十分欣賞石磊，也無法將女兒嫁給他。

沈夫人覺得沈芳菲的親事有了苗頭，心情愉快，見沈芳菲整天窩在家裡懶洋洋的樣子，十分看不過去。

「我在妳年紀這麼大的時候，天天都穿著新衣裳去參加賞花會呢。」沈夫人捏了捏沈芳菲的鼻子，將一張賞花帖遞給了她。「還不快出去走走？」

沈芳菲接過帖子，隨意看了看。

原來是葉婷的帖子，她早就訂了親，家人因為疼惜她，留她在家中待兩年再嫁。她彷彿知道出嫁以後便再也不能過閨中那般清閒的日子，便隔三差五辦聚會。

葉婷與沈芳菲是舊識，兩人又性格相投，她的帖子沈芳菲雖然去得少，但若是她嗔怪了，沈芳菲是一定要去的。

如今她又搞了一個賞紅葉的名頭，邀請了不少小姐、少夫人前來，讓葉家那後花園，熱熱鬧鬧的。

沈芳菲下了馬車，葉婷早已經在門口等待了，她執著沈芳菲的手，親熱地在她耳邊說：

「聽說姊姊好事將近了。」

林家、沈家欲結親的消息傳了出來，與兩家親近的人家大致都知道了，葉婷能知道也並不奇怪。

第六十一章

沈芳菲微微一笑，盯著自己的腳尖瞧了瞧，才在葉婷耳邊輕輕說：「這事還沒定呢，妹妹先聽著便好了。」

沈芳菲正與葉婷竊竊私語，卻不知有一道充滿恨意的目光看著自己，這目光的主人便是文雪。

文雪嫁到柳家後，眼睜睜看著柳湛清的溫柔情意只給了其他妾室，而自己只能在柳夫人面前伏低做小，當初柳湛清與她花前月下時說的那些話，都餵狗吃了。文雪生性高傲，並不覺得是自己錯了，而是認為代沈芳菲受了不該受的過，於是對沈芳菲十分憎恨。

她眨了眨雙眼，走到沈芳菲面前，笑說：「沈小姐好久不見。」

葉婷看見文雪的作派，不著痕跡地皺了皺眉。

她父親與文翁頗有交情，她父親憐惜文雪在柳家不受看重，便要她每次聚會都請文雪過來，也算是給文翁面子。葉婷本來也十分同情這個不受公婆喜歡、又被丈夫忽視的文雪，可是與文雪接觸幾次後，就知道與她不是一路人。

文雪起先將葉婷當作姊妹，什麼都說給葉婷聽，可葉婷聽多了卻覺得這文雪自作自受。首先她將柳湛清從沈芳菲那兒搶了過來，成親後卻整天在房裡悲秋傷春，與其他小妾鬥，怎麼看也上不了檯面。

沈芳菲看著文雪，她的眼皮下有些青，厚厚的粉遮不住倦色，明明應該是一個剛出嫁、面色紅潤的小媳婦，日子卻被她過得像怨婦。

沈芳菲打量文雪的時候，文雪也在打量沈芳菲。

她皮膚細膩如溫玉，櫻桃小嘴不點而紅潤，看上去就知道過得很好。憑什麼我過得如此窩囊，她就能如此滋潤？

文雪心中一陣炸雷響過，想也不想一連串難聽的話便滾了出來。

「聽說沈毅十分欣賞石小將軍，是不是想將妹妹許他為妻啊？妹妹可要小心，那石小將軍可是不忠不孝之人。」

葉婷聞言，驚得往四周看，幸虧其他幾家小姐都在遠處賞花，並沒有注意這邊的情形。

「姊姊這是什麼意思？」葉婷正想發怒，沈芳菲可是她邀來的上賓，豈容得她如此羞辱？以石小將軍的身分拿來與沈芳菲擺在一起，簡直就是侮辱。

「柳少奶奶請謹言慎行，石小將軍在眾軍無力的情況下力挽狂瀾，守護楚城，是我朝的大英雄，豈容得我們女人家指指點點？」

沈芳菲豎著柳眉，一臉怒極地對文雪說道。

文雪聽了這話，又羞又怒。「沈小姐莫非是看上了那石磊不成？」

葉婷見情況不妙，只恨恨地瞪了文雪一眼，拖著沈芳菲離開。

眾小姐遠遠看著，便猜測著那文雪又說了什麼話，惹怒了沈芳菲。要知道，這文雪和文大人一樣，說話得罪人的本事可是一等一的，大家都怕了她，才遠遠離了。

文雪站在原地，一張臉蒼白地看著沈芳菲與葉婷離去的背影，雙眼迸出了瘋狂的光芒。

「少奶奶，我們回去吧。」她身邊有眼色的丫鬟連忙說道。

呵，連一個小丫鬟都能管她了，文雪緊緊握拳，用指甲在手心裡摳出了印子。

葉婷拉著沈芳菲走到池邊，氣呼呼地說：「那個柳少奶奶，真是越來越荒唐了，自己的日子過不好，便希望所有人的日子與她一樣過不好才甘心。」

沈芳菲聽葉婷說「柳少奶奶」這幾個字，恍如隔世。

她前世頂著這個名頭進了墳墓，如今的柳少奶奶卻是別人。不過這個柳少奶奶與她一樣，並沒把在柳家的日子過出繁花似錦來。

「若不是柳家太過分，她的日子也會好過點。」沈芳菲前世經歷過柳家那說不出的苦頭，下意識就幫文雪說話。

葉婷聽到此，也點點頭。「柳家也過分，過去文雪好歹也是個清秀佳人，現在光潤珍珠變成了魚目珠子了。幸好當時……」

葉婷張開嘴想說什麼，又閉上了，趕緊轉移話題。

「不過那石小將軍的事真鬧心，那群言官怎麼跟瘋狗似的追著他不放呀？」葉婷私下對著沈芳菲並沒有什麼戒心，話說得有些大剌剌。

沈芳菲最近也很為石磊擔心，不過這種情況下，她也不便說什麼，只笑著說：「很多事情，只能以時間來證明。」

朝廷上的這些言官，不可能兩、三年都拿著石磊不孝說事吧？

皇帝不表態，眾人自然不會死揪著石磊一事不放。

而且後來又爆出一件大事，某官員在孝期間睡了小妾，還將小妾睡懷孕了，這才是真正沒有孝道。於是言官們終於把注意力轉移到了其他人身上……

當大家都以為石磊這件事要慢慢過去的時候，三皇子出來了。

某日在下朝前，三皇子站了出來，一臉正義地對皇帝說：「父皇，兒臣有事要報。」

「喔。」皇帝最近對這個兒子厭煩得很，懶懶回道。

「兒子派人找到了石將軍的父母，石家父母願意跟兒臣來朝上作證，石將軍苛責了他們。」三皇子站直了腰，一臉得意。

「什麼？」皇帝睜大了眼睛。

本來安靜的朝堂因為三皇子這句話變得喧譁起來。

眾人議論紛紛，大梁朝建朝以來，就算兒女再不孝順，父母都不忍心說出來，這石家父母居然還要在朝上告御狀，這是多大的仇啊？

石磊聽到此，臉色蒼白，莫非是三皇子威逼了父母，讓他的父母上朝？

只是不娶九皇子的表妹而已，就迎來三皇子這麼瘋狂的報復……

石磊緊緊握住了拳頭，對皇帝鞠了一躬。「還請皇上將我的父母宣進來。」

皇帝看著三皇子，簡直想掐死他，但是在眾目睽睽之下，只能揮了揮手。「叫石家父母上來。」

石家父母顫顫巍巍地上了朝，他們看見皇帝，趕忙跪下行了一個大禮。

石磊連忙與父母同跪在皇帝面前，又不著痕跡打量了父母一番，發現父母氣色還不錯，便知道他們並沒有受三皇子太多折磨。

若是三皇子為了陷害他而折磨他的父母，那就不要怪他手下不留情了！

皇帝看著石磊的作態，覺得石磊是十分看重父母的，正因如此，才會將他們送回老家，免得受這些貴人折磨之苦吧……

皇帝將目光隱隱投在了三皇子身上。

「兩位請起，兩位為大梁朝培養了這麼好的人才，朕感激不盡。」

無論石家父母是來指證兒子還是來幹什麼的，看在石磊的面子上，皇帝對他們都十分和藹。

石家父母猶豫著，並沒有起來，還是石磊輕聲勸著將他們扶了起來。

眾人看著，石磊與其父母關係挺好的啊，完全沒有言官說的十分不孝，那既然都這樣了，石家父母來是幹什麼呢？

「石家父母不用擔心，一切都有我父皇為你們做主，你們有什麼苦處，就儘管說吧！」

三皇子抬高聲調，又用充滿孺慕之情的眼神看了皇帝一眼。

皇帝並沒有感覺到三皇子那飽含感情的眼神，他心下已十分不快，但還是順著三皇子的話說：「兩位有什麼想說的便說吧。」

石母戳了戳石父，雖然在家中是石母的嗓門最大，可是在這朝廷上可是嚇得腿都發抖了。她剛看著石磊穿著一身官服站在朝堂上，威風凜凜，不怒而威，心想這果然不是我們石家的種，我們何德何能有這麼好的孩子？

可是就算這孩子不是我們石家的，也是我將他養育成人的啊，石母在這又自卑又自豪的情緒中，再次看向了石磊。

「啟稟皇上，我們這次來朝堂上，是想對皇上說，我們並不是石磊的親生父母。」石父顫顫巍巍地說。

電光石火之間，眾人皆明白了石父的想法，並隨之一嘆。

果然沒有不愛子女的父母，石家父母是想將自己與石磊撇乾淨，既然不是親生的，就無謂孝與不孝了。

這三皇子是要多逼迫，人家才會出此下策啊，一時之間，眾人看著三皇子的眼神都有些鄙夷。

石磊聽見父親如此說，別無他想，連忙跪下對皇帝說：「皇上，臣的父母是看著朝廷議論臣不孝，胡亂說著為臣洗脫呢。」

情勢逆轉太快，三皇子愣在當場，反應過來後大聲說：「石家父母，你們可不要欺騙父皇，欺君可是要殺頭的！」

石磊見三皇子輕描淡寫幾筆就把自己的父母往絕路上逼，心中暗恨，卻也不知道說什麼好。若說父母說的是假的，便從了三皇子的意思，全了父母的欺君之罪；若說自己不是父母親生的，以平日裡父母對他的態度，那也不可能。

沈毅見情況不妙，便站了出來，對皇帝說道：「石家一片慈父慈母之心，為了石小將軍可謂是殫精竭慮，可見石小將軍與父母感情有多深厚。」

皇帝倒不怪石家父母，石家父母一片拳拳愛子之心，他感受到了，若不是他也有愛子之心，豈容得下三皇子還在朝堂上放肆？

皇帝不著痕跡地看了三皇子一眼，這兒子的心，是越來越大了，而且手段拙劣得很。

皇帝坐在龍椅上，開始思考要將這兒子丟到哪個角落去長長腦子。

「石家父母不用著急，見你們此舉，朕知道你們與石磊感情深厚，在這朝堂上說的話，朕就當沒發生過。」皇帝如此說道。

石母聽見皇帝這麼說，心中一喜，她是不贊成石父將石磊的身世和盤托出的，當年又沒有見證人，誰沒有一點私心？誰願意看著養了多年的兒子突然有了親娘老子去與她爭鋒呢？

石父倒是心意已決，沒有人能攔得住。

當初石磊身上的玉珮、襁褓都是很名貴的，指不定是哪個貴人遺失的孩子，若石磊認了親，比繼續被他們拖累好多了。

「好了，石家父母站起來吧。石磊，你父母好不容易來一趟京城，帶著他們在京城逛逛。」皇帝準備將此事了結了。

卻不料石父堅決地跪在地上。「皇上，石磊是當年我從野外撿來的，這是他當時身上的襁褓與玉珮。」

皇帝見石父磕了三個響頭，不由得有些頭疼。

這鄉下老頭怎麼這麼倔？就算石磊不是他們親生的，也是他們的家務事，難道還要他作主不成？

石父低著頭倒沒看見皇帝的不耐之色，他窸窸窣窣從兜裡拿出襁褓和一塊玉珮。「這是當年的東西，還請皇上辨認。」

這又是什麼情形？

朝堂上的眾大臣們面面相覷，這場由三皇子掀起的鬧劇，燒到石磊身上倒不知道怎麼收場了。

——未完，待續，請看文創風311《嬌女芳菲》3（完結篇）

2015 狗屋 果樹 **線上書展**

熱浪來襲！

夏日放閃Party！

今年暑假，天后們包場開趴，
曬書之外也要和你曬♥恩♥愛！

7/6~8/6
08：30　23：59止

超HOT搖滾區，通通75折

麥大悟《相公換人做》 全五冊
重活一世，只有一點她是再明白不過的——她的相公絕不能是他！

花月薰《閒婦好逑》 全三冊
嫁了個無心權位的閒散王爺，她自然要嫁雞隨雞、天涯相隨嘍……

季可薔《明朝王爺賴上我》 上+下集
她知道他遲早會回去當他的王爺，離別痛，相思苦，她卻不曾後悔愛上他……

余宛宛《助妳幸福》
驀然回首，原來舊情人才是今生的摯愛！

雷恩那《我的樓台我的月》
月光照拂的夏夜，最繾綣的情思正在蔓延……

宋雨桐《心動那一年》 上+下集
十八歲少女的初戀，永恆的心動瞬間！

單飛雪《豹吻》 上+下集
平凡日子日日同，豈知跟她認識片刻就脫序演出?!

莫顏《這個殺手很好騙》
當捕快遇到殺手，除了冤家路窄還能怎麼形容？司流靖和白雨瀟也會客串出場唷！

★ **購買以上新書就送精緻書套，送完為止！**

好評熱賣區，折扣輕鬆選

★ **50元** 橘子說001～1018、花蝶001～1495、采花001～1176。

★ **5折** 文創風001～053、橘子說1019～1071、
花蝶1496～1587、采花1177～1210。
（以上不包含典心、樓雨晴、李葳、岳靖、余宛宛、艾珈。）

★ **6折** 橘子說1072～1126、花蝶1588～1622、采花1211～1250。

★ **2本7折** 文創風054～290。

★ **75折** 文創風291～313、橘子說1127～1187、采花1251～1266。

★ **5本100元** PUPPY001～434、小情書全系列。

2015 熱浪來襲！夏日線上書展

風 文創

不變的堅持＋品質的要求＝租書店長最愛書系

莫問前程凶吉，但求落幕無悔／麥大悟

文創風 314-318 《相公換人做》 全套五冊

上一世，她嫁予三皇子李奕，隨著他登基後被封為妃，極受聖寵，
然而，數年的恩愛，最後換來的竟是抄家滅族的下場，
而她這個萬千寵愛的一品貴妃，則是加恩賜令自盡！
如今能再活一遭，她定不會聽天由命，再向著前世不得善終的結局走去，
雖然前世最後那幾年到底發生了什麼事，她一概不知，
但有一點她很明白——此生她不想再和三皇子有交集，她的相公絕不能是他！
她看得出娘親有意讓她嫁給舅家表哥，她也想趁此斷了三皇子對她的念想，
豈料兩家正在議親之際，表哥竟突然被賜婚成了駙馬，
更沒料到的是，與三皇子兄弟情深的五皇子竟向聖上請旨賜婚，欲娶她為妃！
她此生最不想的便是與三皇子有交集，無奈防來防去卻沒防到五皇子，
而另一方面，三皇子對她竟是異常執著，不甘放手，
她向來知曉三皇子表面看似無害，實則城府極深，
卻不想仍是著了他的道，一腳踩入他設下的陷阱中……

【書展限定】 7/21 陸續出版
原價250元/本，**新書優惠75折**，買整套再送精緻書套X5！

2015
熱浪來襲！
夏日線上書展

不變的堅持＋品質的要求＝租書店長最愛書系　文創風

貴為國公府的嫡長孫女，
即使眾人都看衰他們大房，
但她相信天助自助者，
來自現代的她有信心能幫襯爹娘，
讓爹娘帶她上道……

寧負京華，許卿天涯／花月薰

文創風 319-321 《閒婦好逑》全套三冊

親爹高富帥、親娘白富美……這都跟她穿越投胎沾不上邊，
想她蔣夢瑤一出世，雙親就是「重量級的廢柴雙絕」，
親爹雖是大房子孫，卻在國公府中受盡苦待，還遭逐出府。
好在這看似不靠譜的雙親很是給力，
親爹繼承國公爺的衣缽從戎去，親娘經商賺得盆滿缽滿。
好不容易一家人熬出頭，
不料，她的婚事卻被老太君和嬸娘們給惦記上，
她才剛機智地化解一場烏龍逼婚、相看親事的戲碼，
受盡榮寵的祁王高博後腳就登門來求娶，
猶記兩人初見是不打不相識，彼此竟越看越順眼……
可怎知才提親不久，高博就被廢除祁王封號、流放關外？!
也罷，既嫁之則隨之，遠離這繁華拘束的安京，
只要夫妻同心，哪怕是粗茶淡飯也是幸福的……

【書展限定】 8／4 出版
原價250元/本，**新書優惠75折**，買整套再送精緻書套X3！

作伙來尋寶

書中自有黃金屋，書中自有顏如玉~

來到狗屋．果樹天地，裡頭不只有華屋、美女，

還有好康一籮筐，幸福獎不完！

- 【買1送1】→買參展新書1本，即贈送精緻書套1個。
- 【滿千免運】→總額滿一千元，幫你免費送到家！
- 【好物加購】→購買指定新書+25元，時髦小物讓你帶著走！
- 【FB樂趣多】→書展期間記得鎖定 狗屋/果樹天地，參加活動還能贏好禮~
- 【狗屋大樂透】→不管您買大本小本，只要上網訂購且付款完成後，系統會發E-Mail給您，附上抽獎專用之流水編號，一本就送一組，買愈多中獎機率愈大！
- 【中獎公告】→2015/8/17在狗屋官網公布得獎名單，公布完即開始寄送，祝您幸運中大獎！

1 ASUS MeMO 7吋多核心平板 2名

極致輕盈，窄邊框設計不只時尚有型，
還讓顯示螢幕變大了！內建Intel處理器，
提供SonicMaster 聲籟技術與高品質喇叭，
讓你感受無懈可擊的音效！
還有臉部辨識+自動快門，自拍超方便~
Smart remove 模式能輕易移除相片中
多餘的移動物體，不讓陌生人當回憶裡的
第三者！

2 美國Nostalgia electrics棉花糖機 2名

麵包機不稀奇，氣炸鍋人人有，
那現在流行什麼？
答案是懷舊棉花糖機！
時髦復古的外型，直接放入糖果就能製作出
個人口味的棉花糖，讓你邊玩邊吃，
在家辦Party也超有面子！

3 CHIMEI 9吋馬達雙向渦流DC循環扇 2名

電風扇不再是冬天的倉庫常客，
循環＋風扇 2合1，一年四季都適用！
沙發馬鈴薯必備款——附有無線多功能遙控器！
雙向送風設計，有8段風速可選擇，
還有7.5小時定時功能！內設DC節能靜音馬達，
給你最清靜又環保的夏日時光！

4 狗屋紅利金200元 20名

狗屋紅利金永遠最貼心！超實用的省錢術，下次購書可抵結帳金額喔～

★小叮嚀

(1) 購書滿千元免郵資，未滿千元郵資另計。請於訂購後兩天內完成付款，
未於2015/8/8前完成付款者，皆視為無效訂單。
(2) 如果訂單上有尚未出版之預購書籍，會等到書出版後一併寄送。
(3) 活動期間，親自至本社購買亦享有相同折扣，但請先電話聯絡確認欲購書籍，以方便備書。
(4) 5折、50元、5本100元的書籍，皆會另蓋小狗章。
(5) 特賣書籍因出書時間較久，雖經擦拭、整理，仍有褪色或整飾痕跡，故難免不如新書亮麗。
除缺頁、倒裝外無法換書，因實在無書可換，但一定會優先提供書況較良好的書給大家。
若有個人原因需要換書，需自付來回郵資。
(6) 各書籍庫存不一，若遇缺書情形可選擇換書。
(7) 歡迎海外讀者參與(郵資另計)，請上網訂購，或mail至love小姐信箱
(love@doghouse.com.tw)詢問相關訊息。

狗屋．果樹有權修改優惠活動的實施權益及辦法。

2015年7月出版

嬌女芳菲

文創風 309～311

如何從嬌嬌千金蛻變成審時度勢的聰穎女子？
只需重生一回，便能看清世態炎涼，還要明白——
也許這一生，只要保得家門安穩，
與夫君即使疏離但仍相敬如賓，便是幸福，
只是……為何心底總是空落落的呢？

絕妙橫生 精彩可期／喬顏

沈芳菲曾是將門嫡女、名門正妻，金枝玉葉非她莫屬，
孰料新帝登基後，一道通敵叛國的罪名，不但令娘家滿門抄斬，
那涼薄夫婿為怕惹禍上身，更要她自盡以絕後患！
所幸上天讓她回到十二歲那年，一切都還可以重來——
前世姊姊嫁給九皇子，沈家鼎力助他上位，卻難逃兔死狗烹的下場；
加上兄長癡戀表妹，嫂子因而鬱鬱以終，親家反成了敵人落井下石……
很多事看似不相關，其實環環相扣，一環錯了便滿盤皆輸，
而她是唯一能拯救沈家上下百餘口性命的關鍵之人，
誰說閨閣千金就一定無能為力，只能眼睜睜被命運牽著走？
她無論如何都要使出渾身解數，絕不讓前世的悲劇重演！

2015年6月出版

獨愛小虎妻

文創風 307～308

他守身如玉十八載，
還以為自己愛的是溫婉女子，
豈料初次動心的對象，
竟是那隻時時讓他吃癟、披著兔子皮的小老虎?!

文創風 255-257《君許諾》甜蜜續作

甜苦兜轉千百回　道出萬般情滋味／陸戚月

古有云「負心多是讀書人」、「百無一用是書生」，
從小哥哥耳提面命，讓柳琇蕊見到這類人一向是有多遠躲多遠，
好死不死如今自家隔壁就搬來一個，而且一來便討得她家和全村歡心，
可這書呆子成天將「禮」字掛嘴邊，卻老愛與她作對，
連她和竹馬哥哥敍個舊，他也要日日拿禮記唸到她耳朵快長繭，
只是近來他改唸起詩經情詩，還隨意親了她，這……非禮啊！
自發現這嬌嬌怯怯的小兔子，骨子裡原來藏著張牙舞爪的小老虎，
紀淮不知怎的，每次碰面就想逗她開罵，即使吃癟也覺得有趣，
天啊，往日一心唯有聖賢書的他八成春心初動了……
為娶妻，他不顧一切先下手為強，讓親親竹馬靠邊站，可還沒完呢！
如今前有岳父，後有舅兄，這一宅子妹控、女兒控又該如何搞定？
唉，媳婦尚未進門，小生仍須努力啊～～

2015年6月出版

巧妻戲呆夫

文創風 304～306

特種部隊成員變成農村小姑娘，醫學精英改去種田做豆腐？
她從女強人降為柔弱女，還有一屋子極品親戚，
不能重操舊業，就來「改造人生」、整治這些瞧不起她的人！

清閒淡雅 耐人尋味 ／半生閑

身為特種部隊的醫學博士出任務掛了，穿越還魂就算了，
為何讓她穿到一個為情上吊的小姑娘身上?!
十八般武藝俱全的林語來到小農村，發現自己學過的統統派不上用場，
家裡雖有父親，但繼母看她和大哥像眼中釘、肉中刺，
還有一堆極品親戚虎視眈眈，連祖母都只想著再把她弄出去換點嫁妝；
只要她還未嫁，女子就是給家人拿捏的對象，
不如自己選個合意的對象速速成親，之後協議和離脫身！
看來看去最佳人選就是肖家那個破相又不受寵的老二肖正軒，
怎知費了番心思終於成親，新婚之夜該來談和離了，
這位仁兄卻說：「看在我幫妳的分上，就和我一起生活半年可以嗎？」
這下還得弄假成真過半年，他到底打什麼主意？
而他們窩在靠山屯這樣的鄉下，他竟然還有師父和師兄弟們找上門，
莫非他還有什麼神祕的過去，這段假夫妻的協議會不會再生變化？

2015年5月出版

么女的逆襲

文創風 296～299

前世自小癡傻了十年，
不懂得利用老天爺賜給她的「金手指」，
難怪會糊裡糊塗地賠了自身小命，
如今重來一回，看她還不逆襲為人生勝利組？

卿容傾城，君心情切／昭華

身為備受寵愛的鎮國公府么女，又有個財力富厚的娘親，
想她榮寶珠過起日子來理應是眾人欣羨，
殊不知前世做了十年小傻子導致腦子不靈光，
之後嫁作王妃遭人算計，最終枉送小命。
好在老天疼憨人，讓她重生一回，
懂得利用這富含神力的「瓊漿」作為扭轉人生的利器——
既可救人性命於危難，也能治疑難雜症，還讓自己擁有天仙美貌……
綜觀這一世，若是別牽扯上前世夫君——蜀王就更完美了。
這蜀王何許人也？可是未來奪位的一國之君啊！
世間女子多受他的皮相吸引而趨之若鶩，她卻是想方設法想逃離嫁他的命運，
奈何繞了一大圈，陰錯陽差成了會剋夫的無鹽女，還奉旨成婚做了他的妻，
本想著既來之則安之，怎料到這夫君不按前世的牌理出牌，
他眼底的柔情和憐惜，總讓她迷惘，把持不住自己的心啊……

2015年5月出版

藥引小娘子

文創風 291～295

前世她白手起家，賺錢就跟喝水一樣簡單，
這世即便成了古代人，這點小事也是難不倒她的，
何況她有兩個父不詳的孩子要養，
不多賺一點如何栽培他們啊？

輕鬆有趣　實在喜人／席夭夭

她是IQ極高的商業霸主，一手創立了全球知名的集團，
無奈，她的愛情分數卻奇低，活活被信賴的男人推下樓害死，
待她再睜開眼時，竟成了年方十八的古代小女人君嫆，還有一對三歲的龍鳳胎……
等等，這也就是說，這個身體在十五歲的時候就生了孩子！
嘖，十四歲啊，古人太缺德了，對一個未成年少女也下得了手？
而且，君嫆是被打昏帶走的，連對方是誰都不知道！這……是在坑她吧？
雖然兩個小包子可愛得緊卻瘦不啦嘰的，因此改善生活絕對是第一要務，
憑藉著她的手腕，分鋪遍全國的福運酒樓兩成的股份很快便手到擒來，
然而，這只是她事業版圖裡的一小步罷了，
話說，原來酒樓幕後的大老闆寧月謹來頭這麼大，竟是皇帝唯一的親弟弟，
但，這位俊美無儔的寧二爺，那雙眼睛跟兒子的簡直是一模模、一樣樣耶，
難不成這位寧二爺便是當年殘害幼苗、在她肚子裡播種的男人？
據說他對女人挑剔得要命，當年是命在旦夕才不得不找個女人來解毒的，
偏偏他們一行人剛好經過她住的村莊，她又剛好路過，
結果天時地利人和之下，她就這麼被湊合著當藥引，壯烈「犧牲」了……

嬌女芳菲 2

國家圖書館出版品預行編目資料

嬌女芳菲 / 喬顏著. --
初版. -- 臺北市 : 狗屋, 2015.07
冊 ; 公分. --（文創風）
ISBN 978-986-328-471-0（第2冊 : 平裝）. --

857.7　　104007963

著作者	喬顏
編輯	余一霞
校對	黃薇霓　周貝桂
發行所	狗屋出版社有限公司
地址	台北市104中山區龍江路71巷15號1樓
電話	02-2776-5889～0
發行字號	局版台業字845號
法律顧問	蕭雄淋律師
總經銷	知遠文化事業有限公司
電話	02-2664-8800
初版	2015年7月
國際書碼	ISBN-13　978-986-328-471-0
原著書名	**《重生之花开芳菲》**，由北京晉江原創網絡科技有限公司授權出版

定價250元

狗屋劃撥帳號：19001626

網址：love.doghouse.com.tw　E-mail：love@doghouse.com.tw